Martin Wimmer und der totale Krieg

Ernst Nöstlinger

Martin Wimmer und der totale Krieg

Fünfzehnjährige als Luftwaffenhelfer

Zeitgeschichtliches Nachwort von
Univ.-Prof. Dr. Norbert Schausberger

DACHS-VERLAG

Fotos: Institut für Zeitgeschichte, Universität Wien
Umschlag: Stefan Becke
Layout: Ing. Iris Tikovsky
Schrift: 11/12 Punkt Baskerville
Satz: Bohmann Druck und Verlag Gesellschaft m.b.H. & Co. KG, Wien
Druck: Bohmann Druck und Verlag Gesellschaft m.b.H. & Co. KG, Wien

ISBN 3 7002 0572 8

1. Kapitel

Zäh und lustlos wie draußen der dünne Dezemberregen plätscherte die Deutschstunde dahin. Die Schüler der fünften Klasse der Oberschule für Jungen in Krems hatten den Kopf in die Hände gelegt und dösten vor sich hin, während der Professor Ziegler Aufbau und Inhalt von Goethes Iphigenie erklärte und dabei vom Hundertsten ins Tausendste kam. Schon längst hätte sich der Herr Professor Ziegler seiner Pension erfreuen können, wenn nicht Krieg gewesen wäre und er für einen jungen Kollegen, der eingerückt war, Dienst hätte tun müssen. Dienst an der Heimatfront sozusagen.

Von der deutschen Klassik redete der Ziegler, als dem Höhepunkt des europäischen Humanismus, und als deren Aufgipfelung sah er die „bedeutendste Frauengestalt der deutschen Literaturgeschichte, eben Goethes Iphigenie".

Plötzlich stach der gichtgekrümmte Zeigefinger vom Professor Ziegler in die schale, abgestandene Luft des Klassenzimmers, durchbohrte das lähmende Gemisch aus Fußbodenöl, nassen Wintermänteln und schlechter Schülerverdauung. „Und warum dieses, Wimmer?" fragte er.

Der Wimmer stand auf. Nicht besonders schnell, nicht besonders erfreut. Froh war er nur, daß er den Zieglerfinger noch rechtzeitg auf sich bezogen hatte. Der Ziegler war durch und durch k. u. k. Militär und konnte unheimlich grob werden, wenn es um Verstöße gegen die Disziplin ging. Genauso unangenehm wurde er freilich, wenn man seine Fragen nicht wie aus der Pistole geschossen beantwortete.

Der Wimmer knallte die Haken zusammen, daß die dösende Klasse erschrocken auffuhr. Das war gut, das brachte Bewegung in den Raum, da konnte er hoffen, daß ihm inzwischen etwas zur Iphigenie einfiel. Die Hoffnung war trügerisch. Hilflos stotternd stand er da, der Ziegler rückte immer näher. Zu dem elendigen Gefühl, wieder einmal gar nichts zu wissen, kam körperliches Unbehagen, das ihm die Nähe des alten Mannes bereitete, dessen faltige Haut, seine dünnen, blauen Lippen. Gleich würde er zu brüllen anfangen, der Ziegler. Oder ihm eins mit dem Tafellineal überziehen, mit dem er jetzt herausfordernd gegen seinen Oberschenkel klopfte.

Undeutliche Vorstellungen stiegen im Wimmer auf, Ruinen, Tempelreste, eine große Frau in fliessendem weißen Gewand, die Hände emporhebend zu einem Himmel voll makelloser Leere. Mitteilungen an den Ziegler waren aus diesen Vorstellungen nicht zu machen.
Der Wimmer beugte sich zurück und hob einen Arm schützend vor das Gesicht. Wegen der feuchten Tröpfchen, die Zieglers schlechtes Gebiß verschleuderte. Ziegler mißdeutete dies als einen versuchten Angriff und kam vollends in Rage. Er brüllte:
„Eine Unverschämtheit! Nix weiß er, absolut nix, is blöder als blöd, aber auf Lehrer möcht er losgehen!"
Der Ziegler rang nach Luft, sein Gezeter schlug in unartikuliertes Gestammel um und statt der versöhnenden Menschlichkeit der Iphigenie erlebte die Klasse den cholerischen Anfall eines Lehrers, der schon längst in Pension sein sollte.
„Das nennt man eben den totalen Krieg", machten sie sich über den Alten lustig, wenn so ein Anfall vorbei war. Daß er selbst es ebenfalls als eine Zumutung empfand, wieder unterrichten zu müssen, wußten sie nicht. Ihnen dies zu erklären, verbat ihm seine Angst. Hatte man in der letzten Zeit nicht schon oft genug gehört, wie der eine oder der andere verschwunden war, nur weil er den Mund zu weit aufgemacht hatte? Außerdem, und da war der alte Ziegler mit den Nazis ausnahmsweise einer Meinung, schadete es jungen Leuten nicht, hart angepackt zu werden. Die jungen Kollegen waren ohnehin viel zu lax gewesen!
Der Ziegler ging zum Katheder zurück, ließ sich erschöpft auf den Sessel fallen, der Wimmer nahm dies als Zeichen, daß sich die Sache erledigt hätte und setzte sich auch. Doch mit unnachgiebiger Stimme forderte der Ziegler: „Also Wimmer, weshalb ist Iphigenie die große Frauengestalt der deutschen Literatur?" In strengem Takt klopfte er auf den Kathedertisch.
„Ich kann warten Wimmer, ich kann warten!"
Ratlos wanderte der Blick vom Wimmer über die Wand, über die verschmierte Tafel, darüber das Hitlerbild, darauf ein Mann in schwerem Ledermantel, der ihm die Luft abzudrücken schien. Der Mann hat einen starren Blick, Millionen sollen von diesem Blick fasziniert sein!
Das Bild war weihnachtlich geschmückt, mit Tannenzweigen, von denen dünne Lamettafäden baumelten. Schräg unter dem Führerbild war der Spruch der Woche. In kraus verschnörkselten Buchstaben

stand da: Forcht nit Tod noch Teufel, forcht nur die eignen Zweifel! Das half bei der Iphigenie-Frage auch nicht weiter, und der Ziegler war nicht mehr gewillt, länger zu warten.
„Betrüblich, betrüblich, Wimmer“, meinte er sarkastisch.
„Da wird wohl ein kleines Brieferl unter dem Weihnachtsbaum liegen, damit der Herr Vater weiß . . .“
Eine brummige Stimmbruchstimme unterbrach: „Per Adresse Stalingrad bitte!“
„Wer was das?“ Neue Wut gab dem Ziegler neue Kraft. „Wer das war, der meldet sich auf der Stelle!“
Der Ziegler starrte in die Klasse. Die Schülerköpfe ruhten wieder auf den Bänken, nicht einmal da und dort aufglucksende Lacher konnte er orten.
„Wenn sich der Betreffende nicht meldet“, rief der Ziegler, „dann wird die ganze Klasse . . .“
Was die ganze Klasse wird, blieb ungesagt, denn die Tür flog auf, herein kam mit hochelastisch federnden Schritten ein Mensch in blaugrauer Luftwaffenoffiziersuniform – flotte eingebeulte Schirmmütze, graue Wildlederhandschuhe, glänzende schwarze Stiefel – und ging auf den Ziegler zu. Hinter ihm her wieselte der Herr Direktor.
„Alles mal herhören!“ Eine Deutschland-wird-siegen-und-wenn-wir-sterben-müssen-Stimme fegte durch die Klasse.
„Wie ihr ja wißt, haben die Angehörigen des Jahrgangs 1928 anfangs kommenden Jahres ihren Dienst als Luftwaffenhelfer anzutreten. Um die Sache einfach zu machen, ist die Musterungskommission heute hier in der Schule. Leute des Jahrgangs 1929 oder jünger, können raustreten!“
Einige standen auf, wollten wortlos hinaus. Da mischte sich der Direktor ein. „Aber das ist keine Freistunde für euch, ihr meldet euch beim Professor Völser im Zeichensaal!“ Sie nickten und trotteten weiter. Sie waren bei der Tür, da riß sie die Stimme des Musterungsmenschen herum.
„Wohl noch nie was vom Grüßen gehört, wat?“ Und rügend zum Direktor: „Etwas mehr Disziplin sollte man doch erwarten können!“
Der Direktor, der sonst bei jeder Gelegenheit losbrüllte, nahm den Rüffel mit einer artigen Verbeugung zur Kenntnis und wollte zu einer Entschuldigung ansetzen, aber der Musterungsmensch ließ ihn erst gar nicht zu Wort kommen. „Manieren können Sie diesen

Lahmärschen später beibringen", knurrte er, dann wendete er sich, die Hände ins Koppelschloß gehakt, an die Klasse: „Kameraden, an allen Fronten stehen deutsche Soldaten in heldenhaften Abwehrkämpfen. Draußen brauchen wir jeden Mann! Der Führer und Reichskanzler Adolf Hitler hat sich deshalb entschlossen, die deutsche Jugend zum Schutze der Zivilbevölkerung und kriegswichtiger Anlagen einzusetzen. Der Führer weiß, daß ihr hier in der Heimat genauso euren Mann stellen werdet wie eure Väter und Brüder draußen vor dem Feind.
Selbstverständlich ist für eure schulische Weiterbildung vorgesorgt. Niemand wird ein Jahr verlieren. Im Gegenteil! Reifer als alle Jahrgänge der deutschen Jugend vor euch, werdet ihr zur Reifeprüfung antreten! Und sollte euch einer sagen, ihr seid noch zu jung zum Kämpfen, entgegnet: Wahres Heldentum hat noch nie im Geburtsschein gestanden!"
Er machte eine Pause, ließ seinen Blick über die Klasse schweifen, fand, daß noch Aufmunterndes zu sagen sei.
„Also Kameraden, dann wünsche ich euch und mir, daß ihr durchkommt bei der Musterung! Rank und schlank, wie ihr gewachsen seid, werden wir da ja keine Probleme haben! Dienstantritt ist der achte Jänner. Das steht genau im Einberufungsbescheid, der euch in den nächsten Tagen zugehen wird!"
Der Musterungsmensch schaute den Direktor an, als erwarte er sich ein paar zündende Worte von ihm. Doch der Direktor tat, als bemerkte er das nicht. Er fand es nicht in Ordnung, daß man Fünfzehnjährige von der Schulbank wegholt und an die Front schickt, auch wenn die jetzt Heimatfront hieß. Außerdem fühlte er sich überrumpelt. Erst heute früh war der Anruf vom Luftgaukommando gekommen, daß die Schule einen geeigneten Raum für die Musterung zur Verfügung zu stellen habe. Der Direktor fand es empörend, seine Weisungen vom Militär und nicht von der Schulbehörde entgegennehmen zu müssen. Zum Protest fehlte ihm allerdings der Mut. Der reichte bloß für ein paar erbitterte Blicke, hinter dem hinauseilenden Musterungsmenschen her.
Die Schüler der fünften Klasse erhoben sich. Begeistert waren sie nicht, überrascht auch nicht. Daß es demnächst soweit sein würde, wußten sie seit Wochen.
Dem Ziegler, der sich während der Musterungsrede in eine Fensternische gedrückt hatte, ging das „Verlassen der Klasse" zu langsam.

Mit einem kräftigen Knall ließ er sein wichtigstes pädagogisches Handwerkszeug, das Tafellinieal, auf den Tisch knallen.
„Habt ihr nicht gehört, was der Herr Major angeordnet hat", schrie er. „Grabner, du bist verantwortlich, daß die Klasse in vollster Ruhe und Ordnung in den Turnsaal einrückt!"
„Und im übrigen", dies ging wieder an die ganze Klasse, „gibt es keinerlei Grund zur Aufregung!"
„Na? Echt net?" fragte der Wimmer. Etliche lachten.
„Wimmer, ich verbitte mir das", brüllte der Ziegler.
Den Wimmer schreckte das nicht mehr. „Der kanns net erwarten, daß er uns los wird." Der Wimmer lachte. „Oder kommt er am End mit, Vaterland verteidigen?"
Ordnungshalber, ruhehalber, schaltete sich der Direktor ein:
„Ich befehle Ruhe! Absolute Ruhe! Ein Wort noch und die ganze Klasse hat drei Stunden Karzer!"
„Vor oder nach der Einberufung?" fragte einer. Antwort bekam er keine. Weder von der Schulobrigkeit noch von den Klassenkameraden. Die drängten zur Tür hinaus und dem Turnsaal zu. Dort ging alles sehr schnell. In schwarzen, weiten Klothhosen standen sie fröstelnd in der ungeheizten Halle. Sie wurden gemessen, gewogen, maulgeschaut. Letzteres besorgte ein Glatzkopf mit runder Goldbrille, der über der Offiziersuniform einen weißen Mantel trug. Er klopfte auch flüchtig die Rücken ab und rief einem Schreiber und dem Major, die an einem kleinen Tischchen saßen, „tauglich" zu. Dann nickte der Major und der Schreiber hakte ab.
Nach kaum einer Stunde standen die Schüler wieder draußen am Gang. Mit gemischten Gefühlen. Jetzt war es amtlich! Aber mehr als vorher wußten sie auch nicht! Offiziell hieß es, Flakhelfer werden nur in der engeren Heimat eingesetzt. Doch man hatte auch schon von Fällen gehört, wo die Leute nach München oder Prag oder gar nach Berlin gekommen waren.
„Das wär mir wurscht", meinte der Hofer. „Siehst wenigstens was von der Welt."
„Was man in einem Bunker halt schon von der Welt sieht", sagte der kleine Flöttl.
„Hast ja nicht immer Dienst". Der Hofer ließ sich nicht beirren. „Und auf a Uniform, auf die fliegen die Weiber!"
Der Flöttl hob die Schultern. „I reiß mi net um a Uniform, ehrlich net".

„Wissen möcht ich, ob wir zusammenbleiben, oder ob's an jeden woanders hinstecken?“ sagte der Leitner, und der Wimmer sagte: „Mich interessiert was anderes viel mehr! Habts ihr jetzt noch a Lust, euch in die Geographiestund zu hocken?“
„Ich wär für die Berta“, sagte der Hofer. Die anderen nickten. Die „Berta“ war eine Kaffeekonditorei in der Altstadt und der einzige Platz in der Stadt, wo sich die Heimschüler mit den anderen halbwegs ungestört treffen und auch ein bißchen mehr Wirbel machen konnten, als in anderen Lokalen.
Langsam setzten sie sich in Richtung Schultor in Bewegung, doch da tauchte im Stiegenhaus der Stramme Max auf. Der Stramme Max war der einzige junge Lehrer der Schule. Turnen und Geographie. Außerdem war er Bannführer in der Hitlerjugend. Gemunkelt wurde, daß er deswegen nicht einrücken mußte.
Der Stramme Max war wütend. Der Musterungsmensch hatte sich, bevor er mit seiner Kommission abgezogen war, nochmals beim Direktor beschwert und der hatte den Rüffel postwendend an den Strammen Max weitergegeben.
In den Sprunggelenken federnd, wie vorher der Musterungsmensch, baute sich der Stramme Max auf. Ganz so forsch wie der Major wirkte er leider nicht, weil er keine schnittige Uniform, sondern Knickerbocker und einen abgetragenen Lodenjanker anhatte.
„Wie ihr euch benommen habt, ist eine Schande für die Schule“, herrschte er sie an. „Und das geb ich euch schriftlich! Bis Weihnachten steht ihr da wie deutsche Jungen und nicht wie ein Haufen Schlappschwänze! Alle Deutsch- und Geographiestunden bis Weihnachten entfallen! Statt dessen wird geübt! In einer Minute ist die Klasse im Schulhof angetreten!“
„Bitte, es regnet“, sagte der Flöttl.
„Das ist mir egal“, schrie der Stramme Max. „Ich laß mir nicht nachsagen, daß meine Schüler ein Sauhaufen sind!“
Murrend zogen sie in den Hof hinaus. Der Regen hatte aufgehört. Eine Stunde lang machten sie Haltungsübungen. Hitlergruß, Strammstehen, Kehrtwendungen, Meldungen, Kehrtwendungen, Strammstehen, Hitlergruß . . . der echte Stumpfsinn.
Danach war ihnen die Lust auf die „Berta“ vergangen, und der Wimmer sinnierte: „Ob des den Endsieg bringt, wennst Hampelmann spielst?“
Der Flöttl schaute den Wimmer an, hob die Schultern und sagte:

„Du, wenn das stimmt, was mir mein Bruder erzählt hat, dann war das heute noch gar nix, wenn das stimmt, was mir mein Bruder erzählt hat, dann wird das noch ganz lausig lustig."

2. Kapitel

Der 23. Dezember war für Martin Wimmer der letzte Schultag. Der Abschied von der Schule und den Klassenkameraden fiel ihm nicht besonders schwer. Und im Schülerheim hatte Martin ohnedies kaum Freunde. Das Heim hatte er nicht gemocht. In dieses Heim nicht mehr zurück zu müssen, war der einzige Pluspunkt an der Musterungs-Geschichte.
Der Autobus, mit dem Martin nach Hause fuhr, war total überfüllt. Soldaten, Verwundete und Arbeiter hatten zuerst einmal Anspruch auf die Plätze. Nur wenn dann noch was frei war, kamen die Schüler dran. Doch der Martin kannte den Buschauffeur. Er war schon oft mit ihm gefahren.
Der Chauffeur zwinkerte ihm zu. „Wart hinten", sagte er, „ich bring dich schon noch unter!"
Als er dann Martins Gepäck sah, machte er Staunaugen. „Bist aus dem Heim geflogen", fragte er. „Weilst Zimmer Kuchl Kabinett mithast?"
Martin gab keine Antwort. Er hatte es satt. Immer wenn er sagte, daß er einrücken müsse, machten die Leute so seltsame Gesichter. Und dieses „Mein Gott, und noch so jung", konnte er schon nicht mehr hören. Außerdem, fand Martin, hatte er gar nicht so viel Gepäck. Bloß den Koffer, mit dem er immer heimfuhr, und dann noch zwei Margarineschachteln, gut verschnürt. Mit Schulsachen und ein paar Bastelarbeiten, und all dem Kram, der sich im Laufe von drei Schülerheim-Jahren angesammelt hatte. Unterwegs mußte der Autobus ein paar Mal anhalten. Er war ein „Holzvergaser", wie in dieser Zeit, wegen der Treibstoffknappheit üblich. Da war hinten, an der Rückwand, ein zwei Meter hoher Eisenzylinder montiert, in dem kleine Buchenholzwürfel verbrannten. Dabei entstand Gas, das zum Betrieb des Motors verwendet wurde. So alle siebzig, achtzig Kilometer mußte nachgefüllt werden. Martin half dem Chauffeur dabei. Die Prozedur war umständlich. Sie mußten auf der Leiter zur Dachgalerie hinaufturnen, dann schraubte der Chauffeur den Deckel vom Zylinder und Martin reichte ihm die Säcke mit den Buchenholzwürfeln, die der Chauffeur in den Zylinder schüttete. Bis oben wurde

der gefüllt, und dann mußten sie noch warten, bis das Ganze wieder ordentlich in Glut war, erst dann konnten sie weiterfahren.
So dauerte es ziemlich lange, bis sie endlich in Wien, am Franz-Josef-Bahnhof ankamen. Gegen sieben Uhr am Abend war es. Und um drei Uhr war der Bus in Krems abgefahren. Straßen und Häuser lagen verdunkelt in trüber Finsternis. Ein leichter Schneefall dämpfte die spärlichen Verkehrsgeräusche. Nur wenn die Straßenbahn mit gespenstisch blau verschmierten Scheiben und abgeblendeten Scheinwerfern vorbeikam, konnte man sich notdürftig orientieren.
Martin sah sich nach seiner Mutter um. Wahrscheinlich ist sie heimgegangen, dachte er. Die Verspätung wird ihr zu lang geworden sein. Er ging noch ein paarmal vor dem Bahnhof auf und ab, immer darauf bedacht, sein Gepäck nicht aus den Augen zu verlieren. Als auch die letzten der Bus-Fahrgäste in der Dunkelheit verschwunden waren, schleppte er sein Gepäck zur Straßenbahnhaltestelle hinüber und fuhr nach Hause, in die Schottenfeldgasse.

Er hatte kaum die Klingel an der Wohnungstür gedrückt, da sprang auch schon die Tür auf und die Mutter umarmte ihn.
„Mein Gott, daß du endlich da bist!“ Sie hatte eine Tränenstimme. „Zweimal war ich am Bahnhof, kein Mensch hat mir was sagen können!“
Martin hatte noch immer den Koffer und die Schachteln in den Händen und wußte nicht recht, wie sich der stürmischen Umarmung entziehen. Sie kam ihm übertrieben und der Situation nicht entsprechend vor.
„Verspätung haben wir halt gehabt“, sagte er.
Sie ließ ihn noch immer nicht los.
„Kalt ist es da in der Tür“, sagte er.
Endlich gab sie ihn frei.
„Und einen Hunger hab ich!“ Das war immer noch das sicherste Mittel, die Mutter abzulenken. Es wirkte auch diesmal. Sie zog ihn ins Vorzimmer hinein, nahm ihm Koffer und Schachteln ab.
„Anrufen hättest wenigstens können“, sagte sie. „Bei der Buchberger“. Die Buchberger war die einzige im Haus, die Telefon hatte. In dringenden Fällen durfte man bei ihr anrufen. Martin hatte nicht gedacht, daß das ein dringender Fall sei. Außerdem, von wo hätte er denn unterwegs anrufen sollen? Die Frau hatte merkwürdige Vorstellungen!

Martin ging in die Küche und drehte den Volksempfänger ab. Aus dem hatte eine Männerstimme von einem Herz, das sich nach Liebe sehnt, geplärrt. Er setzte sich an den Tisch und starrte die blauweiß gewürfelte Wachstuchdecke an. Ein angefangener Brief lag auf dem Wachstuch. Mit Tränenflecken drauf. Die Mutter begann ihm leid zu tun. Hölzern und ungerecht kam er sich plötzlich vor. Aber aufstehen, zu ihr gehen und ihr etwas Freundliches sagen, konnte er auch nicht.

Die Mutter stand bei der Kredenz und kramte herum. „Magst eine Eierspeis?" fragte sie. Dann hellte sich ihr Gesicht auf.

„Einen Kaiserschmarrn kannst haben. Mit echten Rosinen!"

Kaiserschmarrn war sein Lieblingsessen.

„Aus Waidhofen?" fragte er. In Waidhofen wohnten die Großeltern. In Waidhofen gab es noch allerhand ohne Lebensmittelkarten.

„Nur die Eier", sagte die Mutter, während sie drei davon in eine Schüssel schlug. „Die Rosinen waren auf Weihnachtsaufruf. Auf deiner Karten müßten eigentlich auch noch die Rosinen drauf sein."

Er schüttelte den Kopf. „Ich hab nur Reisemarken kriegt"

„Des is typisch", schimpfte die Mutter. „Das andere reißt sich der Verwalter unter den Nagel. Solchenen Leuten müßt man das Handwerk legen. Warum hast dich denn nicht beschwert?"

„Aussichtslos", sagte er, und dachte an den Verwalter, wie der dem Herrn Direktor und dem Strammen Max riesige Weihnachtsfreßpakete überreicht hatte. Aber was sollte er der Frau davon erzählen? Die hatte doch keine Ahnung!

Der Kaiserschmarrn, mit Zwetschkenröster, war eine riesige Köstlichkeit. Martin stopfte ihn wortlos, eilig, gierig in sich hinein. Dann ließ er sich in den Sessel zurückfallen, klopfte sich auf den prallen Bauch und murmelte: „Sowas könnte man öfter vertragen!"

Die Weihnachtsgeschenke, am nächsten Tag, waren auch üppiger als Martin erwartet hatte. Er bekam einen Norwegerpullover mit Fäustlingen und einen ganzen Stapel Bücher. Sein Geschenk an die Mutter war eine Schmuckkassette aus Laubsägearbeit. Eine Hundsarbeit war die gewesen. Martin war stolz auf das braune Ding. Und die Mutter freute sich. „Ein bissl zu groß allerdings, für mein Batzl Schmuck", meinte sie, als sie das Ding, näher bestaunte. „Aber ich werd deine Briefe reintun! Du versprichst mir doch, daß du oft schreibst, oder?"

Martin wollte nicht beim Thema bleiben. Er versuchte abzulenken. „Könnten wir nicht morgen nach Waidhofen fahren?"
Die Mutter schüttelte den Kopf. „Ich hab morgen Nachtschicht", sagte sie. „Und bei den beschissenen Zugsverbindungen schaffen wir das sowieso nie."
„Hauptsach wir haben das Packel von ihnen", sagte Martin. Das Weihnachtspaket aus Waidhofen war ein sagenhaftes Paket!
Fein säuberlich in Papier gewickelt und mit Holzwolle ausgestopft, barg es einen Butterstriezel, zwei große Stücke Geselchtes, eine Stange Wurst und ein schwarzglänzendes, duftendes Kletzenbrot. Und eine Ente. Dann war noch ein schmales Päckchen drin, das Extra-Geschenk für den Martin. Eine Uhr. Eine Junghans mit schwarzem Zifferblatt, goldenen Zeigern und Ziffern und einem Stopper. Auf den Großvater konnte man sich verlassen, der fand immer etwas, was einen aus den Socken reißen konnte.
Vom Stiefvater war ein Brief gekommen. Für Martin waren dreihundert Mark drin. Und ein Foto war im Kuvert, das zeigte den Stiefvater mit etlichen Kameraden, dick vermummt mit Schal und Tüchern. Wie man in so einem Anzug kämpfen konnte, begriff Martin nicht. Der Brief vom Stiefvater war auch nicht gerade optimistisch. Von großer Kälte schrieb er, von zu dünner Bekleidung und zuwenig Benzin für die Fahrzeuge und von Munition, die hinten und vorne nicht reiche. Und für das kommende Jahr, schrieb er, wünsche er daheim alles Gute, obwohl er nicht sehe, wie der fromme Wunsch in Erfüllung gehen sollte. Und dann schrieb er noch allerhand von – Weitermarschieren, bis alles in Scherben fällt – und davon, daß er schon darauf schauen werde, daß ihm die Scherben nicht auf den Kopf fallen.
„Traut sich ganz schön was, der Alte", sagte der Martin, als ihm die Mutter die Stelle vorlas. Sie warf ihm einen rügenden Blick zu. Sie mochte es nicht, wenn er so per „Altem" von seinem Stiefvater sprach.
Er nahm sich ein Stück Kletzenbrot. „Ich mein nur, weil die Feldpost doch zensuriert wird, Freund liest mit und so!"
„Den Brief hat ein Urlauber gebracht", sagte die Mutter. „So blöd ist der Otto nicht! Und ich mag nicht, wenn du so redest von ihm!" Sie schaute in die brennenden Christbaumkerzen und bekam feuchte Augen. „Wo man nicht einmal weiß, ob er wiederkommt". Sie fing zu heulen an. „Und du mußt jetzt auch einrücken!"

Martin stand auf. Er blies die Kerzen aus. Etwas Besseres fiel ihm nicht ein. „Er wird schon wiederkommen", murmelte er.
Vater konnte er nicht sagen. Stiefvater gefiel ihm auch nicht.
„Und ich, ich bleib ja sowieso in Wien!"
Die Mutter wischte sich über die Augen, zog den Tränenrotz hoch und stand auf. „Mein Gott", sagte sie, „beinah hätt ich vergessen, daß noch ein Geschenk vom Opa Zworsky für dich da ist!"
Opa Zworsky war der Vater vom Otto, ein pensionierter Oberst mit Igelfrisur. Martin mochte ihn überhaupt nicht.
Die Mutter suchte in der altdeutschen Anrichte herum und kam mit einem Ding wieder, das in Silberpapier gewickelt war.
Martin riß lustlos das Papier auf. Ein Buch war darunter.
„Zu Wasser, zu Lande und in der Luft" hieß es und enthielt eine detaillierte Beschreibung aller drei Waffengattungen.
„Schönen Dank dem Alten vom Alten", murmelte Martin und legte das Buch weg, ohne auch nur den Deckel aufzuklappen.

3. Kapitel

Sechs Uhr früh war es, als der Wecker klingelte. Wie die Pest haßte Martin das Weckergeschepper. Vierzehn Tage war er jetzt davon verschont geblieben, und nun ging das wieder los!
Am Gasherd stand noch Kaffee, Ersatzkaffee. Die Mutter hatte ihn gemacht, bevor sie in die Frühschicht gegangen war.
Während Martin den Kaffee trank, versuchte er sich einen Martin in Uniform vorzustellen. Es gelang ihm nicht. Der Leitner fiel ihm ein. Der hatte erzählt, daß er einmal den Stahlhelm seines Bruders probiert hatte. „Wennst sowas aufhast, siehst einen Schmarrn", hatte der Leitner gesagt, und der Hofer hatte gelacht und „wirst schon noch reinwachsen" gesagt. Der Leitner war der kleinste in der Klasse, ganze einmeterfünfundfünfzig. Martin räumte das Frühstücksgeschirr weg, dann schnappte er den Koffer und zog los.

Die Straßenbahn war zu dieser frühen Morgenstunde voll. Dichtgedrängt standen die Leute, dumpf und dampfend in der feuchten Wärme, die sie selbst erzeugten. Mürrische Gesichter, die ins Leere starrten. Bei der Philadelphiabrücke mußte er umsteigen. Dort traf er den Hofer. Den Hofer mit einem Riesenkoffer.
„Bin i froh, daß du da bist", sagte der Hofer. „Du mußt ma helfen! Die lassen mich net mitfahren!"
Zuerst kapierte der Martin nicht, bald begriff er. Es war unmöglich, dem Riesenkoffer einen Platz in der Straßenbahn zu erkämpfen. Drei Straßenbahnen mußten sie abwarten, dann gelang es ihnen, einen Platz auf einer offenen Plattform zu ergattern. Die Leute auf der Plattform regten sich über den Koffer auf. Ein dicker, alter Mann schimpfte: „Jetzt schickens schon die Kinder hamstern! Könnts net später fahrn? Müßts in den Berufsverkehr rein?"
Martin sagte: „Wir fahren auch in den Dienst!"
Der alte dicke Mann lachte giftig. „Eh klar! In Kindergarten!" Er gab dem Koffer einen Tritt, eine Kofferecke fuhr einer Frau in die Kniekehle. Die Frau schrie empört auf.
Martin und der Hofer waren ganz schön erleichtert, als sie endlich ausstiegen.

„Was schleppst denn da alles mit?“ fragte Martin, als sie vorbei an winterlich öden Schrebergärten zur Kaserne marschierten.
Der Hofer wechselte alle paar Schritte den Koffer von einer Hand zur anderen. „Weiß ich doch net“ maulte er ärgerlich.
„Kofferpacken ist Weibersach!“
Na, der wird schauen, dachte der Martin. Der Hofer hatte bis jetzt zuhause gewohnt. Ein Mutterbubi also. Einer ohne Ahnung von Heimen und Kasernen. Ein Kremser Himbeerburli!
Dem Posten am Tor zeigten sie die Einberufungsbefehle. Er schickte sie zu Block B. Block B war eine niedrige Halle. Früher mußte da eine Garage oder eine Werkstatt gewesen sein. Auf dem vielfach geborstenen Betonboden waren noch Spuren von Ölflecken. Und richtige Fenster gab es auch nicht, nur eine Reihe von Milchglasscheiben knapp unter dem Hallendach aus Wellblech.
Links und rechts an den Wänden standen Dreierstockbetten, auf Viererblocks zusammengeschoben, dazwischen eiserne Spinde. In der Mitte der Halle waren rohe Holztische und Bänke aufgestellt.
„Habe die Ehre“, stöhnte der Grabner Gerhard, der auf dem Weg zur Halle zu ihnen gestoßen war. „De schaun auf uns!“
„Des kannst laut sagen!“ Der Martin lachte, obwohl ihm nicht nach Lachen zumute war. „Wenn i vier Radeln hätt, tät i besser herpassen. Die können uns doch net in eine Garage legen!“
Neben der Eingangstür, an einem kleinen Tisch, saß ein Unteroffizier. Er winkte die drei heran, schaute ihre Einberufungsbefehle an und teilte ihnen ihre Betten zu.
„Je drei Mann ein Spind“, kommandierte er. „Um neun ist Antreten zur Uniformausgabe!“
Ratlos stand der Hofer vor dem schmalen Spind. „Der soll für uns drei sein?“ fragte er den Martin. „Wo soll i denn des alles unterbringen?“ Angewidert stieß er mit einer Schuhspitze gegen sein Koffermonstrum. Der Martin und der Grabner Gerhard legten ihre Koffer auf das unterste Stockbett, öffneten sie und fingen an, ihr Hab und Gut in den zugewiesenen Spind zu räumen. Dem Hofer sein Kofferproblem interessierte sie nicht. Erst als der Hofer fluchend den Koffer aufgemacht hatte und entrüstet greinte: „Warum hats mir denn die ganze Freßerei eine tan?“ wurde der Hoferkoffer für sie interessant.
„Des packst net!“ staunte der Martin. Im Hoferkoffer, zwischen Unterhosen und Hemden, Socken und Pullovern, lagerten Würste

und Kekse, Kuchen und Konserven. So viele Freßsachen auf einem Haufen hatte der Martin schon lange nicht mehr gesehen.
„Schieb ihn unters Bett“, riet er. Der Hofer klappte den Kofferdeckel zu. Er wollte den Koffer unter das Bett treten. Das Bett war zu niedrig. Und der Kofferdeckel wollte nicht mehr zugehen.
„Tun wir das Zeug doch in den Spind“, riet der Grabner Gerhard. Er stopfte, so schnell und so gut er nur konnte, Freßsachen zwischen den Wäschekram im Spind. Der Martin half ihm. Der Hofer schaute ihnen zu.
Eine Lautsprecherstimme forderte sie zum „Fertigmachen und Antreten“ auf.
Der Martin und der Grabner Gerhard ignorierten die Lautsprecherstimme. Sie konnten die herrlichen Freßalien doch nicht einfach schutzlos im Hoferkoffer lassen!
„Hörts net?“ greinte der Hofer. „Wir sollen antreten! So kommts doch! Alle anderen sind schon rausgegangen!“
„Gleich, gleich“, murmelte der Grabner Gerhard und warf aufgerollte Socken aus dem Spind um für eine Keksdose Platz zu schaffen. Der Unteroffizier, der ihnen die Betten zugewiesen hatte, eilte durch die Halle, sah die drei mit dem Riesenkoffer, schoß auf sie zu, brüllte: „Tempo, Tempo, das ist kein Altersheim! Ihr seid ja schon die Letzten!“ Dann sah er dem Hofer seine Schätze. Er wurde freundlicher. „Wem gehört das?“
„Mir bitte“, sagte der Hofer. Zerknirscht sagte er es. Unklar war ihm, ob es überhaupt klug sei, den Besitz von so viel Nahrung zuzugeben. Doch der Unteroffizier klopfte ihm freundlich auf die Schulter, schaute sich um, sah weit und breit niemanden mehr in der Halle, sagte: „Im Spind kannst das nicht lassen! Aber ich werd schon was finden. Ich komm wieder nach dem Appell. Und jetzt dalli, dalli! Ab mit euch!“
Er drückte die Spindtür zu, hievte den Hoferkoffer in das unterste Bett und legte die Matratze drüber. „Da ist der Koffer vorläufig sicher“, sagte er. „Ihr müßt nämlich wissen, die Leut hier stehlen wie die Raben!“
Beim Hinausrennen gab der Hofer dem Martin einen Stoß in die Rippen. „Der war klass, gelt?“ sagte er.
„Der will deine Würscht, sonst nix“, sagte der Martin.

Auf dem Platz vor dem Block B standen die Leute in Gruppen, um sie Unteroffiziere und Ausbildner. Wie eine Schafherde, die von zu vielen Hunden bewacht wird, dachte der Martin.
Die Hunde waren mit der Schafherde unzufrieden. „Sauhaufen" brüllten sie unentwegt. Zu Dreierreihen, U-förmig angeordnet, wollten sie die Schafe stehen haben. Martin wurde gedrängt, geschoben, gestoßen, stand dann still, war anscheinend schon ein Teil der Ordnung, die gewünscht war. Kalt wurde ihm. Gleich frieren mir die Ohrwaschel ab, dachte er. Gleich fangen mir die Zähne zu klappern an. Gut eine Viertelstunde stand er so zwischen den anderen. Dann erschien der Kompaniechef. Jemand kommandierte „Achtung". Martin bemühte sich, so stramm als möglich zu stehen, stand da, daß der Stramme Max seine helle Freude an ihm gehabt hätte und wunderte sich, daß ihm die Ohren noch immer nicht abgefroren waren.
Der Kompaniechef nahm die Meldung des Oberfeldwebels entgegen und ließ „Ruhen" kommandieren. Und dann hielt er eine Rede, die sich haargenauso anhörte wie die Ansprache vom Musterungsmenschen in der Schule.
Nach der Mut-Ausdauer-Disziplin-Rede mußten sie in die Wäschekammer. In Viererreihen hatten sie dort aufzumarschieren. Für jede Viererreihe war ein Tisch mit einem Feldwebel da. Der fixierte jeden Einzukleidenden zusammengekniffenen linken Auges, rief dann Unverständliches nach hinten zu den Regalen, worauf Soldaten allerlei Kleiderkram herbeischleppten; pro Mann eine Ausgehuniform und eine Felddienstausrüstung. Nur in zwei Größen gab es den Kram. Zu kurze oder zu lange Hosen, zu weite oder zu enge Ärmel störten die Feldwebel nicht. Beschwerden über nicht passende Klamotten nahmen sie nicht entgegen. Einem, der sich trotzdem über seine „Hochwasserhose" erregte, trieb ein Feldwebel mit einem freundlichen Schlag den Stahlhelm ins Gesicht. Am ärgsten waren die Schuhe. Die mußten aus einer Winterhilfssammlung stammen. Kein Paar glich dem anderen. Genagelte Goiserer, lammgefütterte Stiefeletten, elegante Skischuhe waren da, auch richtige Soldatenstiefel und altmodische, zweifarbige Chromlederschuhe.
Martin hatte eine glückliche Figur für die Militärklamotten. Er paßte in die „kleinere Größe" ziemlich tadellos hinein. Und das Goiserer-paar, das ihm der Feldwebel ausgehändigt hatte, paßte auch halbwegs.

Als Martin mit seinem Zeug in den Armen in die Schlafsaal-Halle zurückkam, war der hilfreiche Unteroffizier beim Hofer. Der Unteroffizier hatte zwei leere Munitionskisten gebracht, die unter das Bett paßten. In die räumte er dem Hofer seine Freßsachen. Eine Stange Wurst, die größte, nahm er sich dafür als Gegenleistung.
„Na, genau wie ich gesagt hab", flüsterte der Martin dem Hofer zu. Dem Hofer schien um die Wurst nicht leid zu sein, er zuckte bloß gelangweilt mit den Schultern. Martin warf seinen Kleiderbinkel auf das Bett.
„Fertigmachen zum Deckenabholen", brüllte der Feldwebel durch die Halle.
„Fertigmachen zum Mittagessen", brüllte es gleich hinterher aus dem Lautsprecher.
„Also was jetzt?" fragte der Grabner Gerhard den Martin.
„Deckenholen oder Mittagessen?"
Martin schaute sich um. Keiner in der Halle schien so recht zu wissen, was nun zu tun sei. Die Leute liefen durcheinander, stellten sich bald da und bald dort an, ohne zu wissen, warum. Dann erschien ein Leutnant, der fragte den Feldwebel barsch, warum „die Leute" noch nicht im Speisesaal seien. Der Feldwebel sagte dem Leutnant, daß nach dem Tagesdienstplan anschließend an die Uniformausgabe die Bettwäsche zu holen sei.
Der Leutnant keifte: „Um elf Uhr war Wäscheausgabe, Sie können wohl nicht lesen, Mann!"
Der Feldwebel erklärte, daß seine Leute gerade erst vom Uniformfassen zurückgekommen seien, aber das kümmerte den Leutnant nicht.
„Sie haben zwanzig Minuten Verspätung, Mann" schrie er. Sie bringen den ganzen Betrieb durcheinander! Kompanie zum Essen führen!"
Der Feldwebel stand stramm. „Jawohl, Herr Leutnant, Kompanie zum Essen führen!"
„A Wahnsinn", sagte der Grabner Gerhard, als sie zum Speisesaal hinüber marschierten. „Da weiß ja keiner, was er will. So a Durcheinander!"
Zum Mittagessen gab es Linsen mit Speck. Und der Martin kam endlich dazu, den Leitner und den Flöttl zu begrüßen. Im Irrsinnsgetriebe des Vormittags hatte er die zwei zwar schon ein paarmal von weitem gesehen, aber kein Wort mit ihnen wechseln können.

Der Flöttl beschwerte sich über die Linsen. In den seinen war angeblich kein einziges Speckstück. Der Hofer aß seine Linsen überhaupt nicht. Und der Grabner Gerhard murmelte beim Mampfen unentwegt: „Gleich kotz ich mich an, so ein Scheißdreck von einem Fraß!" Der Martin hatte am Essen nichts auszusetzen. Nach drei Jahren Schülerheimkost war er so einen Pappgatsch gewohnt. Die Bettwäsche holten sie dann nach dem Mittagessen. Hinterher wurden die einzelnen „Züge" und „Gruppen" eingeteilt. Alle aus der Kremser Schule kamen in einen „Zug". Ihr Zugsführer war der Unteroffizier, der so hilfreich für die Unterbringung des Hofer-Proviants gesorgt hatte.
„I glaub, mit dem haben wir Glück", meinte der Leitner. „Der ist kein Wilder". Der Martin widersprach nicht, aber er dachte: Möcht wissen, was hier überhaupt ein Glück sein könnt!
Viel passierte an diesem ersten Soldaten-Tag nicht mehr.
Ein scheußliches Brot-Wurst-Käseckerl-Nachtmahl bekamen sie. Und nach dem Nachtmahl hockten sie verdrossen an den langen Tischen in der Halle herum. Kalt war ihnen. Die zwei großen Sägespäneöfen, mit denen die Halle geheizt wurde, waren schon ausgegangen. Punkt zehn Uhr, hatte ihnen der Unteroffizier gesagt, werde das Licht abgedreht, dann hätten alle in den Betten zu sein. Der Martin legte sich schon viel früher ins Bett.
Augen zumachen, einschlafen, an nichts mehr denken müssen, war das einzige, was er sich wünschte. Aber er konnte lange nicht einschlafen. Zuerst war es um ihn herum zu laut. Die anderen tuschelten, erzählten sich in den Betten – auch noch als das Licht schon abgedreht war – Witze, kicherten und flüsterten. Und kalt war dem Martin auch. Und die Decke war viel zu dünn. Dafür kratzte und juckte sie. Kaum war Martin eingeschlafen, fuhr er wieder hoch. Irgendetwas war da, was ihn nicht schlafen ließ. Aber er war zu müde, es herauszufinden, schlief wieder ein, wachte wieder auf, meinte, der schnarchende Hofer habe ihn geweckt, murmelte „Halt die Pappen, Hofer" und schlief wieder ein. Unruhige Träume hatte er, dazwischen wurde er noch oft munter. Am Morgen meinte er, überhaupt nicht geschlafen zu haben. Den anderen war es nicht besser gegangen. Fluchend und schimpfend sprangen sie beim „Wecken" aus den Betten. Und entdeckten, was sie in Wirklichkeit in der Nacht so geplagt hatte. Fast jeder war übersät von roten Flecken, die juckten und brannten.

„Wanzen sind das! Das sind Wanzenbisse", schrie der Leitner.
Der Martin hatte noch nie in seinem Leben mit solchen Viechern zu tun gehabt. Aber gehört hatte er schon von ihnen. Wanzen, das wußte er, waren eine Plage. Wanzen, das hatte seine Mutter gesagt, hatten nur verdreckte Leute. Gesindel hatte Wanzen.
Ehrliche, anständige Leute hatten soetwas nicht!
Beim Morgenappell meldete einer die Wanzen. Der Kompaniechef machte ein empörtes Gesicht. „Wanzen? Werden Sie wohl von zuhause mitgeschleppt haben", herrschte er den Wanzen-Melder an. „Bei uns hier, ne, bei uns hier ist das ausgeschlossen!"
Erst als die anderen bestätigten, daß sie auch von Wanzen gebissen worden seien, winkte der Kompaniechef den Spieß zur Seite, und die beiden flüsterten eine Weile miteinander. Dann rauschte der Kompaniechef ab, und der Spieß ließ zum „Exerzieren abrücken".
Der Vormittag verging mit Linksrum, Rechtsrum, Kehrtmarsch. Der Martin wußte bald nicht mehr, wo ihm der Kopf stand. Sogar auf die Wanzenbisse vergaß er. Die fielen ihm erst wieder am Abend ein, als sie in den Schlafsaal zurückkamen und merkten, daß niemand etwas gegen die Wanzen unternommen hatte.
„In das Bett leg ich mich nimmer", sagte der Martin zum Hofer. „Wirst aber müssen", sagte der Hofer." „Kannst ja net heimgehen". Und dann fügte er noch hinzu: „Und überhaupt. Die Soldaten an der Front, die sind so verwanzt, daß sie ihre Uniform verbrennen müssen, wenns auf Urlaub fahren!"
Dem Martin war ohnehin klar, daß ihm für die Nacht nur das verwanzte Stockbett als Schlafplatz blieb. Und er schlief darin sogar besser als in der ersten Nacht. In seinen Träumen allerdings trieben sich Wanzen herum. Tausende Wanzen. Die kamen wie Geschoße, durch die Luft und zerplatzten auf seinem Stahlhelm und waren voll Menschenblut. Und ein Spieß brüllte ihn zusammen wegen der Blutflecke auf dem Stahlhelm.
Am nächsten Morgen mußten sie die Ausrüstung zurückgeben. Sie bekamen zwei Tage Urlaub. Bis dahin, hieß es, würde ihr Quartier wanzenfrei sein.

4. Kapitel

Nasser Schnee, von einem heftigen Wind getrieben, klatschte ihnen ins Gesicht, als sie durch die Schrebergärten zur Straßenbahn gingen. Reden war mühsam, weil einem dabei der Schneematsch in den Mund kam. Der Hofer redete trotzdem. „Alles hat seine guten Seiten", sagte er. „Sogar die Wanzen. Ohne die hätten wir jetzt kan Urlaub".
Die Kremser hätten eigentlich nach Hause fahren können. Aber für zwei Tage, fanden sie, lohnte das nicht. Also hatte der Martin den Leitner und den Flöttl zu sich eingeladen. Der Hofer konnte bei seiner Tante in der Wiedner Hauptstraße wohnen. Daß er auch den Grabner Gerhard mitbringen würde, hatte er ihr vorsichtshalber am Telefon nicht gesagt.
Bei der Philadelphiabrücke trennten sie sich. Um zwei Uhr wollten sie sich bei der Oper wieder treffen; auf einen Innenstadtbummel.

Vor dem Haus, in dem der Martin wohnte, stand der Herr Bockskandl. Der hatte bei Tobruk ein Bein verloren und trug eine Prothese. Seit er von der Wehrmacht entlassen war, arbeitete er im Ernährungsamt. Martin wollte mit einem kurzen Gruß an ihm vorbei, aber der Herr Bockskandl blieb breitbeinig in der Haustür stehen.
„Sinds für länger kommen, Herr Wimmer?" fragte er. „Martin kann ich ja jetzt, wos in Uniform sind, nimmer sagen", fügte er grinsend hinzu.
„Wir haben Wanzenurlaub", sagte der Martin. Der Bockskandl grinste blöd, verstand nicht. Martin erklärte. Der Bockskandl staunte. Wanzen? Bei der deutschen Wehrmacht Wanzen? Er schüttelte den Kopf. Dann kam ihm die Erleuchtung. „Na ja", sagte er, „wahrscheinlich waren vor euch Russen einquartiert!"
Damit hatte er sich die Welt wieder in Ordnung gebracht. Aber ins Haus hinein ließ er den Martin und den Flöttl und den Leitner noch immer nicht. „Sie müssen was wegen ihrer Mutter unternehmen", sagte er zum Martin. „Die hat nämlich noch immer nix für den Luftschutz tan. Kan Löschsand, ka Feuerpatschn. Und die

Verdunklung gehört auch repariert! Sie kriegt sonst Schwierigkeiten. Es tät mir leid, aber ich hab schließlich die Verantwortung!"
„Is recht", sagte der Martin und drängte sich am Bockskandl vorbei.
„Wer war denn der Hahn auf dem Mist?" fragte der Flöttl, als sie die Stiegen hochliefen.
„Warum führt sich denn der so auf?" fragte der Leitner.
„Weil er der Blockwart ist", erklärte der Martin. „Der ist von der Partei und zuständig für jeden Schmarrn, fürs Fahnl raushängen und die Winterhilfe, und fürn Luftschutz auch!" Der Leitner und der Flöttl schauten erstaunt. In Krems gab es solche Bockskandln nicht.
„Daß sich die Leut das gefallen lassen?" wunderte sich der Flöttl. Und der Leitner erklärte, seine Mutter, zuhause, die würde so einem „Gschaftlhuber" eine „Goschn" anhängen, daß der kein Wort mehr sagen würde.
Der Martin sperrte die Wohnungstür auf, schob die Freunde ins Vorzimmer, sagte: „Und redets net so laut, ihr Deppen, wenn der noch unten steht und euch gehört hat, gehts an meiner Mutter aus!"
Der Flöttl und der Leitner verstanden das überhaupt nicht.

Als sie später bei Apfelschalentee und Schmalzbrot am Küchentisch hockten, stritten sie mit dem Martin über den Bockskandl.
Ein Blockwart, behaupteten sie, sei keiner zum Fürchten.
„Ein Gendarm, von mir aus", meinte der Flöttl, „der hat eine Uniform, der ist sowas wie das Gesetz! Aber so ein Blockwart, was ist der schon?"
„Von der Partei ist er", rief der Martin. „Und das ist mehr wie ein Gendarm."
Der Flöttl und der Leitner waren nicht zu überzeugen.
Bevor sie zur Oper gingen, schrieb der Martin noch eine Nachricht für die Mutter. „Wir haben Wanzenurlaub und ich hab zwei Freunde zum Übernachten mit, wenn du nichts dagegen hast. Und zum Nachtmahl, wenn du etwas dafür hast! Jetzt gehen wir ins Kino. Dein Martin."
Er legte den Zettel auf den Küchentisch. Begeistert wird sie ja nicht gerade sein, überlegte er. Aber irgendetwas, würde sie zum Essen schon auftreiben.
Der Hofer und der Grabner warteten bei der Oper. Zum Stadtbummel war das Wetter zu mies. Im Krugerkino spielte man „Quax, der Bruchpilot". Die erste Vorstellung begann um vier Uhr. Bis dahin

war noch jede Menge Zeit. Frierend gingen sie die Kärntnerstraße, dem Stefansplatz zu. Die Auslagen der Geschäfte waren mit Holzbrettern vernagelt. Zum Schutz gegen Bombensplitter. Leute waren kaum unterwegs. Nur ein paar Kriegsgefangene, bewacht von zwei Soldaten, schaufelten Schnee. Das Schieben und Kratzen der Schneeschaufeln war schon von weitem zu hören.
Die Gefangenen hatten keine richtigen Schuhe, ihre Füße waren in naße Lumpen gewickelt. Ihre Uniformblusen waren schwarz vor Nässe.
„Na servus, die sind beinand", sagte der Flöttl. „Einen Mantel wenigstens, könnt man denen doch geben."
„Na klar, an Innenpelz vielleicht", sagte der Grabner. „Was glaubst, daß die Russen mit unsere Leut machen?"
„Gehts weiter", sagte Martin. „Mir ist kalt. Vielleicht gibts da wo ein Kaffeehaus!" Kalt war dem Martin wirklich. Aber viel wichtiger war ihm, die schneeschaufelnden Gefangenen nicht mehr sehen zu müssen. Er bog in die Singerstraße ein, die anderen folgten ihm.
„Kaffeehaus ist gut", lobt der Hofer und rieb sich die Hände.
„Nur, wo ist eins?" Erwartungsvoll schaute er den Martin an. Der war schließlich ein Wiener, der hatte das zu wissen!
Keine Ahnung hatte der Martin, einfach weiter ging er. Hauptsache er kam vom Stefansplatz weg. Zu einem Kaffeehaus kamen sie trotzdem. „Singerhof" stand in großen, geschwungenen Buchstaben über dem Eingang. Drinnen der reine Luxus. Kristalleuchter, allerdings auf Sparbeleuchtung geschaltet. Bänke und Stühle mit Samt bezogen, Marmortische, Spiegel. Das Lokal war bummvoll. Blöde, ratlos, enttäuscht, standen sie beim Eingang herum.
„Gehn wir wieder, da is nix", sagte der Leitner. Da standen von einem Tisch vier Mädchen auf, Arbeitsdienstmaiden. Der Grabner bolzte auf den Tisch zu, verbeugte sich wie ein Leutnant oder ein Graf, oder so wie sich solche Leute halt in Kinofilmen verneigen und fragte in gequältem Hochdeutsch: „Ich bitte um Entschuldigung, die Damen, wird dieser Tisch am Ende frei?"
Die vier RAD-Mädchen grinsten. Eine, eine hübsche Schwarze kicherte: „Am Ende schon, Kollege, und jetzt auch, wir ziehn ab!"
Beim Garderobenständer kam es dann noch zu einem, wie Martin fand, nicht unangenehmen Gedränge, bis die Mädchen in die Mäntel geschlüpft waren und hüftschwingend und kichernd zum Ausgang eilten.

Der Hofer ließ sich zufrieden ins Gepolsterte fallen, holte eine Packung „JUNO" aus der Brusttasche und bot jedem eine Zigarette an. Feuer gab er auch. Kaum hatten sie den ersten Zug tief eingeatmet, stand eine Kellnerin an ihrem Tisch.
„Rauchen ist hier für Jugendliche verboten". Sie deutete auf eine Tafel über dem Buffett. „Wenns Ihnen nicht paßt, können Sie ja gehen?" Hochaufgerichtet, Unverständliches leise murmelnd, verschwand sie wieder.
„Was is jetzt?" fragte der Leitner. „Heißt des, daß wir net bedient werden? Oder was?" Er wollte aufstehen, zur Tür hin. Der Grabner drückte ihn auf seinen Platz zurück. „Bleib doch! I mach des schon!" Er wieselte zum Buffett, zur Kellnerin hin, buckelte vor ihr herum, redete auf sie ein, nickte ihr zu.
Dann kam er wieder. „Alles in Butter", verkündete er. „Wegn der Militärstreife ist des. Sie will keinen Anstand haben. Ich hab Kaffee bestellt. Was anderes habens eh net!"
Martin war verbittert. Wie sie da behandelt wurden, fand er, war das Letzte! Und daß die anderen so gar nichts dabei fanden, ärgerte ihn am meisten. Kein Stolz, dachte er! Und der Hofer, der Trottel, tat überhaupt so, als sei alles in Ordnung. Saß da, wie vor dem Christbaum, grinste, schaute zufrieden herum.
„Was freut dich denn so?" sagte der Martin zu ihm.
Der Hofer lehnte sich zurück. „Ein Rendezvous hab ich mir ausgemacht! Mit der Blonden vom Arbeitsdienst! Für nachher!"
„Du spinnst ja!" Der Grabner schüttelte den Kopf. „Nix hast dir ausgemacht! Ich bin doch die ganze Zeit neben dir gestanden, wie sie sich angezogen haben. Kein Wort hast mir der geredet!"
„Kannst ja mitkommen, wennst es nicht glaubst", sagte der Hofer patzig. Und nach einer Pause: „Na, besser doch net! Sowas ist nix für kleine Kinder!"
Die Kellnerin brachte fünf dünne Ersatzkaffee. Lustlos tranken sie den Kaffee, redeten vom Kino und ob es nicht schon Zeit sei, aufzubrechen. Verstohlen schauten sie immer wieder den Hofer an, unsicher, ob dem sein Rendezvous mit der Blonden nur erlogen oder echt sei. Bei Mädchen übertrieb der Hofer gern. Da war er ein Angeber. Aber wissen konnte man ja nie! Und der Hofer erklärte nichts weiter. Sagte bloß einmal, auf eine bohrende Frage vom Leitner: „Der Kavalier genießt und schweigt!"

Sie gingen ins Kino und waren froh, lachen zu dürfen. Stundenlang hätte es der Martin noch im Kinosaal ausgehalten. Immer wieder hätte er sich den Film anschauen können. Nur zögernd verließ er nach der Vorstellung den Kinosaal. Am liebsten hätte er sich wieder eine Karte gekauft und noch zwei Stunden abgesessen.
Als sie dann vor dem Kino standen – der Flöttl kicherte noch immer – setzte sich auf einmal der Hofer, ohne ein Wort zu sagen, in Trab. Mit wehendem Mantel galoppierte er in den viel zu großen Schuhen die Kärntnerstraße hinauf. Der Grabner schrie ihm nach, rannte dann, als der Hofer nicht stehenblieb, hinter ihm her, kam aber bald zurück. „Der ist verschwunden, der ist davongrennt", jammerte er. „Und i hab keinen Schlüssel. Und die Adresse von seiner Tant weiß ich auch net!
Martin erschrak. Wenn sie den Hofer nicht auftrieben, würde ihm nichts anderes übrig bleiben, als den Grabner mitzunehmen. Und er konnte doch nicht mit drei Leuten daheim anmarschieren!
„Den erwischen wir schon", sagte der Flöttl. „Bei der Oper, hat er zu mir gesagt, um siebene, trifft er die Blonde!"
„Dann nix wie hin". Martin schaute auf seine Junghans. Es war halb sieben.
„Und unterwegs reißn wir uns a paar Katzen auf", sagte der Leitner. „Damit der Heini net glaubt, er is der einzige, der sowas zusammenbringt!"
Sie bemühten sich redlich, doch die paar Mädchen, die ihnen auf dem Weg zur Oper entgegen kamen, zeigten absolut keine Lust mitzukommen. Sie ließen sich nicht einmal auf ein Gespräch ein. Dem Martin war die ganze „Aufreißerei" peinlich. Er blieb ein paar Schritte hinter den anderen zurück und tat, als gehörte er nicht zu ihnen.
Sieben Minuten vor sieben waren sie bei der Oper. Vom Hofer war weit und breit nichts zu sehen. Und nirgendwo stand ein Mädchen, das dem RAD-Mädchen auch nur im entferntesten ähnlich geschaut hätte.
Dreimal gingen sie um die ganze Oper herum. „Angelogen hat er uns, der Falott", sagte der Flöttl. Aber in seiner Stimme war eher Genugtuung als Wut. Den Hofer als Lügner und Angeber zu sehen, war leichter als ihn als „Weiberheld" einstufen zu müssen. Langsam, und immer über den Hofer schimpfend, zogen sie die Burggasse hinaus, versuchten da und dort noch, entgegenkommende Mädchen

anzuquatschen, hatten aber wieder keinen Erfolg. Und der Leitner sagte elegisch: „Is eh besser! Was glaubst. Wennst da eine aufreißt, und die sieht nachher deine Wanzenbiß, is eh dahin!"

Martins Mutter hatte einen Riesenhefen Erdäpfelgulasch gekocht. Soviel Erdäpfelgulasch, daß leicht ein vierter mitessen konnte. Sogar eine Knackwurst war im Erdäpfelgulasch. Martin bemerkte, wie die Mutter beim Gulaschaufteilen drauf schaute, daß die meisten Wurstbröckerln in seinen Teller kamen.

Satt und müde hockten sie nachher beim Plattenschrank. Den hatte der Stiefvater bei seinem letzten Urlaub angeschleppt. Ein Wunderding war das, Nußholz, Rundbau, innen an den Türen mit schimmernden Glasplatten ausgelegt. Über dem Plattenapparat war ein riesiges Radio. Sie wollten Radiomusik hören. Lehar dröhnte aus der Kiste.

„So ein Dreck", schimpfte Martin. Er wechselte auf Kurzwelle. Heulend und pfeifend näherten sich die Stationen, verschwanden wieder. Zwischen prasselnden, knatternden Funkgeräuschen waren Fetzen von Musik und Stimmen zu hören.

„Mit dem könnt man sicher auch ausländische Sender kriegen", sagte er.

„Glaubst?" der Flöttl schaute skeptisch.

„Da bitte!" Der Martin war ganz aufgeregt. Er hatte den englischen Sender! Die Stimme sprach schnell, eindringlich, ohne großen Gefühlsaufwand, ganz anders als man es von den Sprechern des Deutschen Rundfunks gewöhnt war. Fasziniert starrten sie auf den nußbraunen Kasten.

„Seids narrisch?" Die Mutter stürzte ins Zimmer, auf das Radio zu, schaltete ab. „Net fünf Minuten kann man euch allein lassen!"

Martin versuchte sie zu beruhigen. „Wer solls denn schon gehört haben? fragte er.

„Die Sedlacek, zum Beispiel", sagte die Mutter. „Ich hab dir doch gesagt, daß die eine Hundertprozentige ist. Die zeigt an, aber eisern!" Sie drehte sich um, kopfschüttelnd verließ sie das Zimmer. Martin hörte sie murmeln: „Woher sollen's auch gscheiter sein, die Buben!"

Martin ging der Mutter nach. Er versuchte ihr noch einmal zu erklären, daß er den Feindsender bloß zufällig erwischt habe.

Die Mutter richtete gerade ein Notbett aus Matratzen und Decken her. „Geh hör auf", sagte sie. „Red nicht! Vor deinen Freunden

hast dich aufspielen wollen, und kannst uns dabei um Kopf und Kragen bringen! Ich hätt' dich für gescheiter gehalten!"
„Übertreib doch net", rief der Martin. „Die Sedlacek ist doch eine terrische Kapelln! Wennst der nicht des Heil Hitler ins Ohrwaschel brüllst, verstehts net einmal das! Wie soll denn die das gehört haben?"
„Das kann man nie wissen", sagte die Mutter. Sie setzte sich aufs Notbett. „Ich schlaf da", sagte sie. „Ich muß in der Früh zeitig raus!"
Martin hätte gern noch mit der Mutter geredet. Doch die Mutter fing an, sich auszuziehen. „Gute Nacht, Martin", sagte sie.
Bedrückt ging er ins Wohnzimmer zurück.
Die anderen hatten sich über die Platten hergemacht. Volkslieder, Arien, haufenweise Marschmusik und Operettengedudel lag auf einem Haufen. Und der Flöttl hielt bewundernd eine Platte hoch. „Das is der Louis Armstrong" sagte er. „Glaubst, dürfen wir den spielen?"
Durfte man? Durfte man nicht? Martin war sich nicht sicher.
„Wahrscheinlich ist diese Sedlacek auch gegen den", ätzte der Leitner. Und leiser sagte er zum Flöttl: „Tus weg! Sonst macht sich sei Mama in die Hosen!"
Der Martin hörte es, ärgerte sich, nahm dem Flöttl die Platte weg und legte sie auf den Plattenteller. Die Lautstärke hielt er allerdings ziemlich leise und immer wieder schaute er verstohlen zur Küchentür. Es wunderte ihn, daß die Mutter nicht kam. Davon, daß sie ein Schlafpulver genommen hatte und nichts mehr hörte, wußte er ja nichts.
Nach dem Armstrong legte der Flöttl „Honey Suckle Rose" von Benny Goodman auf, sie spielten auch die Hinterseite, „Lets take the A train". So eine Musik hatte der Martin noch nie gehört. Zumindest konnte er sich nicht daran erinnern. Er war auf Anhieb begeistert.
„Ja, das is Jazz", sagte der Grabner, „des is was! Des haut di um!"
Der Flöttl versuchte zur Musik zu tanzen. Foxtrottschritte, die ihm seine Schwester beigebracht hatte, versuchte er. Aber die wollten nicht so recht zur Musik passen.
„Des is a Negermusik", sagte der Leitner. „ Des is klass! Wieso des verboten is?"
Gegen Mitternacht drängte Martin zum Schlafengehen. Er leerte die Aschenbecher und wischte sie aus. Er wollte mit der Mutter am nächsten Tag keinen Streit wegen dem Rauchen haben. Sie

war dagegen. Schon ein paar Tabakkrümmel in der Rocktasche machten sie grantig. Sie kapierte einfach nicht, daß er kein Kind mehr war. Und sagte er ihr das, wurde sie noch grantiger. „Klar bist du ein Kind" rief sie dann. „Was bist denn sonst? Willst vielleicht sagen, daß du ein erwachsener Mann bist?"

Gern hätte der Martin diese Frage mit „Ja, natürlich" beantwortet, aber irgendwie gelang ihm das nie. Er dachte es nur. Sagen konnte er es nicht. Und vielleicht, dachte er dann, vielleicht bin ich ja nicht erwachsen. Nur, daß er kein Kind mehr war, das wußte er genau.

5. Kapitel

Markerschütternd jodelte die Stimme vom Spieß über die wieder zum Dienst angetretenen Flakhelfer. „Zumabeeel abzld!" verstand Martin. Da mußt neu deutsch lernen, dachte er. Koobani, heißt Kompanie, und stlstaaad heißt stillgestanden und Zumabeeel heißt zum Appell. Und außerdem muß man gar nichts verstehen, man muß nur tun, was der neben einem auch tut.

„Aains, Zawei, Darei" begannen die vorne, hakenklappend, kopfschleudernd, mit der Abzählerei. Der Spieß winkte ab. Brüllte: „Lauter, Ichhööööörniiiix!" Sie begannen wieder mit „Aains, Zawei, Darei". Dem Spieß war es noch immer nicht laut genug. Er ließ von vorne anfangen. Diesmal kam die Reihe brüllend bis an ihn. „Achundachzig" brüllte er und war erleichtert, daß er nicht zu leise gebrüllt hatte. Dann kam der Kompaniechef, nahm die Meldung entgegen, ließ „Abtreten zum Ausbildungsdienst", entfernte sich schneidig und forsch. Über die Wanzenaktion verlor er kein Wort.

Der Hofer war erst knapp vor dem Morgenappell zurückgekommen. „Wo warst denn gestern?" fragte ihn der Martin, während sie von schreienden, fluchenden Ausbildnern in Gruppen eingeteilt wurden. Der Hofer lächelte geheimnisvoll. „Sag ich dir später" wehrte er ab.

Das, was hier „Ausbildung" genannt wurde, war dem Martin schon vom HJ-Dienst und von Sommerlagern bekannt. Nur war das Tempo, in dem man das alles zu tun hatte, hier viel schneller. Sprung vorwärts marsch, auf – nieder, feindliche Tiefflieger von rechts, feindliche Tiefflieger von vorn! Und auf!

Jedesmal mußten sie sich mit dem Kopf voran in den halbgefrorenen Gatsch schmeißen. Wenn einer beim Hinschmeißen die Beine nicht flach genug auf den Boden drückte, half ein Ausbildner mit einem groben Tritt nach.

Dann kam das gewöhnliche Exerzieren. Antreten in Dreier-Reihen, Antreten in Zweier-Reihen, Antreten in Reihe, „Koobani lingsum, Koobani rechtsum, Koobani im Gleichschriiiiit maaasch!"

Es war noch sinnloser als die Geländeübungen. Martin wurde davon wirr im Kopf, verwechselte rechts und links, vorn und hinten, oben und unten.

In der letzten Stunde vor dem Mittagessen wurde Singen gedrillt. „Die blauen Husaren“ und den „Schönen Westerwald“. Dem Spieß war auch das Singen zu leise. Wieder brüllte er: „Ich hörnoch immrniiiiix!“ Sie brüllten, so laut sie konnten. „Ihr verdammten Arschlöcher“, brüllte der Spieß. „Deutsche Soldaten singen lauter! Wenn ihr nicht wollt, schleif ich euch, bis euer Arsch den Radetzymarsch pfeift!“

Zu Mittag waren sie fertig! Fix und fertig! Vor dem Wegtreten erklärte der Spieß, daß er jeden zur Schnecke machen werde, der nachmittags nicht mit tadelloser Uniform und geputzten Schuhen antreten werde. Dann erst brüllte er „Wegtreten zum Mittagessen“. Ein Sturm auf den Speisesaal setzte ein. Jeder wollte der erste sein. Der Spieß ließ seine Pfeife gellen. „So nicht, meine Herren“ donnerte der Spieß. Sie mußten in Dreierreihen antreten und strafweise dreimal im Laufschritt den Block umrunden.

Zum Essen gab es grauen Matsch. Schweinefleisch mit Kohl hieß das Zeug. Der Straflauf um die Baracke hatte Martin den Rest gegeben. Nicht einmal Hunger fühlte er. Und Lust, sich ums Essen zu drängen, hatte er auch keine. Er wartete bis alle anderen Essen gefaßt hatten, dann holte er sich seine Portion. Die Freunde, die schon an einem Tisch saßen und winkten, übersah er absichtlich. Er wollte allein sein. Lustlos rührte er in seiner Portion Kohlgatsch herum, setzte sich zu einem freien Tisch, starrte in die Abscheulichkeit, rührte sie wieder durch. Da puffte ihn einer in den Rücken. Der Hofer. „Laß den Dreck stehen“, sagte er. „I hab Nachschub, aber sag den anderen nix!“

Martin stand auf und folgte dem Hofer ins Quartier hinüber. Der Hofer erzählte ihm eine wirre Geschichte. Daß er daheim in Krems gewesen sei, mit der Tante. Und daß er deswegen das RAD-Mädel leider habe versetzen müssen, und daß sich die anderen ruhig giften sollten, die seien ohnehin nicht seine echten Freunde. Kein Wort glaubte der Martin dem Hofer, aber er fand es nicht der Mühe wert, das zu sagen. Und der Mohnstrudel, von dem ihm der Hofer ein großes Stück gab, war wirklich gut.

„Bist am End beleidigt auf mich?“ fragte der Hofer, weil der Martin kaum etwas redete. Der Martin schüttelte den Kopf.

Nein, beleidigt auf den Hofer war er wirklich nicht. Nur müde, sagenhaft müde. So müde, daß ihm völlig egal war, ob sich der Hofer – oder sonst irgendwer – falsch oder richtig verhalten hatte.

Und völlig gleichgültig war es, ob irgendwer mit irgendwem Freund oder nicht Freund war. Nur eins zählte: Daß der miese Drill, die blöde Schleiferei weitergehen würde, morgen, übermorgen, wochenlang. Und daß es keinen Ausweg gab. Daß er einfach mittun mußte.
Der einzige Lichtblick in den ersten Ausbildungswochen war für Martin ihr Zugsführer. Der war im Privatberuf Bergführer aus Reutte. Willy Lackner hieß er, war früher im österreichischen Skiteam gewesen und die ganzen Kriegsjahre hindurch bei den Gebirgsjägern. Erst seit ein paar Monaten war er hier Ausbildner. Eine Beinverletzung hatte ihm den Heimat-Posten bei der Flak eingebracht. Er ließ sich Willy nennen. Natürlich nur außer Dienst. Der Willy war genau so, wie sich der Martin einen Bergführer vorstellte. Schlank und sehnig, mit einer scharfen Hakennase im schmalen, sonnengebräunten Gesicht.
„In der Geierwally könnt er glatt den Geier spielen, mit der Nasen", hatte der Flöttl gesagt. Seither nannten ihn alle „Geierwilly". Willys Markenzeichen war eine ausgebleichte Mütze, deren Schirm elegant geknickt war. Er trug sie unwahrscheinlich schräg auf dem rechten Ohr. Diese Mütze trieb den Kompaniechef in regelmäßigen Abständen zu Anfällen. „Feldwebel, Sie sind nicht in Afrika", schrie er. „Besorgen Sie sich gefälligst eine Mütze die den Dienstvorschriften entspricht!"
Der Geierwilly schlug dann übertrieben korrekt die Haken zusammen und salutierte wie ein Hampelmann. „Zu Befehl, Herr Oberleutnant, Mützenwechsel", schnarrte er. Und wenn ihn der das nächste Mal anstrudelte: „Bedaure melden zu müssen, Herr Oberleutnant, meine Größe nicht auf Lager!"
Der Willy dachte gar nicht daran, sich von seinem besten Stück zu trennen. „Auf goa kan Foi nit, solang der Scheißkrieg dauert", meinte er, und wenn ihn ein paar Schnäpse redselig gemacht hatten: „Und scho goa nit laß i mi von so an jungen Spund umanandkommandiern. Der woaß ja no ned amoi, obd Kanon hint oder vorn losgeht!"
Auf den Zug wirkte es sich günstig aus, daß sich der Geierwilly nicht gern herumkommandieren ließ. Wo immer es ging, führte er seinen Zug an Stellen, die von den Vorgesetzten nicht so leicht überwacht werden konnten. Dort gab es dann lange Rauchpausen. Der Willy war der perfekte „Obezahrer", er verstand es, sich und seinen Zug vor überflüssigen Aufgaben zu bewahren.

So müßte man es können, überlegte Martin. Aber für einen eben eingezogenen Rekruten war das wesentlich schwieriger als für einen langgedienten Soldaten, der sich mit allen Finessen des Dienstbetriebes auskannte. Im Kompaniedienst hatte der Willy aber auch nicht viel zu melden, da hatte der Spieß das Kommando und der war ein Kommißhengst allerärgster Sorte.

Das Aussehen der Kompanie lag ihm speziell am Herzen. So verdreckt und durchnäßt vom Geländedienst konnten sie gar nicht sein, daß der Spieß am nächsten Morgen nicht Uniformkontrolle durchführte. Dabei war es ganz unmöglich, das verdreckte Zeug in den schlecht beheizten Räumen über Nacht zu trocknen. Im Gegenteil, die Dreckstellen wurden größer und größer, wenn man mit der Bürste an ihnen herumwerkelte.

Auch die Schuhsohlen wurden kontrolliert. Da unterschied der Spieß genau zwischen neuem, alten und uraltem Dreck. Zu diesem Zweck hatte er einen silbernen Zahnstocher, mit dem kratzte er an den Sohlen herum. Hatte wer uralten Dreck, trafen ihn die härtesten Strafen. Ungerecht war das! Denn die alten Schuhe, die man ihnen gegeben hatte, hatten rissige Sohlen, die man ganz unmöglich sauber bekommen konnte.

Etliche wollten sich über diese Schuhkontrolle beim Kompaniechef beschweren. Der Geierwilly war dagegen.

„Bloß des nit“, sagte er. „Erschtens müßts den Dienstweg einhalten und da erfahrts der Spieß zuerst. Und zweitens interessieren den Kompaniechef solchene Sachen an Schmarrn!“

„Schmarrn ist gut“, sagte der Martin, „Wenn i wegen an Schmarrn hundert Liegestütz machen muß, ist des kein Schmarrn für mich!“

„Stimmt scho Bua“, sagte der Geierwilly. „Aber glaub mirs. Nur net auffallen! – so fahrst am besten.“

Der Grabner Gerhard wollte sich beim HJ-Bannführer beschweren. Dem könnte man doch schreiben, meinte er. Der sei schließlich noch immer für sie zuständig. Darüber lachte der Geierwilly bloß. „Warum net glei dem Führer, so ganz nach'n Motto: Wenn das der Führer wüßt!“ Martin wartete auf Protest vom Grabner. Über den Führer hatte der bisher nichts kommen lassen. Der Grabner schwieg, und Martin dachte: Dem seine Hitler-Begeisterung ist auch nimmer, was sie einmal war!

Mitte März, die Grundausbildung ging ihrem Ende zu, wurde die Kompanie in die Karl-Kaserne verlegt. Wilde Gerüchte kursierten.

Die einen sagten, bald werde es zu schweren Angriffen der Amerikaner kommen, man werde also gleich bei den Flak-Batterien eingesetzt werden. Die anderen sagten, die Kompanie werde geschlossen dem RAD überstellt, zum Verteidigungsanlagen-Ausbau.
Martin hörte gar nicht mehr hin, wenn wieder neue Gerüchte und Vermutungen auftauchten. Der Hofer hingegen war jedesmal begeistert. „Mir is alles recht", sagte er immer wieder. „Hauptsach es kommt was anderes, nix kann mieser sein als des hier!"

In der Karl-Kaserne gab es richtige Zimmer. Für sechszehn Mann eine Stube mit acht Stockbetten. Warmwasser und Duschen gab es auch. Das kamen ihnen, nach der zugigen Halle am Küniglberg, fast schon menschlich vor. Am Dienstbetrieb hatte sich freilich nichts geändert.
Die Kremser waren in ein Zimmer gekommen. Das hatte der Geierwilly geregelt.
Martin wunderte sich, daß die anderen auf den Hofer nicht sauer waren, daß nicht einmal der Grabner Gerhard auf den Hofer böse war.
Manchmal, am Abend, kam der Geierwilly zu ihnen ins Zimmer. Der Hofer hatte neue Fressalien. Seine Mutter war zu Besuch gewesen. Daß der Willy nur wegen der Fresserei zu ihnen kam, glaubte Martin nicht. So einer wie der Willy, meinte Martin, habe das nicht nötig. So einer organisierte sich immer, was er brauchte. Daß er bei seinen Besuchen immer eine Flasche Wein oder Schnaps mitbrachte, war ein Beweis dafür.
Aber meistens war der Willy nach Dienstschluß ohnehin verschwunden. Bei ihnen tauchte er nur auf, um „Ruhe vor den Weibern" zu haben. Draußen nämlich, so schilderte es der Willy in immer neuen Variationen, konnte er sich vor Frauen kaum erretten. Wo immer er auftauchte, war sogleich eine fesche Wienerin da, die nichts anderes im Sinn hatte, als ihn abzuschleppen. Der Willy versorgte sie ausgiebig mit allen Details seiner Liebesnächte. Von allen Marias erzählte er ihnen. Er nannte jede Frau „Maria", um, wie er sagte, peinlichen Verwechslungen vorzubeugen. Und wenn der Willy ausführlich seine letzten Liebesnächte geschildet hatte, sagte er immer: „Oba heut braucht der Herr Franz sein Ruhetag!" Der Herr Franz war sein Bimmel.

Breitbeinig saß er da und tätschelte liebevoll sein Gemächte. „Heit is Sperrtag, Herr Franz!" Er verdrückte ein Stück Geselchtes, das ihm der Hofer angeboten hatte. Kauend meinte er: „Glaubts mir, je lausiger die Zeiten, umso williger die Weiber!"
„Ein Angeber is er", sagte der Leitner, als der Geierwilly gegangen war. Der Hofer protestierte. „Sagst du, weilst nix verstehst von die Weiber. Die sind schon so!" Er machte eine bedeutsame Pause. „Unhamlich geil!"
Sie stritten noch lange, wie den Frauen wirklich seien, und als um zehn Uhr das Licht ausgemacht wurde, hörte man von den einzelnen Bettstellen Keuchen und recht eindeutige Geräusche.

„Dritte Kompanie Tagwache!" Da war er wieder, der gewohnte Ton. Morgensport im Trainingsanzug, Waschen, Anziehen, Frühstücken, Morgenappell. Und den Ausbildnern ging alles zu langsam, zu wenig militärisch.
Dann der Außendienst. Statt im Gatsch der Gstettn am Küniglberg, lagen sie nun im Matsch der Donau-Auen.
Das Wetter war nicht wesentlich besser geworden. Das Essen auch nicht. Und Schulunterricht gab es noch immer keinen. Nicht, daß sie sich besonders um den Unterricht gerissen hätten, aber ein paar Stunden auf der Schulbank wären ein paar Stunden weniger im Gelände gewesen. Bloß Unterricht in nationalsozialistischer Weltanschauung gab es. Der wurde von einem kleinen dicken Major mit einem runden Vollmondgesicht geleitet. Er schien sich für einen zweiten Goebbels zu halten. Mit hoher, schriller Stimme verbreitete er sich über die Auserwähltheit der arischen Rasse, Blut und Boden, Mannesehre, Siegerwillen. Volk ohne Raum und Deutschland über alles.
Dem Vollmond mußte man aufmerksam zuhören, weil er seine Tiraden oft unterbrach, um sich das Gesagte wörtlich wiederholen zu lassen. Schaffte einer das nicht, mußte er über das Thema einen zehnseitigen Aufsatz schreiben.
Bald war es soweit. daß sie ihre Freizeit entweder mit Kleiderreinigen oder Aufsatzschreiben über den Mythos des zwanzigsten Jahrhunderts verbrachten. Wie eine geputzte Uniform ausschauen sollte, wußten sie wenigstens. Vom Mythos des 20. Jahrhunderts hatten sie keine Ahnung.

Anzunehmen war, daß der Major die abgegebenen Strafaufsätze gar nicht las. Kommentare dazu gab er jedenfalls nie ab.

Eines Abends hatte der Flöttl eine Idee, die er komisch fand. Er weihte den Martin ein, und der war sofort dafür. Endlich einmal, dachte er, werden wir es denen zeigen!
Bis auf die wenigen „Begeisterten", die sie aus den Vollmondstunden kannten und nicht einweihten, waren alle in der Kompanie dafür.
Als sie am späten Nachmittag des nächsten Tages vom Fußdienst in den Donauauen zur Kaserne marschierten, setzten sie die Idee vom Flöttl in die Tat um.
Vorne tauchten schon die tarngraufarbenen Kasernenmauern auf, das war für den Spieß das Signal, die Kompanie auf Zack zu bringen. „Alinks zwo drei, alinks zwo drei", brüllte er, und befahl er mit markiger Stimme: „Ein Lied!"
Die ganze Kaserne sollte schließlich hören, wie munter seine Leute nach dem schweren Felddienst noch waren.
Der Flügelmann brüllte kopfschwenkend: „Die blauen Dragoner, die reiten". „Lied durch" schrie hinten der Letzte und schon schallte es durch den verregneten Märzabend, immer lauter und diesmal mit wirklicher Begeisterung: „Wir lagen vor Madagaskar und hatten die Pest an Bord . . ." Ein altes Soldatenlied zwar, aber wegen seiner pessimistischen Aussage schon längst verboten.
„In den Fässern verfaulte das Wasser und täglich ging einer über Bord . . ." Die paar, die „Die blauen Dragoner" sangen, waren nicht zu hören. Der Spieß und die Ausbildner standen wie angewurzelt. „Lied aus!" brüllten sie. „Lied aus!" Aber die Kompanie sang weiter. Lauter noch, um das Geschrei der Ausbildner zu übertönen.
Die Ausbildner wollten sich auf die Leute stürzen, der Spieß pfiff sie zurück. Das hätte ihm gerade noch gefehlt, daß es zu Tätlichkeiten käme! Dann wäre seine Stellung dahingewesen, die ruhige Kugel im Hinterland im Eimer! Frontversetzung was das wenigste, was einem Vorgesetzten drohte, der es zu solchen Ausschreitungen kommen ließ. Da war es geschickter, die Meuterei fürs erste zu ignorieren und zu hoffen, daß kein Offizier davon erfahren werde.
„Laßt sie doch", rief er den Ausbildnern zu, und dem, der ihm am nächsten stand, erklärte er: „Die kommen noch dran! Die werden einen Maskenball erleben, den sie nicht vergessen werden!"

Als sie am strammstehenden Posten vorbei, in die Kaserne einschwenkten, bröckelte das Lied langsam ab. Der Kasernenhof verschlug ihnen den Mut.
„Koobani halttt! Koobani rechsum!"
Absätze schlugen zusammen, klapperten wie vereinzeltes Gewehrfeuer über den Platz.
Sonst hätte das gleich wieder einen Rüffel ergeben. Diesmal kein Wort.
„Koobani ruuud! Koobani stiiistnd! Zum Kleiderdienst abdreeed!"
Kein Wort über die Pest vor Madagaskar, auch sonst keine weiteren Befehle.
Sie stürmten hinauf in die Stuben, warfen sich auf die Betten, lachten, schrien durcheinander, waren zufrieden.
„Habts gsehn, wie blöd die gschaut haben?"
Erst jetzt wurde ihnen der Triumph ganz bewußt.
„Und alle haben mitgmacht!" Meinte der Leitner zufrieden.
In diesem Moment flog die Tür auf. Herein stürmte der Spieß, gefolgt von fünf Ausbildnern.
„Spindkontrolle, Bettenkontrolle!" Der Spieß trat ans erste Bett und zupfte an der Decke. „So nicht", schrie er, „das ist kein Bettenbau!" Und schon lag das erste Bettzeug auf dem Boden. Die Ausbildner halfen kräftig mit. Dann kamen die Spinde dran. Alles, auch die privaten Sachen, wurden auf den Boden geworfen.
„Neue Kontrolle in zehn Minuten!" Dann waren sie auch schon draußen, um in der nächsten Stube weiter zu wüten.
Sie machten sich fluchend ans Aufräumen und waren noch längst nicht fertig, da gellte am Gang die Pfeife des UvD, „Dritte Kompanie antreten zur Kontrolle der Ausgehuniform!"
Sie suchten aus dem Chaos ihre Sachen zusammen und wetzten die Stiegengänge hinunter zum Appellplatz. Kaum waren sie angetreten, wurden sie wieder hinaufgehetzt.
„Antreten in Dienstuniform!"
Oben sahen sie, daß die Ausbildner wieder alles auf den Boden geworfen hatten, was sie schon in die Spinde geräumt hatten.
Und so ging es weiter. Einmal in Sportkleidung, einmal in Dienstuniform, einmal mit Stahlhelm, einmal ohne.
Und jedesmal dazwischen Bettenbauen, Spindeinräumen.
Bis zum Abendessen. Stumpfsinnig, zermürbend. Sie waren jetzt wirklich die Vollidioten, als die sie der Spieß beschimpfte.

Das Abendessen unterbrach die Tortur nur. Erst knapp vor Mitternacht ließ man sie in Frieden. Völlig erschöpft fielen sie in die Betten. Martin heulte vor Wut. Wirr wirbelten Gedanken in seinem Hirn. Daß wir uns sowas gefallen lassen! Sadisten sind die! Und der Willy, der hat sich zu seinen Weibern verdrückt!

Am nächsten Morgen erlebten sie einen durch und durch zufriedenen Spieß. „Also Leute", verkündete er gelassen, „der gestrige Abend wird euch ja eine Lehre sein! So – und damit ihr seht, daß ich kein Unmensch bin – soll die Sache vergessen sein!"
Der Triumph in seiner Stimme war unverhohlen. Wie er so dastand, wippend, lächelnd, hätte ihn Martin auf der Stelle umbringen können. Totschlagen mit einem Prügel. Oder im Wasser langsam ertränken. Eine ganz gemeine Todesart jedenfalls, dachte er, müßte es sein. Alles andere ist zu gut für den Hund!

6. Kapitel

Mitte März war die Grundausbildung zu Ende. Die Flakhelfer der dritten Kompanie verlegte man zu den einzelnen Batterien, die gerade um Wien aufgebaut wurden. Für das Frühjahr erwarteten die Deutschen eine große Angriffsaktion der amerikanischen Luftwaffe auf den Südosten des Reiches. Bevorzugte Ziele, das war leicht auszurechnen, würden die Anlagen der Waffenindustrie sein.
Es war ein blitzblauer, bitterkalter Morgen, als sie durch das Tor der Karl-Kaserne hinausrollten. Martin, der Hofer und vier Flakhelfer aus einem anderen Zug sollten bei der IV/803 eingesetzt werden. Was das genau war und wo das war, hatte ihnen niemand gesagt.
„Die überraschen uns", hatte der Martin gemurmelt, als sie auf den Opel-Blitz geklettert waren.
„Geheime Kommandosache", hatte der Hofer gegrinst. „Sonst täten wirs einem feindlichen Spion weitersagen!"
Das Grinsen verging dem Hofer, als der Wagen hinter Großenzersdorf von der Straße abbog und auf einem Feldweg dahinrumpelte. „Na servus", stöhnte er. „Wir kommen in den Urwald, da wirds wieder nix mit die Weiber!"
Die IV/803 war eine Batterie von vier 8,8 cm Flakgeschützen. Sie lag, gut getarnt, im Auwald. Als Unterkunft diente ein Finnenzelt, in dem sie, trotz des eisernen Ofens, vor Kälte kaum schlafen konnten.
Die Batterie war erst vor wenigen Tagen aufgestellt worden und mußte in Kampfbereitschaft gebracht werden. Munitionsbunker und Erdwälle waren zu graben. Eine Heidenarbeit, weil die Erde gefroren war. Und die LKWs blieben immer wieder im morastigen Weg stecken. Dann mußten sie ausrücken und helfen, die schweren Kübel flott zu machen.
„I komm ma vor wie an der Ostfront", meinte der Hofer, als sie wieder einmal über und über voll Dreck in die Stellung zurückkamen.
Von Schulunterricht war auch hier keine Rede. Der Oberleutnant, den sie darauf ansprachen, lachte sie aus. Mit dem „Abitur" meinte er, müßten sie wohl bis nach dem Endsieg warten.

Einmal versuchten Martin und der Hofer zu Fuß nach Großenzersdorf hinüberzugehen. Aber das waren gute sechs Kilometer, drei davon durch den Auwald, auf dem Weg, den die LKWs völlig ruiniert hatten. Bis über die Knöchel sanken sie im Matsch ein, und da sie ohnehin nur bis zehn Uhr Ausgang hatten, kehrten sie auf halbem Weg wieder um.

„I glaub, i hab mich geirrt, wie i gsagt hab, daß es mieser nimmer geht, daß's nur besser werden kann", meinte der Hofer resigniert, als sie später im Zelt unter die klammen Decken krochen.

Am siebzehnten März 1944 erlebten sie den ersten Angriff. Gegen sieben Uhr schon war erhöhte Alarmbereitschaft angeordnet worden. Gegen zehn Uhr sahen sie die erste Welle der feindlichen Flugzeuge als winzige Pünktchen am südlichen Horizont auftauchen. Bald darauf hörten sie ein dumpfes Dröhnen und Wummern und sahen wie die Flakgranaten, meist weit unter den amerikanischen Flugzeugen, explodierten.

Martin und der Hofer standen am Eingang zum Munitionsbunker.

Vom Hauptgefechtsstand her hörten sie das Stimmengewirr der Leute, die an den Meßgeräten und Telefonen arbeiteten und mechanisch lange Zahlenreihen herunterrasselten.

„Stillgestanden und kehrt, das haben sie uns gelernt", sagte Martin zum Hofer. „Aber von dem da, habens uns nix beibracht".

„Na und?" Der Hofer grinste. „Hilfsarbeiter brauchens. Sonst nix, verstehst?"

Winzige Pünktchen näherten sich den angreifenden Pulks.

„Des müssen unsere Jagdflieger sein", sagte Martin.

Tatsächlich bogen einige Maschinen der Amerikaner bald Richtung Süden ab, gewaltige Rauchwolken zogen hinter ihnen her.

Dann kam ein Pulk von etwa zwanzig Maschinen in die Reichweite ihrer Batterie. Die 8,8 Geschütze brüllten mit dumpfen Wummern los. Martin und der Hofer hielten sich – zu spät – die Ohren zu. Der Unteroffizier, der den Munitionstransport befehligte, deutete ihnen durch Gesten an, sie sollten auf den Richtkanonier achten, wenn sich der die Ohren zuhielt, sollten sie das auch tun, denn gleich danach kämen der Abschuß und der Höllenlärm.

Die feindlichen Flugzeuge bogen nach den ersten Salven ab, das eigene Feuer wurde eingestellt. Richtung Schwechat stiegen riesige Rauchpilze auf.

„Das sind die Öltanks der Raffinierie", meinte einer.
Nach einer Stunde war der Angriff vorbei. Martin und der Hofer waren ungeheuer erleichtert. Sie hatten sich so einen Angriff ärger vorgestellt, dramatischer, gefährlicher. Wie eine gutgespielte Übung kam ihnen das Ganze vor. Oder wie im Kino, nur lauter.
Nach wenigen Tagen wurde Martin schon wieder versetzt. Er kam zu einer schweren Batterie am Rande von Schwechat, wo er aber auch nicht lange blieb. Den anderen Flakhelfern ging es ähnlich wie ihm. Ein paar Tage hier, ein paar Tage dort, es hatte ganz den Anschein, als ob es im Luftgaukommando jemand darauf abgesehen hätte, die Leute möglichst gründlich durcheinander zu wirbeln.
Anfang Mai kam Martin dann in die Stiftskaserne in Wien, wo er der Feuerleitstelle im Flakturm zugeteilt wurde.
Dort traf er den Charlie Srb. Mit dem war er zusammen in der Volksschule gewesen, seither hatte er ihn nicht mehr gesehen.
Der Charlie hatte sich – wie die anderen sagten – zu einem echten „wilden Hund" entwickelt. Ein Gesicht konnte der machen, daß selbst ein wütender Unteroffizier sofort wußte: dem ist nicht beizukommen. Im Guten nicht und nicht mit Gewalt.
Sogar sein „Packl" hatte der Charlie bis jetzt unversehrt durchgebracht. Das „Packl" war eine Frisur, die beim Militär eigentlich verboten war. Lange, bis in den Nacken reichende Haare, die mit viel Brillantine am Hinterkopf wie ein Schwalbenschwanz übereinandergelegt waren.
Jeder bewunderte den Charlie wegen der Frisur, keiner konnte sich erklären, wieso man ihn noch nicht zum Friseur geschickt hatte.
Als Martin zum erstenmal die engen Stiegen zwischen den meterdicken Mauern des Flakturms hinaufstieg, bekam er ein mulmiges Gefühl.
Der, der vor Martin ging, drehte sich um und sagte: „Wenn des zammkracht, bleibt nix mehr über von uns!"
Der Obergefreite, der sie führte, lachte. „Mensch, diese Türme überleben alles, da kannste Gift druff nehmen. Und wenn de janze Stadt kaputt geht, an de Flaktürme wirst kenen einzigen Kratzer sehen!"
Der Charlie kicherte. „Ganz Wien im Arsch und die Flaktürm stehn! Ehrlich! A leinwandes Panorama!"
Die Meßleitstelle war ein fensterloser Raum. Telefone rasselten.

Eine riesige Landkarte an der Stirnseite des Raumes stellte den „Großraum Wien“ dar. Verschiedenfarbige Lichter blitzten auf und erloschen.
Der Obergefreite führte sie zum Malsi-Tisch, an dem ständig die neuen Positionen auf Spezialkarten eingetragen wurden.
Er erklärte: „Annahme der Übung ist es, daß starke feindliche Verbände, etwa 800 Fliegende Festungen, aus Richtung Steinamanger im Anflug auf Wiener Neustadt sind.“ Der Obergefreite machte eine Pause. „Soviele Maschinen haben die zwar nie, aber wir nehmen es trotzdem an! Vor Wiener Neustadt stürzen sich unsere Me 109 in den Kampf und zersprengen den Feind! Etwa 100 Fliegende Festungen treiben sie auf den Wiener Flakgürtel zu, wo sie von uns gebührend in Empfang genommen werden!“
Der Obergefreite streckte sich.
Charlie stieß Martin an und verzog den Mund zu einem spöttischen Grinsen.
„Na, wie gfallt dir das?“ flüsterte Martin.
„Überhaupt net, Haberer“, sagte Charlie leise.
Am Abend kam es zwischen Martin und Charlie fast zu einem Streit. Sie hatten eine lange Diskussion. Beide waren sie gegen die Nazis, beiden war das Militär zuwider. Soweit waren sie sich einig. Über das „Mitmachen“ konnten sie sich nicht einig werden.
„Wir sind doch nur kleine Würschteln“, sagte Charlie. „Auf uns kommts doch net an!“
„Wenn das alle sagen, hast recht“, widersprach der Martin.
„Aber alle kleinen Würschteln zusammen sind die meisten, die Mehrheit, kapierst das nicht? Wenn alle kleinen Würschteln nimmer mitspielen, können sich die Nazi doch brausen, oder?“
„Na klaß“ Charlie grinste höhnisch. „I werd nimmer so reden! Und mitspielen werd i a nimma! Und wie tu i dann weiter?“
Martin wußte keine Antwort darauf. Charlie schien auch keine erwartet zu haben.

7. Kapitel

Zwei Stunden waren sie schon auf dem ratternden Lastwagen unterwegs. Zu einer 10.5 Batterie nach Asparn-Langenrohr sollten sie kommen, hatte es beim Morgenappell geheißen. Martin und Charlie hatten einen Platz ganz hinten auf dem Lastwagen ergattert, aber auch da sahen sie nicht mehr als ein ewig weghuschendes Stück staubiger Landstraße.

„Geht ganz hurtig, der Scheiß“, sang Charlie und beugte sich vor, um die Gegend besser in Augenschein zu nehmen. „Typischer Fall von Kinderlandverschickung!“ meinte er.

„Nix wie nörgeln können diese Scheiß-Wiener“ sagte ein großer Blonder hinter Charlie. Er war dem Zug neu zugeteilt worden.

Charlie drehte sich um. „Is der von der Propagandakompanie?“ fragte er Martin.

Der Blonde stand auf, mühsam hielt er sich im Gleichgewicht.

„Weil es um wichtigere Sachen geht“, sagte er. „Mit der Drückebergerei muß endlich Schluß sein.“

Charlie zog sich balanzierend auf seinen Sitzplatz zurück. „Vollidiot“, schimpfte er. „Den habn wir braucht!“

Der Blonde holte aus, weil der Wagen aber gerade in eine Kurve ging, verlor der Blonde das Gleichgewicht und seine Faust landete mitten in Martins Gesicht. Der lange Lulatsch lag direkt auf Martin, und Martin konnte sich überhaupt nicht wehren.

Aber da war schon Charlie da, packte den Blonden, riß ihn herum gab ihm zwei Watschen. Martin hatte wieder Luft, zog den Fuß an und gab dem Blonden einen Tritt, der fiel der Länge nach auf die, die weiter vorne saßen. Die stießen ihn zu Martin retour. Martin trat, der Blonde fiel, wurde zurückgestoßen, wurde wie ein Medizinball hin und her geschupft. Endlich kam er frei und rettete sich auf seinen Platz.

„Das werd ich melden“, sagte er.

„Was wirst melden?“ Charlie sah ihn scharf an. „Daß’d meinem Freund ins Gesicht boxt hast?“

Der Blonde schüttelte den Kopf. „Daß ihr über mich hergefallen seid!“

Martin stand auf. Er packte den Blonden am Rock. „Jetzt hör zu“, sagte er. „Du bist neu da, du kennst dich net aus, aber ich rat dir was! Halt in Zukunft dein Schlapfen!“ Er wandte sich an die anderen. „Ihr habts doch gesehen, daß er zuerst auf den Charlie und dann auf mich losgegangen ist, oder?“
Alle nickten. Der Blonde rieb sich das Schienbein, wo ihn Martins Tritt getroffen hatte.

Der Wagen hielt, ein Unteroffizier brüllte: „Absitzen, marsch!“ Sie kramten ihre Sachen zusammen und sprangen ab. Ein Wachtmeister, der neben dem Unteroffizier stand, trat auf Martin zu. „Was haben Sie denn da?“ Er zeigte auf Martins Auge. „Wohl Schmeling gespielt? Wie heißen Sie?“
Der Wachtmeister notierte Martins Namen. In Martin stieg Wut hoch. Ging das hier schon wieder los? Und der Blonde tat, als ginge ihn das alles gar nichts an!
„Melde Herr Wachtmeister, habe mich beim Abtreten an der Bordkante gestoßen“, schnarrte Martin. Jetzt war der Wachtmeister zufrieden. Er sagte: „Melden Sie sich nach dem Quartiermachen beim Sanitäter, das sieht ja bös aus!“
„Jawohl, Herr Wachtmeister, beim Sanitäter melden“, wiederholte Martin, ganz auf perfekter Soldat.
Das Lager bestand aus einer unübersichtlichen Ansammlung von Holzhütten und Baracken, die zum Teil noch nicht fertig waren. Der Baracke, die sie beziehen sollten, fehlten Fenster und Türen. Als sie sich deswegen beim Unteroffizier beschwerten, meinte der: „Och Jungs, jetzt kommt doch der Sommer, da tut ein bißchen frische Luft gut!“
Martin und Charlie organisierten sich zwei günstige Plätze. Dann zog Martin los, um den Sanitäter zu suchen.
Das Lager glich einer Baustelle. Kriegsgefangene in zerlumpten Uniformen hoben Fundamente für Baracken aus, Motorräder und Kübelwagen wirbelten den Staub der unbefestigten Straßen hoch. Soldaten und Flakhelfer, die dienstfrei hatten, lagen mit nacktem Oberkörper in der milden Frühjahrssonne. Sie zeigten ihm den Weg zur Sanitätsbaracke.
Der Sani fand Martins Auge nicht weiter schlimm. Es war nur angeschwollen, ernsthafte Verletzung sah der Sani keine. In ein paar Tagen, meinte er, werde die Geschwulst schon verschwinden.

Als Martin zur Baracke zurückging, ließ er sich Zeit. Er hoffte, daß die anderen inzwischen zum Dienst ausgerückt wären. Ein paar ruhige Stunden, bis Mittag hätten sich da ergeben.
Plötzlich patschte ihm einer von hinten auf die Schulter. Der Leitner! Grinsend und zähnefletschend. „Hab mir doch denkt, daß nur du des sein kannst!" rief er.
Der Leitner sagte, daß er schon seit einer Woche hier sei und die meisten anderen aus der Klasse auch, der Hofer, der Flöttl, der Grabner. Und den Geierwilly hatten sie wieder als Zugsführer! Der Leitner schien sehr zufrieden, aber gut schaute er nicht aus. Total verschwitzt und verdreckt war er.
„Aber a ruhige Kugel scheibts ihr net, oder?" Der Martin zeigte auf die dreckige Uniform vom Leitner.
Der Leitner zuckte mit den Schultern. „Wir baun die Maschinenbunker, aber des is halb so wild." Er deutete auf seine dreckverschmierte Hose. „Des is eher ein Trick vom Willy! Wennst ausschaust wie ein Baraber, hast nämlich da deine heilige Ruh!"
Er prackte Martin noch eine auf die Schulter. „Jetzt muß i rennen, aber komm do vorbei am Abend, bei uns!" rief er und verschwand hinter einer Holzhütte. Martin schaute ihm nach, sah aus der Holzhütte einen Leutnant kommen. Vor der Obrigkeit tatenlos herumstehen, war nie angebracht! Martin machte, daß er weiterkam.
Die anderen waren noch beim Auspacken.
„Ein bißchen dalli-dalli", schnauzte ihn der Blonde an.
„Sachen ausräumen, aber fix, in fünf Minuten müssen wir antreten!"
Martin ging zu seinem Spind. „Hat der Trottel jetzt das große Kommando?" fragte er Charlie.
Charlie stopfte seinen Kram in den Spind. „Der Wachtmeister hat den Trottel als Stubencapo eingesetzt", sagte er. Er grinste. „Aber in der Nacht wird ihm des nix helfen?" „Die Deckn?" fragte Martin leise.
„Na was denn sonst?" Charlie setzte sich vor dem Spind auf den Boden, er schaute zu Martin hoch. „So einem Trottel mußt ja irgendwie klarmachen, daß net gspielt wird, was er sich vorstellt!"
Von draußen kam der Befehl zum Antreten. Martin warf seine Sachen in den Spind. Kunterbunt durcheinander. Und drückte die Spindtür zu. Die Spindtür schwang wieder auf. Irgendetwas spießte sich da. Martin trat mit dem Fuß gegen die Tür. Jetzt war der Spind endlich zu! Aber die anderen waren alle schon aus der Baracke draußen!

„Scheiß mit Reis", murmelte Martin. Langsam ging er aus der Baracke.
Die anderen standen schon in Reih und Glied. „Natürlich der Wimmer!" begrüßte ihn der Wachtmeister, der ihr neuer Zugsführer war. „Das ist heute schon das zweitemal, daß Sie mir auffallen. Ich glaub, ich werd Sie mir merken müssen!"
Arschloch, dachte Martin und bemühte sich, dabei ein reuiges, unterwürfiges Gesicht zu machen.
Der Wachtmeister teilte ihnen mit, daß sie ab jetzt den Geschützstaffeln zugeteilt seien. Aber in den nächsten Tagen, sagte er, müßten erst einmal die Stellungen ausgebaut werden. „Und zwar mit Tempo, Herrschaften", schloß er seine Rede, „und darauf werd ich persönlich schauen!"
Dieses Versprechen hielt der Wachtmeister auch. Nachdem sie Schaufel und Krampen gefaßt hatten, ging es los. Wenn einer einen Augenblick innehielt, stand der Wachtmeister schon da und brüllte ihn an.
„De wahre Kinderlandverschickung ist das doch net", sagte Martin zu Charlie, als sie zu Mittag in der Kantine saßen und Eintopf löffelten.
Der Charlie zuckte bloß mit den Schultern. Er betrachtete eingehend seine Hände und zählte die Blasen an den Fingern. Und war ganz fasziniert davon, daß er unter einer Blase noch eine Blase hatte, eine Doppelblase sozusagen. Und sinnierte, ob die Doppelblase nun als eine oder zwei Blasen zu zählen sei.
Dann kamen der Hofer, der Flöttl und der Grabner in die Kantine. Riesenbegrüßung. Der Hofer berichtete, daß er schon mit dem Geierwilly gesprochen habe. Der werde sich bemühen, den Martin in seinen Zug zu kriegen.
Martin stellte ihnen den Charlie vor. „Mit dem bin ich in die Volksschul gangen", sagte er. „Der Charlie tät zu uns passen, echt! Glaubst, kann des der Geierwilly machen?"
Der Hofer nickte gönnerhaft. Ganz so, als wäre das nicht dem Geierwilly seine Sache, sondern seine.

Am Nachmittag standen sie wieder in den Gräben und schaufelten. Dem Wachtmeister ging die Arbeit wieder zu langsam. Einer, ein schmächtiger Kleiner, fing zu weinen an und erklärte dem Wachtmeister, er könne nicht weiterarbeiten, er habe so viele Blasen an den Händen und einige davon seien schon aufgesprungen. Der Wachtmeister machte ihn zur Sau, brüllte auf ihn ein, riß Witze über ihn. Ein paar lachten über die blöden Wachtmeisterwitze. Der neben Martin auch. Martin hätte ihm am liebsten seine Schaufel über den Schädel geschlagen.

Nach Dienstschluß ging Martin hinüber zu den Kremsern. Aber nur der Flöttl war da. Die anderen waren ausgegangen.
Der Flöttl kicherte. „Kennstn Hofer doch eh. Da drüben", er deutete Richtung Langenrohr „ ist ein Lager von RAD-Madeln!"
„Und der Geierwilly?" fragte Martin.
„Na, der is doch immer der erste, der abhaut", sagte der Flöttl, dann seufzte er. „Ich möcht eigentlich wissen, warum grad mich keine will?"
Martin interessierten im Moment Weibergeschichten überhaupt nicht. Mit dem Geierwilly wollte er reden! Vom Geschützzug wollte er weg! So bald als möglich! Dem Wachtmeister und dem Blonden mußte er entkommen!
„Den Geierwilly", sagte der Flöttl lethargisch, „den siehst erst morgen in der Früh, wenn net grad Alarm is, oder du suchst ihn dir bei irgendeiner Maria!"
Martin blieb noch eine Weile beim Flöttl. Der Flöttl erzählte ihm von Wiener Neustadt. Zwei schwere Angriffe hatte er dort mitgemacht. Bei einem hatte es einen Toten gegeben. „A Bombensplitter hat ihm glatt den Schädel weggerissen", sagte der Flöttl. „Und i war nur drei Meter weiter weg."
Der Flöttl schwieg. Martin hatte das Gefühl, irgendetwas zum Flöttl sagen zu müssen. Aber es fiel ihm nichts ein.
„Und das beste war", sagte der Flöttl dann, „daß der Kompaniechef am nächsten Tag erklärt hat, wir brauchen keine Angst haben, weil, daß eine Geschützstellung troffen wird, des is genauso selten wie der Haupttreffer in der Klassenlotterie!"
Der Flöttl schaute Martin an. „Ich scheiß denen was, auf ihre Lotterie", sagte er.
Martin stand auf. „Ich komm halt morgen wieder", murmelte er und ging hinaus.
Charlie saß vor der Baracke. Weil die Baracke keine Fenster hatte, konnten sie in der Stube kein Licht machen. Strengste Verdunklung war ja Pflicht.

Martin setzte sich zum Charlie. Kalt war es, ziemlich kalt. Martin erzählte, was er vom Flöttl gehört hatte.
„Wennst mich fragst", sagte der Charlie, „gibts eigentlich nur eins: abhaun!"
Daran hatte Martin auch schon ein paarmal gedacht. Spielerisch eher.
„Da müßtest ja wissen wohin". Martin machte eine Pause.
„Und wenns dich schnappen bist erst recht dran. Und die Leut, die dich versteckt haben auch."
Charlie rückte näher an ihn heran, schaute sich um, ob ihnen jemand zuhören könnte, entdeckte niemanden, sagte leise: „In Jugoslawien, bei den Partisanen, da sind auch Österreicher dabei. Wenn man sich da durchschlagen könnt, das wär was!"
„Wieso sind da Österreicher dabei, woher weißt das?" fragte Martin.
„Aus dem Radio"
„Aus unserem?"
„Nein, du Hirnederl!" Charlie schien unsicher, ob er überhaupt weiterreden solle.
„Und du tätest wirklich gehen?" fragte Martin gespannt.
„Ich mein, wennst wüßtest, wie man das macht? Wie man überhaupt eine Verbindung mit denen kriegt?"
„Ich werd gehn, des schwör ich dir", sagte Charlie.
Martin räusperte sich. „Dann geh i mit!" sagte er. „Eisern! Kannst einsetzen!"
Charlie lachte leise. „In Ordnung", sagte er. „Aber vorher kriegt der Gebert noch seine Abreibung!"
„Der Gebert? Wer ist des?"
„Na, unser blonder Trottel, unser Busenfreund!" Charlie stand auf. Er rieb sich den Hintern. „Total unterkühlt", murmelte er. „Komm gehn wir rein!" Als ob es drinnen gemütlicher wäre, dachte Martin; nur der Gedanke an die Abreibung ließ ihn die Welt ein wenig hoffnungsvoller sehen.
„Weckst mi auf, wenns soweit ist", flüsterte Martin dem Charlie zu. „Von allein werd i net munter, i bin hundsmüd."
„Bin i a", flüsterte Charlie zurück. „Aber dafür, daß i dem Trottel die Decken gebn kann, bleibert i noch drei Nächt lang munter."

Knapp nach Mitternacht stupste der Charlie den Martin. „Los gehts", flüsterte er. „Du weckst den Gerber auf und i hol den Nowak!"

Vorsichtig, damit die wackligen Bettgestelle nicht knarrten, kletterten sie aus den Betten. Es war stockfinster. Keine Kleinigkeit, nirgends anzustoßen und unbemerkt zum Bett vom blonden Gebert zu kommen! Sie schafften es. Martin und Charlie warfen dem Gebert die Decke über den Kopf und drückten ihn mit aller Gewalt nieder. Der Gerber und der Nowak droschen mit ihren Koppelriemen auf den Gebert ein. Der tobte unter der Decke wie ein Wilder und versuchte frei zu kommen, doch Martin und Charlie hatten ihn gut im Griff. Das Schwierigste an der ganzen Sache war jetzt, umbemerkt zu verschwinden!
„Aus", flüsterte Martin. Sie wetzten zurück in die Betten. Der Gebert schrie und tobte und machte ein Höllenspektakel. Aber es war ja stockfinster. Bis der Gebert seine Taschenlampe gefunden hatte, lagen schon alle.
Der Gebert ging von Bett zu Bett, leuchtete jedem ins Gesicht. Obwohl alle in der Stube vom Krawall munter geworden waren, stellten sie sich schlafend.
„Man hat mich überfallen" schrie der Gebert. „Wer hat gesehen, wer es war?" Niemand rührte sich.
Der Gebert zog einem die Decke weg. „Stell dich net schlafend" brüllte er. „Sag mir, wer die Hunde' waren?"
Der, dem er die Decke weggezogen hatte, gähnte. „Was ist?" fragte er unschuldig. „Ich hab nix ghört. Das mußt träumt haben!"
Der Gebert warf ihm die Decke zurück und versuchte es beim nächsten. „Ich weiß von nix, ich hab geschlafn", beteuerte der. „Wia a Mauserl!"
„Und für dich, Stubenältester", höhnte einer aus der Finsternis, „wär's auch das Gscheiteste, wennst wieder in die Hapfn steigst. Sonst kannst uns morgen net so schnittig herumkommandiern, und des wär doch schad!"
Der Gebert tobte noch eine Weile herum, sah dann aber ein, daß er keine Chance hatte, die Täter zu entdecken. Mit der wilden Drohung, daß er morgen alle melden werde, stieg er in sein Bett.
Als alles wieder ruhig war, sagte einer langsam und bedächtig, aber sehr laut: „Glaubt's ihr, Burschen, daß uns der Gebert morgen melden wir?"
„Nein", antwortete es dumpf und mehrstimmig.
„Und warum net?" fragte die langsame, bedächtige Stimme.
Ein ganzer Chor antwortete: „Weil der Gebert sonst morgen wieder die Deckn kriegt!"

8. Kapitel

Während der Nacht hatte es zu regnen begonnen. Dünn, fein, pausenlos, trostlos.
Beim Morgenappell warteten sie voll Spannung, ob der Gebert die nächtliche Abreibung melden würde. Er meldete nicht, er hatte anscheinend begriffen.
Kurz tauchte beim Appell auch der Batteriechef auf, begrüßte die Neuen, verzapfte den üblichen Schmus, die oft gehörte Walze: daß sie alles von ihm haben könnten, wenn sie ihren Dienst ordentlich verrichteten, daß er aber bei Disziplinlosigkeiten rücksichtslos durchgreifen werde.
Martin hörte gar nicht hin. Er schaute nach dem Geierwilly aus, der trieb sich vor einer Baracke herum, aber bevor sich Martin an ihn heranmachen konnte, hieß es „Antreten zur Werkzeugausgabe" und sie mußten hinüber zu den Geschützstellungen.
Die Erdwälle mußten verstärkt werden, Laufgräben und Munitionsunterstände gegraben werden. Der Regen hatte den schweren lehmigen Boden noch schwerer gemacht. Jeder Schaufelstich war mühsam. Die Wasserblasen an den Händen sprangen auf und brannten höllisch. Auch die Uniformen waren bald durchnäßt. Und der Wachtmeister trieb sie an. „Nur keine Müdigkeit vorschützen", schrie er unentwegt. Er trug einen langen Gummimantel und hatte 1A Stiefel an. Und die Hände hatte er in die Manteltasche gesteckt.
Martin spürte den jähen Impuls auf den Kerl loszugehen.
„Arschloch verdammtes", murmelte er wütend.
Der Gebert, der neben ihm schaufelte, fragte drohend herüber. „Wer ist ein Arschloch?"
„Na wer schon?" schnauzte Martin zurück. „Kannst dir aussuchen, der Vorrat reicht auf ewig!"
Der Wachtmeister kam mit rauschendem Regenmantel näher.
„Net schwätze, schaffe, schaffe", rief er. „Das gilt auch für den Wimmer!"
Charlie radelte mit einer Schubkarre vorbei. „Laß di net provozieren von der Sau", raunte er Martin zu.
„Bist a schon fürs kuschen?" fragte Martin wütend.

„Kuschen und ins offene Messer rennen san zweierlei!“ Charlie schob seine Schubkarre weiter.
Beim Mittagessen endlich, konnte Martin mit dem Geierwilly reden. Der hatte wegen einer Versetzung keine allzu großen Hoffnungen. Das liege ganz allein beim Batteriechef, erklärte er Martin. Aber einsetzen dafür, daß der Martin und der Charlie in seinen Zug kommen, werde er sich, sagte er.
Nachher setzte sich Martin zu den Kremsern. Der Hofer führte das große Wort. In allen Einzelheiten schilderte er einen Nachtspaziergang mit einer Gerda aus München. Eine Klassefrau, erklärte er, sei die. Und wenn es nicht so geregnet hätte in der Nacht, wäre er garantiert zu einer „Nummer“ gekommen. Die ganze Hoffnung vom Hofer richtete sich auf den heutigen Abend und auf eine regenlose Nacht.
Als draußen die Signalpfeifen schrillten, die den Dienstbeginn verkündeten packte Martin sein Eßgeschirr, wieselte hinüber in die Baracke, schnappte seine Koppel und band sie im Rennen um. Als er draußen ankam, war sein Zug schon angetreten. Er versuchte, sich unbemerkt in die hinterste Reihe zu schwindeln, doch der Wachtmeister schrie schon: „Vortreten, Sie da!“ Und dann: „Ach ja, der Wimmer!“
Der Wachtmeister stieß mit seinem dicken Zeigefinger auf jeden einzelnen Dreckfleck an Martins Uniform. Martin hatte Mühe, das Gleichgewicht zu halten.
Dann kam der Anpfiff. Aber der war Martin noch lieber als diese blöde Grapscherei.
„So kommt man net zum Dienst! So einen Dreckfink kann ich in meinem Zug net brauche . . .“ Und dann kam eine Flut von Schimpfwörtern, so schrill und so schnell gebrüllt, daß Martin keines davon richtig verstand. Nur daß die Ausgangssperre um zwei Tage verlängert worden war, das bekam er mit, und daß der Gebert die ganze Zeit höhnisch gegrinst hatte.

Nach ein paar Tagen wilder Schufterei war dann die Batterie gefechtsbereit. Martin hatte sich bemüht, nicht mehr aufzufallen. Es war ihm gelungen.
Von einer Versetzung zur Meßstaffel, zum Geierwilly, war nicht mehr die Rede. Der Hofer behauptete zwar, er werde das, mit Hilfe

vom Geierwilly schon regeln, doch Martin wußte, daß der Hofer da nur angab. Und ganz so dringend wie in den ersten Tagen wollte Martin auch nicht mehr weg. Bis auf den Gebert und einen Deutschen, den es – weiß der Kuckuck warum – zu ihnen verschlagen hatte, waren die Leute in der Stube alle ziemlich klasse Burschen. Und seit sie mit den Erdarbeiten fertig waren, war auch der Dienstbetrieb angenehmer geworden. Am Vormittag war meistens Geschützexerzieren, am Nachmittag theoretische Schulung, Flugzeugerkennen, Waffenkunde und solche Sachen.

Ein paarmal hatte es Fliegeralarm gegeben, aber zu einem direkten Angriff auf das Hydrierwerk in Moosbierbaum, zu dessen Schutz die Batterie aufgestellt war, war es bisher noch nicht gekommen. In Moosbierbaum wurde Flugbenzin aus Erdöl hergestellt. Moosbierbaum war eines der letzten dieser Werke im ganzen Reich, die noch produzierten. Es war also nur eine Frage der Zeit, wann Moosbierbaum voll dran kommen würde!
Darum kümmerte sich Martin im Moment aber kaum. Wie er sich das Leben ein bißchen angenehmer und schöner machen konnte, war ihm viel wichtiger. Am Abend ging er mit ein paar anderen oft zu den Bauern in der Nähe. Hatten sie Glück, bekamen sie für Geld und gute Worte einen halben Liter Milch oder ein paar Eier und ein Landbrot. Manchmal sogar ein kleines Stück Speck. Martin fraß seinen Anteil am Ergatterten immer sofort auf. Hunger hatte er immer.
Wenn sie Bereitschaftsdienst hatten, spielten Martin und Charlie Schach. Wenn sie frei hatten und nicht gerade Ausgangssperre, trieben sich sich vor dem Lager der RAD-Mädchen herum. Aber von denen waren schon die meisten in festen Händen. Die Techniker und die Ingenieure aus dem Werk, die Soldaten und vor allem die Unteroffiziere der verschiedenen Batterien, waren bei den RAD-Mädchen begehrter als die Flakhelfer. Den Flakhelfern blieb nur das Vergnügen, einem Pärchen, das im Buschwerk des Tullnerbachs verschwand, nachzuschleichen. Bei vielen war dieser Sport sehr beliebt.
Martin tat dabei nicht mit.
Nur der Hofer blieb bei seiner Behauptung, daß ein RAD-Mädchen seine Geliebte sei. Aber gesehen hatte ihn noch keiner mit diesem Mädchen.

Anfang Juni gab es dann den längst versprochenen Schulunterricht, der wegen der ständigen Versetzungen und Umorganisation der Flak bisher unmöglich gewesen war.
Die Lehrer, die man für die Flakhelfer aufgetrieben hatte, waren meist pensionierte Herren aus dem Tullner Gymnasium, einige kamen auch aus Wien. Sie zeigten keine großen Ambitionen, einen soliden Schulbetrieb aufzuziehen. Im Gegenteil, es hatte den Anschein, als seien die Herren heilfroh, den Vormittag so heil als möglich zu überstehen, und dann die kriegerische Umgebung schleunigst wieder verlassen zu können.
Nur einer, der Mathematikprofessor, ein pensionierter Oberstudienrat, aus Tulln, versuchte immer wieder seine Vorstellungen von Schule durchzusetzen. Er hatte eine graue, stachelige Bürstenfrisur und kreisrunde Nickelbrillen, die bedrohlich funkelten. Hötzendorf nannten ihn die Flakhelfer.
Gleich in der ersten Stunde erklärte der Hötzendorf, es gehe ihn überhaupt nichts an, ob sie irgendwelche nächtlichen Übungen machten. Auch ein nächtlicher Einsatz könne für ihn nicht als Entschuldigung gelten. Er selber habe im Jahr 1918 an der Isonzofront als blutjunger Leutnant gedient und in den Gefechtspausen seine Dissertation fertiggestellt, und die sei schließlich mit „Ausgezeichnet" beurteilt worden.
Mündliche Prüfungen, Kontrolle der Hausübungen und Strafarbeiten wären beim Hötzendorf die Regel gewesen, wenn sie ihn nicht immer mit abenteuerlichen Ausreden eingedeckt hätten.
Meister in solchen Ausreden war der Flöttl, der seine depressiven Stimmungen anscheinend wieder überwunden hatte.
Wenn er sagte „Bitte, Herr Professor, wir haben unsere Hausübung nicht machen können, weil wir gestern eine Gasübung gehabt haben, und hinterher war uns allen so speiübel", dann mußte sogar der Hötzendorf einsehen, daß unter diesen Umständen eine Hausübungskontrolle sinnlos wäre.
Ein anderes Mal wieder stotterte der Flöttl ganz auf naiv: „Bitte, Herr Professor, ich habe keine Hausübung, weil mein Heft einen Totalschaden durch einen Bombensplitter hat. Ich wollte nämlich während des Angriffes noch eine Gleichung durchrechnen!"
Als der Hötzendorf dies nicht glauben wollte und zu einer Donnerrede ansetzte, fing die gesamte Klasse mit schrillem Geheul an. „Hö-hö-Hötzendorf" brüllten ein paar und der Rest hub ein an- und

abschwellendes Sirenengeheul an. Martin brüllte, alles übertönend „Alarm", und sie stürmten am hilflos tobenden Hötzendorf hinaus ins Freie.

Nach einer Viertelstunde kamen sie zurück.

„Entschuldigung, Herr Professor", stotterte der Flöttl, „wir müssen uns verhört haben, es war doch kein Alarm!"

Der Hötzendorf brüllte, er werde sich beim Batteriechef beschweren, es sei ja kein Wunder, daß alles zusammenbreche, bei so einer Jugend!

Aber da war die Stunde auch schon wieder vorüber.

9. Kapitel

Beim Morgenappell war der Charlie mit offener Kragenbinde angetreten. Das war gegen die Vorschrift. Aber gegen eine, an die sich kaum einer hielt. Die Flaksoldaten kümmerten sich überhaupt nicht darum, und bei den Flakhelfern wurde die offene Kragenbinde meisten auch geduldet. An diesem Morgen jedoch mißfiel dem Spieß Charlies offene Kragenbinde, er schnauzte ihn an. Charlie fragte zurück, warum er gerade ihn anschnauze, wo doch dreiviertel der Leute dasselbe machten. Mehr brauchte er nicht. Soweit käme es noch, brültte der Spieß, daß ihm jeder Arsch mit Ohren Vorschriften mache, er rüge, wen er wolle!
„Und damit Sie sich merken, wie der deutsche Soldat anzutreten hat, bringen Sie mir bis morgen einen Aufsatz. Warum ich beim Morgenappell mit geschlossener Kragenbinde antreten muß! Zehn Seiten werden Ihnen zu diesem Thema ja wohl einfallen!"
Am Abend saß Charlie in der Baracke vor einem leeren Heft. Weder zehn Seiten noch ein einziger Satz fielen ihm ein.
Charlie fluchte: „Kann mir einer sagen, was man zu dem saudepperten Scheiß schreiben soll?" fragte er.
Die anderen machten sich gerade ausgehbereit.
Der Gebert, der es nach dem nächtlichem Überfall aufgegeben hatte, den wilden Mann zu spielen, schlug vor, Charlie möge schreiben, daß schon Friedrich der Große größten Wert auf das Aussehen seiner „langen Kerle" gelegt habe.
„Und dann?" fragte Charlie. „Mit dem Seich hab i do erst drei Zeilen voll!"
Martin grinste. „Das ist do einfach, Charlie"
„Na, dann diktier", sagte Charlie.
„Also schreib!" Martin stützte die Arme auf den Tisch. „Es ist der ausdrückliche Wunsch des Führers, daß seine geliebte deutsche Jugend immer adrett und nett aussieht. Und deswegen ist es auch der Stolz jedes deutschen Jungen, seine Kragenbinde geschlossen zu tragen, weil der Führer sonst ganz traurig ist." Martin wollte weiterdiktieren, doch der Gebert unterbrach ihn:
„Willst du sagen, daß sich unser Führer mit solchen Kleinigkeiten abgibt? Der hat Wichtigeres zu tun."

Und Piefke Pommel, der Deutsche, der in der Stube war, gab auch seinen Senf dazu. Er zeigte auf Charlie. „Geschieht ihm doch recht, wenn er einmal nachdenken muß, wie ein deutscher Junge den Dienst antritt. Mit so einer Frisur wie er nämlich schon überhaupt nicht!"

Alle, bis auf den Gebert, lachten.

„Mir scheint, der hat an mordstrumm Vogel" schrie der lange Willy.

Piefke Pommel hatte Willys Wienerisch nicht verstanden. Er stellte sich vor Willy auf, gut einen Kopf kleiner war er. Er federte in den Knien, ganz so, wie das die Offiziere immer machten. „Ich hab dich nicht verstanden, kannst du mir das gefälligst auf deutsch sagen?"

Der Willy legte ihm schwer die Hand auf den Kopf und drückte. Piefke Pommel ging in die Knie.

„Hosd gnua, oder wüsd no weida owe?" fragte der lange Willy freundlich. Piefke Pommel schnaubte etwas Unverständliches. „Wos hosd gsogd?" fragte der Willy, „Geh, sog mir des auf Deutsch bitte?"

Piefke Pommel murmelte wieder etwas Unverständliches.

„Geh Kleiner, du bist mir do zu deppert!" Der lange Willy gab dem knieenden Pommel einen Schups, der machte einen halben Purzelbaum rückwärts, rappelte sich hoch und zog sich maulend zu seinem Bett zurück.

„So sag doch, was soll i denn schreiben?" jammerte Charlie nach einer Weile.

„Schreib", Martin fiel selbstverständlich auch nichts ein, „schreib" sagte er und holte das Schachbrett hervor, denn er hatte mit dem Flöttl eine Partie verabredet. „Himmel Arsch und Zwirn" schrie er, „gar nix kannst schreiben, weils über so einen Blödsinn nix zum Schreiben gibt!"

Als der Flöttl hereinkam, schaute ihn Charlie erwartungsvoll an. „Ich bitt dich, sag mir was i schreiben soll und wenns der größte Scheiß ist" forderte ihn Charlie auf. Der Flöttl mußte sich die Sache erst einmal erklären lassen. Dann meinte er gelassen.

„Da weiß ich auch nix, da mußt schon den Grieshammer fragen, der müßte das wissen."

Der General Grieshammer war der oberste Befehlshelfer der Flakdivision Wiens.

Charlie schmiß die Füllfeder hin, sprang auf, schlug vor dem Flöttl

die Haken zusammen, daß es nur so knallte.
„Bitte gehorsamst, Herr General, fragen zu dürfen, was geschlossene Kragenbinden zum Endsieg beitragen?“
Der Flöttl ging darauf ein. Lässig wie ein General in der Wochenschau stellte er sich auf und schnarrte:
„Das kann doch für einen deutschen Jungen keine Frage sein, das kriegt ein deutscher Junge schon im deutschen Mutterleib mit!“
Jetzt mischte sich auch Martin ein, den Gauleiter spielte er. Wandte sich an Flöttl/Grieshammer.
„Da sehen Sie, General! Trotz unermüdlicher Parteiarbeit, gibt es noch immer Volksschädlinge, die nicht begreifen wollen! Und dabei hat die Partei doch immer nur das eine im Auge!“
Darauf der Flöttl, gelangweilt, mit nasaler Stimme: „Ja? Und das wäre, Herr Gauleiter?“
„Den unbedingten Gehorsam bis in den Tod, General!“
Sie stellten sich vor Charlie auf.
„Ein deutscher Junge schnürt sich die Gurgel ab bis er blau ist“, schrie der Flöttl, „denn ein deutscher Junge weiß, Befehl ist Befehl!“
Weiter kamen sie nicht. Sie konnten das Lachen nicht mehr verbeißen. Sie hockten sich hin und lachten und kicherten und konnten gar nicht mehr aufhören. Sie lachten, daß ihnen der Bauch und die Brust weh tat und der Flöttl vom Lachen Schluckauf bekam.
Und so war das „Bonzenspiel“ geboren, mit dem sie in den nächsten Monaten noch große Erfolge erzielen sollten.
Den Charlie brachte das Bonzenspiel allerdings auch nicht aus seiner Kragenbinden-Misere. Er schrieb den Aufsatz einfach nicht und kassierte dafür drei Tage Ausgangssperre. Die traf dann aber auch alle anderen, denn am nächsten Tag setzte der Luftkrieg über dem Tullnerfeld mit voller Stärke ein.
Während der Lateinstunde begann der Angriff. Sie waren in der Schulbaracke. Der Lateiner, ein mickriges Männchen, schwadronierte gerade über die Tapferkeit der Germanen, erläuterte sie an etlichen Tacitusstellen. Tacitus war zwar nicht im Lehrplan der fünften Klasse und der Lateiner plagte sich auch erst gar nicht damit herum, die Schüler übersetzen zu lassen. Das besorgte er selbst. Umso mehr Zeit blieb ihm dann für die „geistige Wehrertüchtigung“.
Martin sah zum Fenster hinaus. Ein schöner, strahlender, fast hochsommerlicher Tag. Eine Schwalbe schoß ein paarmal am Fenster vorbei. Drüben, am gegenüberliegenden Hang, arbeiteten russische

Kriegsgefangene, unter Bewachung, an der kleinen Materialseilbahn für den Munitionstransport.
Martin überlegte, wie er es anstellen könnte, trotz Ausgangssperre hinüber nach Asparn zu kommen. Im Dorfkino spielten sie „Flammende Herzen". Außerdem war da eine blonde Wienerin, die ihm vor ein paar Tagen aufgefallen war. Der Hofer hatte gesagt, die wohne seit ein paar Wochen bei ihrer Tante, weil die Wiener Wohnung ausgebombt sei. Der Hofer hatte ihn auch gewarnt. Bei der, hatte er gesagt, brauche sich Martin „gar nix ausrechnen", die habe sogar ihn, den Hofer abblitzen lassen.
Als ob das schon ein Beweis wär, wenn die den Hofer abblitzen laßt, dachte Martin gerade, als von Moosbierbaum herüber das dumpfe An- und Abschwellen der Sirenen schallte. Und dann kam die Lautsprecherstimme – alle Baracken und Hütten waren an eine gemeinsame Lautsprecheranlage angeschlossen – „Alarmstufe II, ich wiederhole, Alarmstufe II, Geschütze feuerbereit machen."
Martin dachte nicht viel Schlimmes. In den letzten Wochen war das oft so gewesen. Wenn sich feindliche Verbände dem Großraum Wien näherten, gab es automatisch bei allen Batterien Alarm, da man ja nicht wissen konnte, was das eigentliche Angriffsziel sein werde.
Martin und Charlie waren als Munikanoniere beim 2. Geschütz eingeteilt. Der Vorgang war an die hundertmal exerziert worden. Sie holten im Laufschritt die Stahlhelme und hasteten zu ihren Plätzen beim Geschütz.
„Dalli, dalli Herrschaften" empfing sie der Geschützführer. Unfreundlich klang das nicht.
Obwohl noch weit und breit kein Flugzeug am Himmel zu sehen war und noch gar nicht heraußen war, ob der Angriff überhaupt Moosbierbaum gelten werde, hatte es der Geschützführer eilig. Es war immer sein Ehrgeiz, sein Geschütz so früh als möglich gefechtsbereit zu melden.
Und dann begann die nervenzermürbende Warterei. Gelegentlich ließ sich der Geschützführer herab, weiterzugeben, was er über seine Kofphörer gehört hatte.
„Jetzt sind sie über dem Wiener Becken", sagte er und starrte in diese Richtung. Alle Blicke richteten sich nach Südosten und durchmusterten den blauen, leeren Himmel. Nur zwei Schwalben waren da, die flirrten emsig und in kunstvollen Bögen zwischen den steil aufgerichteten Geschützrohren herum.

Charlie deutete in Richtung Munitionsbunker. „Bua", sagte er leise, „wenns dort einschlagt, is aus!"
Der Munitionsbunker war nur provisorisch durch eine Schicht Erde, die über zwanzig Zentimeter starke Baumstämme geschüttet worden war, gesichert. Gut sechs Tonnen Sprengstoff lagen darunter. Aber eigentlich galt das Geschütz als relativ sicherer Platz. Die Bomber vermieden es, direkt über die Batteriestellungen zu fliegen. Und gegen die Jadgflugzeuge, die im Tiefflug angriffen, hatte man in den letzten Wochen leichte Vierlingsflak rund um die Batterie postiert.
Trotzdem war es schon vorgekommen, daß Geschütze durch Volltreffer außer Gefecht gesetzt wurden. Am ehesten stimme wohl, was der Willy unlängst gesagt hatte: „Mei", hatte er gemurmelt. „Mia wissen eh, daß ma da sicher san, aber ob de Bomben des a wissen?"
Um irgendetwas zu tun, stand Martin auf und kletterte auf eine Munitionskiste und schaute über den Grabenrand. Da packte ihn Piefke Pommel am Hosenboden und riß ihn in den Graben zurück. „Bleib doch in Deckung, Mensch" sagte er, „Du weißt doch, daß das verboten ist!"
„Wichtigmacher, depperter", schimpfte Martin. Er rieb sich den Hintern. Hatte sich bei dem Sturz von der Kiste ganz schön auf den Arsch gesetzt.
Der Geschützführer gab ein Zeichen. „Kameraden, es wird ernst", sagte er, „ein Verband von zweihundert Fliegenden Festungen hat über Mödling abgedreht und kommt direkt auf uns zu."
Aha, dachte Martin, auf einmal sind wir Kameraden!
„In fünf Minuten sind sie da", sagte der Geschützführer nach einer Weile. Martin schaute sich um. Keiner sagte etwas. Aber den Gesichtern unter den Stahlhelmen war anzusehen, daß sie Angst hatten.
Erst war es nur ganz leise, bald wurde es immer deutlicher. Das Motorengeräusch der Flugzeuge. Ein stetiges, unaufhaltsames Mahlen und Dröhnen, von dem sich keiner vorstellen konnte, wie es aufzuhalten wäre.
Einer schrie: „Ich seh sie schon!" Eine erregte Stimme, die ihre Angst nur mühsam beherrschte. „Kein Grund zur Aufregung" schrie der Geschützführer, „die packen wir schon."
Martin sah sich um, versuchte aus den Gesichtern der Kameraden zu lesen, was ihn ihnen vorging. Die meisten blickten stumm vor

sich auf den Boden, nur manchmal riskierte einer den Blick nach oben.
Martin konnte von seinem Platz die Flugzeuge nicht sehen. Nur die monotone Stimme des Richtschützen, die die durchgegebenen Zahlen wiederholte. Dann sah er in dem schmalen Ausschnitt über dem Graben die ersten Maschinen. Winzige Punkte, die lange Kondensstreifen hinter sich herzogen. Direkt friedlich wirkten sie.
Und dann kam auch schon der Feuerbefehl. Martin hatte ihn in dem allgemeinen Tumult, die Nachbarbatterien hatten schon zu feuern begonnen, überhört. Der ohenbetäubende Krach zerriß ihm fast das Trommelfell.
„Schneller Burschen, schneller“ schrie der Geschützführer. Im Laufschritt schleppten sie die schweren Granaten heran. „Weg mit den Kartuschen“ war das nächste Kommando. Die glühendheißen Stücke mußten aus dem unmittelbaren Geschützbereich weggebracht werden. Die Hitze fraß sich durch die Arbeitshandschuhe, verbrannte Martin fast die Finger.
Welle auf Welle überflog jetzt der feindliche Verband den Gefechtsstand. Der Himmel war durchsetzt mit den Sprengwolken der Flakgranaten, aber unbeirrbar zogen die Maschinen dahin, lösten ihre Bombenlast aus und drehten ab. Aus der Richtung des Werks waren in ununterbrochener Reihenfolge die Bombenexplosionen zu hören.
Schwitzend, stumm, mit keuchenden Lungen arbeiteten sie weiter. Wie die Automaten. Wie am Fließband. Granaten hin, Kartuschen zurück. Ohne eigenen Willen, ohne mehr zu spüren als die Hitze der leeren Kartuschen, die heftige Trockenheit im Mund, die immer brennender wurde. Granaten hin, Kartuschen zurück, ohne mehr zu denken als, wann hört das endlich wieder auf.

Irgendwann einmal hatte die letzte Welle der Bomber ihre Last abgeladen, kam der Befehl zur Feuereinstellung. Erschöpft ließen sie sich auf den Erdboden fallen. Martin sah auf seine Uhr. Es war halb eins. Der Angriff mußte gut drei Stunden gedauert haben, ihm war es wie eine schlechte Ewigkeit vorgekommen.
Von Moosbierbaum her wälzten sich dunkle, schwere Rauchschwaden, vermischt mit dem beißenden Gestank der brennenden Öltanks herüber.
Piefke Pommel schrie, „denen haben wir es gegeben, mindestens acht Abschüsse hab ich gezählt!“ Keiner sagte was darauf. Obwohl

jeder wußte, daß es ohne Feldstecher völlig ausgeschlossen war, zu erkennen, welches Geschütz einen Abschuß erzielt hatte.
Martin hatte in den ganzen drei Stunden kaum einmal nach oben geschaut, und wenn, hatte er immer nur ganz verschwommene, undeutliche Bilder gesehen. Aber Piefke Pommel, der wußte das natürlich! Piefke Pommel kannte sich eben aus!

Martin hockte erschöpft auf einer Munitionskiste, Charlie setzte sich neben ihn. Der Geschützführer trieb sie wieder hoch. „Nur keine falsche Müdigkeit vorschützen, Kameraden!"
Sie mußte die leeren Kartuschen in die Kisten verpacken. Das Geschütz hatte wieder gefechtsbereit gemacht zu werden.
Martin war erschöpft, als sie gegen vier Uhr zum Essen gingen. Das Essen schmeckte diesmal besonders scheußlich.
Der Flöttl sagte grantig: „I glaub, der Koch hat sich beim Angriff angschissn und de Hosen dann mitkocht!"
Martin schaffte es nicht, den lauwarmen Papp hinunterzuwürgen. Aber den meisten anderen war es heute völlig egal, wie das Essen schmeckte. Sie waren viel zu apathisch, um sich darüber aufzuregen.
Nach dem Essen mußten sie antreten. Der Batteriechef hielt eine Rede, in der er die Flakhelfer für ihren Mut und ihre Einsatzbereitschaft lobte. Er sprach von den schweren Verlusten, die sie dem Gegner zugefügt hätten und dann sagte er: „Ich habe mich deshalb entschlossen, alle diejenigen, die Ausgangssperre haben, wegen des guten Einsatzes zu begnadigen. Ich hoffe, daß dieses Entgegenkommen unsere Kampfstärke, die auf der entschlossenen Zusammenarbeit aller beruht, weiter erhöhen wird!"
Charlie stieß Martin an. „Da laust di do der Aff", sagte er leise.
Martin antwortete ebenso leise: „Besser als wie ein Orden is immer no!"

10. Kapitel

Die Bauern in der Nähe des Lagers gaben kaum noch Sachen her. Es waren einfach zu viele, die bei ihnen anklopften und Lebensmittel haben wollten.
Der Hofer und der Geierwilly beschlossen, entlegenere Höfe aufzusuchen. Und den Bauern erstklassige Tauschware anzubieten.
„Benzin", meinte der Hofer. „Wenn wir Benzin hätten, des wär a Hammer!"
Der Geierwilly besorgte ein paar Kanister Benzin.
Der Hofer war früher mit seinem Vater oft in der Gegend unterwegs gewesen. Er kannte sich hier gut aus. Das war wichtig, denn auf den Hauptstraßen durfte der Geierwilly mit seinem VW-Kübelwagen nicht fahren. Fahrbefehl hatte er keinen und die Hauptstraßen wurden regelmäßig kontrolliert.
Den Martin nahmen sie auf die Hamsterfahrt mit. Die derzeitige „Maria" vom Willy und eine Freundin von ihr, waren auch mit von der Partie.
Die zwei Mädchen saßen vorne, neben dem Willy. Martin und der Hofer hockten auf den Rücksitzen, neben sich, unter sich und auf sich, die Benzinkanister.
Sie wollten hinüber nach Rust, wo der Hofer einen Bauern kannte. Bei dem hatte sein Vater früher manchmal Vieh eingekauft.
Der ortskundige Hofer wies dem Geierwilly den Weg. Ratternd und schaukelnd holperte der Kübelwagen über die Nebenwege, die sonst nur von den Bauern mit ihren Pferdegespannen befahren wurden. Zwei, dreimal mußten sie umkehren, weil der Hofer die Schleichwege auf Rust zu doch nicht mehr so gut in Erinnerung hatte. Nach einer guten halben Stunde sahen sie die ersten Häuser von Rust. Der Hofer dirigierte den Geierwilly zu einem großen Vierkanter. Neben dem verschlossenen Tor zerrte ein riesiger Hund an einer langen Kette. Als sie ausstiegen, fing der Hund wild zu bellen an. Sie hielten sich außer Reichweite der Kette. Kein Mensch war zu sehen. Der Willy wollte zum Tor hin. Seine „Maria", die Gerda hieß, hielt ihn zurück. „Net", beschwor sie ihn. „Der Hund beißt dich zsamm!"

Der Willy bewaffnete sich mit einem Stecken. In einem großen, vorsichtigen Bogen näherte er sich dem Tor. Den Hund, der auf ihn zusprang, wehrte er mit dem Stecken ab.
Die Gerda-Maria biß sich nervös auf die Lippen.
Martin gefiel die Freundin der Gerda-Maria. Sie war klein und dünn, hatte große braune Augen und hellblonde, richtig gekräuselte Haare. Dauerwellen, dachte der Martin, sind das sicher keine.
„A echter Held unser Herr Zugsführer", rief der Hofer. Er schaute grinsend auf den steckenschwingenden Willy und den knurrenden Hund. Dem Martin waren der Willy und der Hund wurscht. Mit der kleinen Blonden wollte er ins Gespräch kommen. Von selber sagte die nämlich nichts.
„Von woher bist denn?" fragte Martin und ärgerte sich, daß ihm keine klügere Frage eingefallen war.
„Aus Wien bin ich", sagte das Mädchen. „Hansi heiß ich!" Der Hofer drehte sich um. „Na, woher sonst solls kommen. Alle Engerln kommen aus Wien!"
Laut und falsch fing der Hofer zu singen an: „Heut kommen d' Engerln auf Urlaub nach Wien . . . . ."
Die Hansi verzog das Gesicht. Als ob sie an einer sehr sauren Gurke lutschte, schaute sie drein. „Net scho wieder", murmelte sie, und dann sagte sie zum Martin: „Des hängt mir schon zum Hals heraus. Warum allen Leutene zu mir nix wie ‚Engerl' einfallt, möcht i gern wissen?"
Der Geierwilly hatte das Hoftor erreicht und pumperte mit der Faust an die Tür. Niemand machte ihm auf.
„Koana dahoam", rief ihnen der Willy zu. Martin war sich ganz sicher, hinter einem der Fenster, zwischen üppigen Geranienstöcken, für einen kurzen Augenblick ein Gesicht gesehen zu haben. Aber er sagte davon den anderen nichts. Sonst hätte der Willy vielleicht weiter ans Tor geschlagen, und dem Martin war es peinlich, da so herumzustehen, so auf „Einlaß ins Schlaraffenland" zu warten, auf Zugang zu Speck, Eiern und Brot und Milch. Trotz der Tauschware Benzin kam er sich wie ein Bettler vor.
Der Geierwilly spurte mit fuchtelndem Stecken am Hund vorbei und sprang ins Auto. „Da isch nix", sagte er, „Fahrn ma a Häusl weiter!"
Bis zum Nachbardorf war es kaum einen halben Kilometer. Der Hofer beugte sich nach vorne und redete auf die Hansi ein. „Kino"

und „Frau meiner Träume" hörte der Martin. Mehr konnte er, wegen dem ratternden Motor, nicht verstehen. Am liebsten hätte der Martin den Hofer gepackt, in den Sitz zurückgedrückt und das Maulhalten geschafft.

Das Tor vom Nachbarhof war offen. Wilder Hund war auch keiner dort. Die Bäuerin, eine junge Frau mit „Hochfrisur" und außerordentlichem Riesenbusen, bat sie sogar in die Stube. Der Willy fuhr den Kübelwagen in den Hof. Es mußte nicht gleich jeder sehen, daß ein Militärfahrzeug vor dem Haus stand, dazu noch eines voll mit Benzinkanistern!

Die Hamster-Verhandlung mit der Bäuerin übernahm auch der Willy. Ja, Benzin, sagte sie, das könnte sie schon gut brauchen, aber viel dafür hergeben könne sie nicht, sie müsse ja alles abliefern. Und der Ortsgruppenleiter habe es sowieso scharf auf sie, alle paar Tage schicke ihr der den Gendarm vorbei. Und als Frau allein, könne sie sich halt schlecht wehren. Wäre ihr Mann nicht im Krieg, der würde es dem Gendarmen schon geben!

„Sie machen die ganze Arbeit allein?" fragte Martin.

„Drei Fremdarbeiter hab ich", sagte die Bäuerin. Und dann wischte sie mit einem Fetzen über den Stubentisch und tat ein paar Holzbretter und Messer auf den Tisch. Für eine kleine Jause, erklärte sie.

Der Hofer wollte sich neben die Hansi setzen, doch Martin drängte ihn weg. Der Hofer kapierte, grinste – viel zu anzüglich und gemein, fand Martin – und überließ ihm den Platz neben der Hansi.

Die Bäuerin brachte Brot und Wein, eine Schüssel mit Geselchtem und einen Teller mit Buchteln. „Damit die Fräuleins auch was haben" erklärte sie. Die Fräuleins machten sich aber zuerst einmal über das Geselchte her, und Martin wunderte sich, welche Mengen von Brot und Fleisch im Bauch einer so zierlichen Person, wie der Hansi, Platz haben können.

Der Willy erzählte die besten seiner Geschichten. Alle so unglaublich, daß sie Martin peinlich waren. Doch die Bäuerin bekam runde Glitzeraugen und nach jeder Geschichte rief sie: „Na, daß des gibt! Na, des gibts net!" Und der Willy versicherte ihr, daß er noch nie, im Leben gelogen habe, und vor so einer charamnten Frau wie ihr schon gar nicht. Es dauerte nicht lange und die beiden tranken Bruderschaft und küßten sich dabei ziemlich lange. Der Gerda-Maria mißfiel das. Der Hofer wollte mit der Hansi Bruderschaft

trinken. Die Hansi lehnte ab. „Kannst auch so mit mir per du sein“, erklärte sie. Martin war erleichtert.
Als der Willy und die Bäuerin den Bruderschaftskuß wiederholten, drängte die Gerda-Maria zum Aufbruch.
„Willy, wir müssen um zehn zurück sein“, sagte sie, „Wegen dir will ich keine Straf kriegen. Komm, gehn wir!“
„Na klar, is eh klar“, beruhigte sie der Willy. Aber er stand nicht auf, blieb neben der Bäuerin hocken und redete auf sie ein. Der Bäuerin gefiel das. Loswerden wollte die den Willy absolut nicht. Sie schob der Gerda-Maria den Buchtelteller hin. „Essens doch, sinds eh so ein Henderl“, meinte sie gönnerhaft. „Wird scho net so schlimm sein, wenns einmal später heimkommts!“
Aber mit Buchteln war die satte Gerda-Maria nicht zu bestechen. „Willy, wir gehen“, kommandierte sie. Sie stand auf, ging zur Tür und lehnte sich neben der Tür an die Wand. Der Willy sah ein, daß da nichts mehr zu machen war. Er vereinbarte rasch mit der Bäuerin, daß er ihr die Benzinkanister gegen einen großen Hefen Schmalz, einen Plutzer Wein und eine Speckseite überlassen werde. Das Schmalz und den Wein brachte ihm die Bäuerin gleich. Die Speckseite hatte sie irgendwo, nicht im Haus, versteckt. Die sollte sich der Willy am Samstag abholen.

Es war schon dunkel. als sie zurückfuhren. Die Gerda-Maria war bitterböse auf den Willy. Nicht einmal sitzen neben ihm wollte sie. Hinten im Auto neben der Hansi und Martin hockte sie. Der Hofer saß vorne.
Martin spürte ein bißchen den Wein. Und die Hansi spürte er auch. Besonders in den Kurven, da drückte sie sich gegen ihn. Zweimal versuchte Martin, der Hansi einen Kuß auf die Wange zu geben. Jedesmal traf er daneben, weil das Auto so rumpelte. Beim ersten Kußversuch streifte sein Mund bloß den Hals der Hansi, beim zweiten stieß er mit dem Kinn gegen ihre Schulter.
Knapp vor dem RAD-Lager flüsterte Martin: „Können wir uns wiedersehen?“ Antwort gab ihm die Hansi keine.
Beim RAD-Lager stieg der Willy aus. Er wollte, ganz Kavalier, der Gerda-Maria aus dem Wagen helfen, doch die keifte: „Danke, das kann ich allein!“ Auch Willys Vorschlag, den Wein in seiner Bude zu verkosten, lehnte sie ab. „Nein danke, für heut hab ich genug von dir!“ sagte sie wütend. „Und morgn?“ fragte der Willy.

Die Gerda-Maria erklärte, morgen werde sie garantiert Ausgangssperre haben, weil es schon weit über die Zeit sei. Der Willy schüttelte verwundert den Kopf. „Als ob dösch das erschte Mol wär", meinte er. „Aber bitte, wenn die Dame Launen hod, mir solls recht sein!"
„Ob dir irgendwas recht oder net recht is, ist mir Blunzn", fauchte die Gerda-Maria. „Komm, Hansi, wir müssen rein!"
„Morgen um sieben, bei der Brücke", sagte die Hansi leise zum Martin, bevor sie hinter der Gerda-Maria herlief.

Während sie hinüber zur Batterie fuhren, schimpfte der Willy über die blöden Weiber, die wegen jedem Dreck eifersüchtig werden, und der Hofer stimmte ihm zu. Ganz so, als ob auch er unter der rasenden Eifersucht mehrerer Damen enorm zu leiden habe.
Martin hockte auf den Rücksitzen, wurde in den Kurven hin- und hergeschleudert, hörte den beiden zu und fand alles, was sie sagten, unheimlich grauslich.

Am nächsten Tag war Martin sehr darauf bedacht, sich keine Ausgangssperre einzuhandeln. Ohne Widerspruch ließ er sich vom Geschützführer zum Reinigungsdienst einteilen, sogar an den Dreckflecken auf seiner Uniform putzte er ständig herum. Und wo er der Obrigkeit begegnete, grüße er so zackig und forsch, wie sonst nur Piefke Pommel oder der Gebert.
Zu Mittag überraschte ihn Charlie mit der Mitteilung, daß er in Langenrohr für heute abend eine kleine Feier arrangiert habe. Heute sei nämlich sein Geburtstag.
Martin brachte es nicht fertig, dem Charlie einen Korb zu geben. Schließlich war der Charlie so etwas wie sein Freund. Und die Hansi hatte er erst einmal gesehen. Der Charlie hätte das nicht verstanden! Geburtstag hat man nur eimal im Jahr, hätte er sicher gesagt, aber mit einem Madel treffen, kannst di jeden Tag!
Der Martin wollte trotzdem lieber die Hansi treffen, als mit dem Charlie Geburtstag feiern. Der Hofer, dachte er, der weiß da vielleicht einen Ausweg. Martin wieselte zum Hofer und erzählte ihm, daß er eine gute Ausrede brauche, eine, die den Charlie nicht grantig machen würde.
„Was hast denn so dringendes vor?" fragte der Hofer.
„Ich treff mich mit einer", erklärte Martin.
„Was heißt mit einer? Mit der Hansi!"

„Nein, mit der nicht! Wirklich" Der Martin wollte dem Hofer nichts von der Hansi sagen. Angst, der Hofer könnte sie ihm wegschnappen, hatte er keine mehr. Aber der Hofer redete immer so schweinisch von „den Weibern". Über die Hansi sollte er das nicht tun können! Die ging ihn nichts an!
„Mit wem triffst dich denn sonst?" fragte der Hofer. „Wer ist denn die Glückliche?"
„Du kennst sie nicht, wirklich nicht", stotterte der Martin.
„Ich weiß net einmal ihren Namen".
„Willst mi für deppat verkaufen?" Der Hofer war vergrämt. Doch gleich hellte sich sein vergrämtes Gesicht wieder auf, er prackte Martin einen seiner berühmten Freundschafts-Hiebe auf die Schulter. „Ist ja auch wurscht", rief er. „I weiß eh, der Kavalier genießt und schweigt! Verlaß di nur auf mi! Mir fallt scho was ein, wie ma den Charlie nehmen!
Martin ging in die Baracke zurück. Hoffnung darauf, daß ihm der Hofer helfen werde, hatte er keine.
Kurz nach Dienstschluß, als sich die in der Baracke schon fertig machten fürs Feierngehen, kam durch den Lautsprecher eine Durchsage: „Luftwaffenhelfer Wimmer soll sich beim UvD melden, ich wiederhole, Luftwaffenhelfer Wimmer zum UvD!"
Martin erkannte die Stimme vom Hofer.
„Na, hoffentlich dauert es nicht zu lange", sagte er und bemühte sich, ein trauriges Gesicht zu machen. Ziemlich schäbig kam er sich dabei vor.
„Komm nach, wenns länger dauert! Wir sind beim Postwirt", rief ihm Charlie nach.
Martin lief zur Meßbaracke. Vor der Tür stand ein zufriedener Hofer. „Na, wie hab i des deichselt, Bua?" Umständlich erklärte er Martin, mit welch komplizierter Schaltung er sich in die Lautsprecheranlage gehängt habe. „Und jetzt zisch ab, Bua! Weidmannsheil. Und laß ihm was zukommen!" Der Hofer schnipste mit zwei Fingern auf Martins Hosentürl.
Es war schon fünf Minuten vor sieben. Wenn er ganz schnell rannte, würde er gerade um sieben bei der Brücke sein. Der Hofer packte ihn am Ärmel. „Gib zua, daß es um die Hansi geht!" Martin schüttelte die Hoferhand ab. Im Laufschritt trabte er davon.
Atemlos kam er bei der Brücke an. Er hockte sich auf das Brückengeländer und schaute in die Richtung, aus der die Hansi kommen

mußte. Er war noch immer außer Atem und bemühte sich, durch tiefe Atemzüge dem Keuchen ein Ende zu machen. Sonst glaubt die Hansi noch, ich bin so aufgeregt, daß ich keine Luft krieg, dachte er. Und dann fiel ihm ein, daß die Hansi mindestens drei Jahre älter sein mußte als er. Und daß sie sich vielleicht mit ihm nur einen Witz gemacht hatte. Warum sollte sie sich denn gerade mit ihm verabreden?

Und viertel nach sieben war es auch schon! Eine Viertelstunde wart ich noch, dachte er, aber länger nocht! Keine Minute länger! Er sprang vom Brückengeländer und ging auf und ab, sechs Schritte vor, sechs zurück, sechs vor, sechs zurück. Vielleicht, dachte er, haben der Willy und der Hofer doch recht und die Weiber wollen einem nur pflanzen und haben ihre Hetz dran, wenn man auf sie wartet! Und dann geschieht ihnen eigentlich ganz recht, wenn man über sie so redet wie der Hofer und der Willy.

Als er sie kommen sah, setzte er sich wieder auf das Brückengeländer. Das sah entschieden flotter aus.

„Entschuldige, daß ich so spät dran bin", sagte sie. „Aber unsere Gruppenführerin spinnt schon wieder. Die hat uns einen Vortrag gehalten über deutsche Mädchenehre und so". Sie lachte und tippte sich gegen die Stirn.

Martin sprang vom Geländer. Er hätte der Hansi gern einen Kuß gegeben und sie umarmt. Er traute sich nicht.

„Und was geschieht jetzt?" Die Hansi schaute ihn erwartungsvoll an.

Martin wußte nicht recht, was er vorschlagen sollte. Die Liebespaare gingen in das kleine Wäldchen unterhalb der Brücke. Jeder wußte das! Und wenn er jetzt das Wäldchen vorschlug, dann hielt sie ihn vielleicht für einen, der nichts als schmusen wollte! Aber so einer war er ja eigentlich auch! Und der Willy sagte doch immer, daß es die Mädchen gar nicht gern haben, wenn man zuviele Umstände macht!

„Wir könnten da unten spazieren gehen, wenn du magst!"

Er machte eine vage Geste zum Wäldchen hin.

Sie nickte bloß, nicht besonders erfreut, keineswegs entrüstet.

„Verrauchte Wirtsstuben mag ich eh net", sagte sie.

Schon nach wenigen Schritten legte sie ihre Hand in seine. Er blieb stehen, beugte sich zu ihr und drückte ihr einen sanften Kuß aufs

Ohr. Sie zog den Kopf mit einer ärgerlichen Bewegung zurück. „Doch nicht da", sagte sie.
Sie gingen weiter. Hintereinander, weil der Weg so eng wurde. Weit drüben im Westen war die Sonne im Untergehen. Martin hatte das Gefühl, etwas sagen zu sollen. Sie konnten doch nicht so stumm hintereinander herwandern!
Sie kamen auf eine Lichtung, die noch voll im Sonnenschein lag. Sie gingen wieder nebeneinander. Dem Martin kam es vor, als ob die Hansi ein sehr gelangweiltes Gesicht machte. Irgendetwas muß ich jetzt sagen, dachte Martin verzweifelt.
Irgendetwas muß jetzt geschehen.
Die Hansi deutete zum Bach hin, der am Rand der Lichtung dahingluckerte. „Vorigen Sonntag warn wir da baden", sagte sie. Martin lief zum Ufer. „Das können wir jetzt auch", rief er. Er zog sich aus, nur die schwarze Klotunterhose ließ er an. Die Hansi kam langsam nach.
„Da kann man direkt schwimmen, so tief ist es da", rief Martin und watete in den Bach hinein. „Und Krebsen gibts." Er bückte sich, wollte einen fangen, aber die Krebse zogen sich sofort unter die Steine zurück.
„Geh komm", rief er der Hansi zu. „Des Wasser ist net kalt, echt net!"
Die Hansi setzte sich auf die Wiese. „Erstens geht die Sonne gleich weg und zweitens hab ich keinen Badeanzug mit!"
Martin versuchte zu schwimmen. Im Schwimmen war er immer der Beste gewesen. Schwimmend, fand er, nahm er sich sehr gut aus. Aber die tiefe Stelle im Bach reichte bloß für drei, vier Kraulschläge. Damit war kein Staat zu machen! Martin kletterte wieder ans Ufer und hockte sich neben die Hansi auf die Wiese.
„Na siehst, jetzt zitterst", sagte sie „und nicht einmal ein Handtuch hast!"
Sie ließ sich zurückfallen, verschränkte die Hände unter dem Kopf und schaute in den Himmel.
Jetzt müßte ich sie küssen, dachte er. Er rückte nahe an sie heran und wollte sich über sie beugen. „Net" rief sie. „Du machst mi ja ganz naß!" Sie wischte Wassertropfen von ihren Armen und vom Gesicht. Dann setzte sie sich auf, nahm sein Unterhemd und fing an, ihm den Rücken trocken zu reiben. Martin tat das wohl. Am liebsten hätte er geschnurrt wie ein Kater, doch das fand er unpassend. Als

sich die Hansi daran machte, auch seine Brust trocken zu reiben, dachte er: Jetzt oder nie!, griff mit beiden Händen nach ihrem Kopf, hielt ihn fest und küßte sie auf den Mund. Sie wehrte sich nicht.
Den Kuß beendete ein Kieselstein, der die Hansi an der Schulter traf. „Da schmeißt wer!" Die Hansi sprang auf. Ein zweiter Kieselstein kam geflogen. Der traf Martin am Kopf. Aus dem Gebüsch am anderen Bachufer mußten die Steine kommen. Von dort war jetzt auch unterdrücktes Gelächter zu hören.
„Solche Deppen", schimpfte Martin und schlüpfte in seine Kleider. Die Hansi lief dem engen Waldweg zu, Martin hinter ihr her, emsig Knöpfe schließend. Er konnte sich denken, wer da im Busch hockte und die Aktion für einen guten Scherz hielt!
„Hofer, du Trottel", murmelte er verbittert.
Als er schon hinter der Hansi den schmalen Waldweg entlangging, sang es laut und ungeniert hinter ihnen her:
„Ich wollte so gerne schmusen, an ihrem kleinen Busen, doch sie hatte leider keinen, da fing sie an zu weinen . . . ."
Mindestens vier Stimmen waren das. Da hatte sich also der Hofer noch drei „Spechtler" eingeladen! Martin hätte heulen können vor Wut. Sie kamen zur Straße. Martin wollte der Hansi die Hand geben, sie wehrte ab. Trotz der Dämmerung konnte er sehen, daß sie böse war, ihr Mund war verkniffen, ihre Augen zu schmalen Schlitzen gepreßt.
Das RAD-Lager tauchte vor ihnen auf. „Dann servus", sagte die Hansi.
„Wir können ja noch woanders hingehen!" Martin griff nach der Hand von der Hansi.
„Laß des", sagte die Hansi. Sie zog energisch ihre Hand aus der seinen und lief zum Lager hin. Martin kam nicht mehr dazu, sie um ein Wiedersehen zu bitten.
Er trottete ins Lager zurück. In der Baracke war nur Piefke Pommel, der saß beim Tisch und las. Martin war froh, daß die anderen von der Geburtstagsfeier noch nicht daheim waren. Er zog sich aus, hängte die nasse Klothose zum Trocknen auf und warf sich aufs Bett.
Scheißleben, murmelte er, Scheißleben – bis er eingeschlafen war.

11. Kapitel

Martin hatte erst ein paar Stunden geschlafen, als er durch Sirenengeheul geweckt wurde und die Lautsprecherstimme „Batterie gefechtsbereit machen", schepperte.
Schlaftrunken stieg er aus dem Bett, suchte seine Sachen zusammen und stolperte mit den anderen hinaus, zu den Geschützen. Zuerst hatte Martin gehofft, es handle sich nur um eine Übung, als sie schon über eine Stunde an den Geschützen hockten, war eindeutig klar, daß es sich um einen echten Angriff handelte.
Einzelne britische Bomber im Anflug auf den Großraum Wien, mehr wußten sie nicht.
Martin mußte an die Hansi denken. Ob das RAD-Lager überhaupt einen Schutzraum hatte, fragte er sich.
Aus der Richtung Wien hörten sie das Abwehrfeuer der Flak. Manchmal wanderte der Strahl der Scheinwerfer durch den Nachthimmel.
Einigemale war auch Motorengeräusch direkt über der Batterie. Feuerbefehl gab es aber keinen. Seit kurzem war es verboten auf einzelne Maschinen das Feuer zu eröffnen. Munition mußte gespart werden.
Martin hatte das Gefühl für Zeit längst verloren. Nicht einmal mehr auf die Positionsdurchgaben hörte er. Langsam begann sich im Osten der Himmel zu lichten.
Erst am nächsten Tag erfuhren sie, daß die Öllager im Winterhafen und die Raffinerie Schwechat getroffen worden waren. Was sie für den neuen Tag gehalten hatten, war der Widerschein des brennenden Öltanks gewesen.
Gegen fünf Uhr früh, hieß es, die letzten Bomber haben nach Süden abgedreht. Eine halbe Stunde später kam die Entwarnung.
Müde und fröstelnd stellten sie sich um Kaffee an. Sogar eine Extraportion Margarine zum Brot gab es.
Dann mußten sie auf Befehl in die Betten. Die Stubenältesten waren dafür verantwortlich, daß die Leute bis Mittag schliefen. Schule fiel, wie immer nach Nachtangriffen, aus.
Leise, um den Gebert nicht unnötig zu reizen, flüsterten Martin und Charlie auf ihren Betten miteinander.

Charlie redete wieder von seinem Partisanen-Plan. Nach Kärnten, erklärte er, müsse man kommen. Von dort könne man sich leicht nach Jugoslawien durchschlagen.
„Und wie willst nach Kärnten kommen?“ Martin sah da nicht die geringste Möglichkeit.
„Wenn ma uns freiwillig zur SS melden und dann nach Kärnten versetzen lassen müßts gehen“, flüsterte Charlie.
„Bist deppert?“ Vor Entsetzen war Martin laut geworden.
„Dann bist bei der SS“ fuhr er, wieder leise fort, „und de Hund versetzen di ganz woanders hin!“
„Des sagst nur, weilst feig bist“ zischte Charlie und zog sich die Decke über den Kopf. Martin dreht sich von Charlie weg. So ein Depp, dachte er. Glaubt an die Partisanen wie an das Christkindl! Und schimpft mich, weil ich ihm die Wahrheit sagen will. Nur weil er die Wahrheit nicht wissen will, weils dann aus wär mit dem Christkindl!
Martin dreht sich wieder zum Charlie. „Du, hörst!“ Der Charlie rührte sich nicht, tat als ob er schliefe.
Depp, dachte Martin, Hornochs! Sagt der, ich bin feig! Wie kann der sagen, daß ich feig bin!
Der Charlie mußte doch wissen, daß er nicht feig war. Erst vorgestern hatten sie zusammen mit zwei anderen die Telefonmasten, die für die Hauptgefechtsleitung bestimmt waren, in die Tulln geworfen und davon schwimmen lassen! Wenn sie jemand entdeckt hätte, wären sie dran gewesen.
Martin stupste den Charlie. Der Charlie sollte das zurücknehmen! „Du“, sagte er, und legte seiner Stimme einen drohenden Unterton zu, „Nimm das ‚feig‘ zurück!“
Bevor Charlie antworten konnte, wurde wieder Alarm gegeben. Ganz in der Nähe, hieß es, sei die Notlandung einer feindlichen Maschine beobachtet worden. Suchtrupps wurden aufgestellt. Die sollten die Gegend durchkämmen. Mit LKWs fuhren sie in die Donauauen hinüber. Dort mußten sie in Schützenlinie ausschwärmen. Im schlammgrauen Unterholz des Auwalds scheuchten sie Gelsenschwärme auf, die über sie herfielen. Dürre Zweige rissen ihnen die Haut auf. Fluchend kämpften sie sich voran. Nach einer Stunde gab der Unteroffizier, der ihren Zug kommandierte, den Befehl zum Sammeln. Die Sonne stand jetzt schon ziemlich hoch, heiß war es und die Gelsen wurden immer ärger. Sie kamen an eine kleine Lich-

tung, Martin meinte, am Waldrand, auf der anderen Seite, eine Bewegung wahrzunehmen. Der Unteroffizier meinte das auch. Wieder mußten sie in Schützenlinie ausschwärmen, je ein Soldat und ein Flakhelfer nebenher. In der Deckung von Gebüsch und Baumstümpfen überquerten sie im Sprung-Vorwärts die Lichtung.
Ob die schießen werden, überlegte Martin, als er sich in eine Mulde warf.
Die werden schon nicht schießen, sprach er sich in der nächsten Deckung Mut zu.
Als sie die Lichtung hinter sich hatten, kam der Befehl, in Deckung zu bleiben. Der Unteroffizier hatte über Funk Verstärkung angefordert.
Von einer feindlichen Flugzeugbesatzung war weit und breit nichts zu sehen. Ganz still war es um Martin herum. Nur hie und da knackte ein Zweig. Einmal schwirrte ein Vogel mit entsetztem Gekrächz hoch. Und ganz nah vor sich hatte Martin im Gras Käfer und Ameisen, die eilig dahinkrabbelten. Er beobachtete zwei Ameisen, die sich mit einem winzigen Zweig abplagten, ihn Millimeter für Millimeter weiterrollten.
Dann wurde es laut. Vom Damm her hörte man Motorengeräusche und Stimmen und Befehle. Die Verstärkung war gekommen.
Der Unteroffizier gab Befehl zum Weitermarsch. In Schützenreihe zogen sie auf einem schmalen Waldweg weiter. Die Soldaten hielten die entsicherten Gewehre schußbereit.

Nach einer Biegung sahen sie die zwei Piloten. Sie saßen an einem Tümpel, rauchten und sahen den Soldaten, wie es Martin schien, eher interessiert als ängstlich entgegen.
Der Unteroffizier brachte seine MP in Anschlag.
„Hände hoch", brüllte er in die Stille.
Die zwei Piloten warfen die Zigaretten in den Tümpel und hoben langsam die Hände.
Vorne am Waldweg tauchten zwei VW-Kübelwagen auf. Soldaten sprangen ab und kamen mit schußbereiten MPs den Piloten näher. Bald waren die zwei von einem Haufen Soldaten umringt. Martin drängte sich zwischen den Soldaten durch und staunte die Flieger-Piloten an. Sowas von Overalls, wie sie die zwei trugen, hatte er noch nie gesehen. Pelzkrägen hatten die und ungeheuer viele Taschen mit Reißverschlüssen. Und die Fliegerstiefel waren eine Wucht!

Zwei Soldaten durchsuchten die Piloten nach Waffen. Und dann – Martin konnte es einfach nicht fassen – sagte der eine Pilot in echtem Wienerisch: „Na sche! Jetzt hobds uns zwa! Aber viel reißn werdts mit eurem Tapezierer nimmer!"
Dann wurde Martin abgedrängt. Jeder wollte den englischen Piloten mit der wienerischen Aussprache sehen.
Ein großer Mercedes fuhr vor, Luftwaffenoffiziere und Männer in Ledermänteln und breitkrempigen Filzhüten stiegen aus, übernahmen die beiden Gefangenen und verfrachteten sie in den Mercedes. Staubaufwirbelnd raste der Wagen davon.
Beim Einsteigen hatte der eine Pilot laut gebrüllt. „Die Stärkeren san mia, Haberer! Das werdet ihr noch sehen!" Angeblich – Martin hatte es nicht gesehen, aber Charlie hatte es behauptet – hatte ihm ein Soldat mit dem Gewehrkolben über den Schädel geschlagen.
„Wenn i beten könnt", sagte Charlie nach dem Einsatz zu Martin, „hätt i gebetet, daß sie die zwei net finden! Beide Daumen hab i druckt, aber gnutzt hats nix!"
Der Hofer kapierte nicht, wieso der eine Pilot wienerisch geredet hatte. „Das gibts do net", sagte er immer wieder. „Auch wenn der Deutsch glernt hat in der Schul, da hat er doch sicher net wienerisch glernt, oder?"
„Bist echt so blöd?" fragte der Charlie.
Der Hofer nickte.
„A Jud war das, a Wiener Jud, der vorm Hitler wegmüssen hat", erklärte Charlie.
„Und der kämpft jetzt gegen die eigenen Leut?" Dem Hofer gefiel das nicht.
Martin mischte sich nicht ein. Doch irgendwie gab er – ausnahmsweise – dem Hofer recht. Wenn der Pilot, dachte er, einen Bombe auslöst und die fällt auf das Haus, in dem er früher gewohnt hat? Vielleicht sogar auf Leute, die seine Freunde waren?
Was Martin dachte, sprach der Hofer aus: „Na hörst", rief er, „der bringt doch unter Umständ seine alten Freund um mit die Bomben!"
„Was heißt da alte Freund?" fragte der Charlie. „Dem seine alten Freunde haben seelenruhig zugschaut, wie die Juden im 38er Jahr des Trottoir mitn Zahnbürstl haben putzen müssen!"
„Was?" Der Hofer bekam Staunaugen. „Wieso hams mit an Zahnbürstl . . ." Er fing zu lachen an. Anscheinend kam ihm die Sache sehr komisch vor. „Wieso mit einem Zahnbürstl . . . I hau mi ob!"

„Du bist mir doch zu deppert, Hofer!“ Charlie ging in die Baracke hinein. Martin ging ihm nach. „Du“, sagte er, „das mit dem Zahnbürstel, woher weißt denn das? Hast das gsehn?“
„Mein Vater und meine Mutter haben mirs erzählt. Und die lügen net“, sagte Charlie. „Die haben mir noch ganz andere Sachen erzählt!“ Aber über die wollte Charlie im Moment nicht reden.
Martin beneidete den Charlie plötzlich. Einen Vater und eine Mutter zu haben, die mit einem über solche Sachen reden, mußte gut sein. Er dachte an seine Mutter und ihr ewiges: Nur nix laut sagen, nur den Mund halten, nur kuschen, nur so tun als sei ohnehin alles in Ordnung! Dabei war die Frau doch nicht dumm! Und böse auch nicht! Warum traute sie sich denn so überhaupt nichts! Nicht einmal ehrlich reden daheim, in den eigenen vier Wänden, zum eigenen Sohn?
Charlie riß den Martin aus seinen Gedanken. „Es hilft nix“, sagte er. „Mein Vater hat recht. Bevor net alles hin ist, geben die Nazi net auf!“

12. Kapitel

Mitte Juli wurde das Schuljahr für beendet erklärt. Insgesamt hatten sie seit Weihnachten höchstens fünfundzwanzig komplette Unterrichtstage gehabt. Ein positives Jahreszeugnis über die fünfte Klasse bekamen alle Luftwaffenhelfer trotzdem anstandslos. Gelernt hatten sie kaum etwas, da es aber auch kaum Prüfungen gegeben hatte, war das nicht weiter aufgefallen.
Der Lateiner ließ es sich nicht nehmen eine Abschlußansprache zu halten. In der kam er auf eine Tacitusstelle zu sprechen, in der berichtet wird, wie sich die germanischen Frauen den Römern mit schier übermenschlicher Tapferkeit entgegenwerfen. Keine habe sich geschont und „pectoribus nudis", mit entblösten Brüsten, hätten sie die Römer in die Flucht geschlagen.
Wieherndes Gelächter unterbrach den entflammten Lateiner.
Der begann empört seine Krücke zu schwingen. Er hatte nur ein Bein. Sein zweites war im Ersten Weltkrieg bei einem Sturmangriff in Rußland verloren gegangen. Seiner Kriegsbegeisterung hatte dieser Verlust keinen Abbruch getan.
„Ich verbitte mir das blöde Gelächter", brüllte er. „Diese Frauen, die buchstäblich in letzter Minute den Sieg der Feinde verhinderten, sollten euch ein Vorbild sein!"
„Wieso denn uns?" kreischte der Hofer. „Wir ham do keine Dutteln net!" und der Martin schrie: „Eh klar! Das machen wir jetzt auch! Die RAD-Madeln und die Blitzmadeln, mit nackerte Busen gegen die Ami-Bomber und die Iwan-Panzer! Damit is de neue Geheimwaffen erfunden. Die V3!"
Weiter kam er nicht. Der Lateiner humpelte auf ihn zu, drohend hob er die Krücke. „Wie heißen Sie?"
Automatisch nannte Martin seinen Namen und ärgerte sich im selben Moment, daß er nicht einfach in dem Durcheinander untergetaucht war. Wenn der Trottel von einem Lehrer nicht einmal seinen Namen kannte, was hätte er da schon viel gegen ihn tun können? Ihn ausforschen? Und zugeben, daß er nicht einmal die Namen seiner Schüler wußte?

„Ich hab ja nur gemeint“, stotterte Martin, „daß es heute andere technische –“
„Was Sie meinen ist mir klar“, brüllte der Lateiner. „Wehrkraftzersetzung ist das! Daran werden Sie noch denken, Wimmer!“
Wütend humpelte der Lateiner aus der Schulbaracke. In der Klasse brach ein Sturm los. Wehrkraftzersetzung war ein böses Wort. Dazu fielen einem Gestapo und Verhör, KZ und Tod durch den Strang ein. Charlie sprang auf einen Tisch. „Wenn der wirklich Anzeige macht“, rief er. „Dann haben wir nichts gehört. Alle! Wir haben nur gehört, daß sich der Martin keine Frauen mit nackerte Brüst im Krieg vorstellen kann!“ Er schaute zum Gebert und zu Piefke Pommel hin. „Sind alle dafür?“
Der Gebert und der Piefke Pommel nickten. Aber der Piefke Pommel konnte es nicht lassen zu sagen: „Ja, ja, so sindse die Ostmärker! Erst Maul aufreißen, dann Hosenscheißen!“

Am nächsten Tag beim Morgenappell hatte Martin Bauchweh.
Echtes Bauchweh. Mit Durchfall. Daß der Lateiner zum Batteriechef gehumpelt war, hatte sich herumgesprochen. Und angeblich hatte der versprochen, die Sache gründlich zu untersuchen.
Doch der Morgenappell verlief wie üblich. Kein Wort von der letzten Schulstunde, keine Erwähnung, daß der „Luftwaffenhelfer Wimmer“ sich irgendetwas habe zuschulden kommen lassen.
Der Charlie hielt die Angelegenheit für abgetan. „Weils dem Batteriechef wurscht ist“, meinte er. „Der hat nur den Lateiner beruhigt, der macht nix!“
Doch der lange Willy hatte Bedenken: „Kannst net wissen“, sagte er. „Das ist eine heiße Sache! Vielleicht laßt er sich da mit der Untersuchung Zeit?“
Martin war sich nicht sicher, ob er dem Charlie glauben durfte oder dem Willy glauben mußte.
Viel Zeit, darüber nachzudenken, blieb ihm nicht. Die Angriffe wurden stärker und häufiger. Das Werk in Moosbierbaum war schon zweimal getroffen worden. Jedesmal war es gelungen, den Betrieb wieder aufzunehmen. Kriegsgefangene und KZ-ler hatten rund um die Uhr daran arbeiten müssen, die Fabrik wieder herzurichten.
Durch die vielen Angriffe hatten die Flakhelfer ein leichteres Leben. Sie wurden jetzt wie Soldaten behandelt. Extratouren und Schikanen wurden seltener.

Mitte Juli wurden Martin und Charlie zur Meßstaffel versetzt. Dort ging es bei den Angriffen noch hektischer zu als bei den Geschützen, aber so kaputt wie von der Munitionsschlepperei wurde man nicht.
Die beste Position hatte sich der Hofer erobert. Er war Melder beim Batteriechef geworden. Und wenn alle Telefonverbindungen funktionierten, hatte er überhaupt nichts zu tun.
Ein Riesenangeber war der Hofer immer noch, aber das gefiel vielen. Und manchmal konnte einem der Hofer auch wirklich guttun! So beschissen konnte nämlich keine Situation sein, daß der Hofer dafür nicht „einen Spruch auf Lager" gehabt hätte, der einem zum Lachen brachte. Auch die Vorgesetzten mochten ihn. Und ließen ihm allerhand durchgehen.
„Wenn einer von uns des machert", entrüstete sich der lange Willy oft, „hätt er scho drei Tag Ausgangssperre! Aber er, mit seinem Schmäh."
„Net sei Schmäh!" protestierte der Charlie dann. „Seine Greißlerei macht das!"
Der Hofer hatte wirklich so etwas wie eine kleine, gutgehende Greißlerei, eine verbotene natürlich. Fast alles konte man bei ihm haben. Zigaretten, Würste, Zucker, Schokolade. Sogar Bohnenkaffee und russischen Tee. Andere Sachen verschaffte er auf Bestellung.
In der Hofer-Greißlerei konnte man freilich nur Kundschaft sein, wenn man von daheim viel Geld bekam oder wenn man selber im Organisieren und Schwarzhandeln tüchtig war. Mit dem winzigen Markbetrag, den die Luftwaffenhelfer als Sold bekamen, war beim Hofer nichts zu holen.
So eine Schwarzhandels-Schleichhandel-Greißlerei wie dem Hofer seine, brauchte natürlich auch einen Wagen für den Transport der Waren. Der Geierwilly war nicht mehr dafür zu gebrauchen. Der war jetzt fast jeden Abend bei der Bäuerin mit der „Hochfrisur". Bei der in Rust, wo sie Benzin getauscht hatten. Anscheinend hatte er zu der eine ernste Liebesbeziehung, denn er redete von ihr als „Paulin" oder als „Pauli-Weibl" und nicht als „Maria".
Der Hofer lachte sich einen Kradmelder mit einer 750er BMW an, den Jürgen Mohaupt. Der war ein friedlicher, verfressener Kerl, der für ein Stück Speck fast alles riskierte, was beim Militär riskant war: Hamsterfahrten, für die er klarerweise keinen Befehl hatte, etwa. Das war gefährlich. Wegen wesentlich kleinerer Vergehen konnte man vor das Kriegsgericht kommen.

Aber der Jürgen Mohaupt war nicht blöd! Als Kradmelder mußte er oft nach Wien fahren, zum Divisionskommando. Dort hatte er sich mit einem Schreibstubenhengst angefreundet, und der verschaffte ihm genaue Informationen darüber, wo die Feldgendarmerie kontrollierte. Eine Zusatz-Vorsichtsmaßnahme hatte der Hofer auch noch getroffen. Bei den Hamsterfahrten hatte er ein Funkgerät mit. Hörte er auf dem die Vorwarnung für einen Angriff, fuhren sie zur Batterie und kamen meistens noch rechtzeitig an.
Trotzdem wäre einmal das Unternehmen Hofer/Mohaupt fast aufgeflogen, und Martin und Charlie allein hätten daran die Schuld gehabt. Sie waren an einem öden Abend nach Langenrohr gegangen. „Auf'n Aufriß“, wie das der Hofer nannte. Die staubige Dorfstraße waren sie ein paarmal auf und abgegangen. Außer Soldaten und Luftwaffenhelfern, die auch vergeblich hinter Mädchen her waren, war kein Mensch zu sehen gewesen.
„Also weißt“, hatte Charlie gesagt, „Uniformen kann i mir auch daham anschaun! I hau mi lieber ind Harpfen!“
Sie waren heim gegangen, doch vor der Baracke waren der lange Willy und der kleine Reiter gesessen, und der kleine Reiter hatte gesagt: „I warn euch! Gehts net eine! De Bude is so voller Schas, die explodiert, wennst dir einen Tschick anzündest!“ Und der lange Willy hatte hinzugefügt: „Hab ich ja gleich beim Mittagessen gsagt, daß der Bohnengatsch die größte Furzerei aller Zeiten geben wird!“
So gingen der Martin und der Charlie noch ein bißchen in der lauen Sommernacht herum. An den Geschützen kamen sie vorbei. Der Charlie deutete zu ihnen hin. „Jetzt hab i die Idee der Saison“, sagte er leise. Er schlich zu den Geschützen und montierte von allen sechs Geschützen die Kopfhörer der Gefechtstelefone ab. Martin half ihm dabei. Dann krochen sie vorsichtig, um die Wachen nicht aufmerksam zu machen, zum Befehlsstand und versteckten die Kopfhörer in einer leeren Munitionskiste. Martin war bei der Aktion nicht sehr wohl zumute. Aber die Sache mit den Telefonmasten, sagte er sich zur Beruhigung, die ist ja auch nicht aufgeflogen! Ob solche Aktionen aber irgendeinen Sinn hatten, bezweifelte er. Für Charlie, das wußte er, war das so etwas wie „Widerstand“.
„Beitrag zum totalen Frieden“, nannte Charlie das.

Der Wirbel am nächsten Tag war riesig. Sogar der Batteriechef, den sonst kaum etwas aus der Ruhe brachte, tobte wie ein Wilder. Eine

genaue Untersuchung aller Baracken wurde angeordnet. Und bei dieser Durchsuchung flog das Lebensmittellager vom Hofer und vom Mohaupt auf. Gewußt hatte ohnedies jeder von der geheime Greißlerei, aber nun war es „offiziell“.
Der Spieß wollte Meldung erstatten. Das hätte nicht nur die Beschlagnahme der kompletten Greißlerei bedeutet, für den Mohaupt wäre die Strafversetzung das mindeste Übel gewesen. Und dem Hofer hatte der Spieß mit einer Anzeige bei der Feldgendarmerie gedroht.
Der Geierwilly hielt den Spieß zurück, trank mit ihm eine Flasche Cognac – echten französischen – leer und redete auf ihn ein. Bis zum Morgengrauen dauerte die Sitzung. Dann konnte der Hofer den anderen melden „Alles in Butter“. Dem Spieß hatte der Geierwilly eine Dauerbelieferung zu Vorzugspreisen zugesagt.
Die Kopfhörer wurden in der Munitionskiste gefunden. Der Batteriechef ordnete eine vierzehntägige Ausgangssperre für die gesamte Batterie an. Martin störte das kaum. Draußen war sowieso, fand er, kaum mehr los als in der Batterie. Nicht einmal das RAD-Mädchen-Lager interessierte ihn noch. Die Hansi, das hatte er bei einer zufälligen Begegnung gemerkt, wollte von ihm nichts mehr wissen. Martin fragte sich nur, was die anderen sagen würden, wenn sie wüßten, wer an der Ausgangssperre Schuld hatte. Der Willy und der Reiter und der Flöttl, dachte er, die würden nicht bös auf uns sein. Beim Hofer war er sich da schon nicht mehr so sicher. Und so ziemlich alle anderen, meinte er, würden stocksauer sein.
„Kannst net wissen“, behauptete der Charlie, „was einer denkt, weiß man nie! Die andern wissen ja auch net, was wir zwei denken. Es traut sich doch keiner offen reden.“
Vierzehn Tage Ausgangssperre sind lang. Zu lang. Schon nach wenigen Tagen hatten sie eine Stelle im Stacheldrahtzaun entdeckt, wo man durchschlüpfen konnte. Allerdings hatten sie vereinbart, daß immer nur ein paar verschwinden durften, damit bei einer Kontrolle nicht zu viele fehlten.
Als die Reihe an Martin kam, wollte er erst gar nicht. Nicht, weil es ihm zu riskant gewesen wäre, sondern weil er immer noch seine apathische Phase hatte. Aber dann beschloß er doch zu gehen. Er wollte die blonde Wienerin wiedersehen, die, von der der Hofer behauptet hatte, daß bei der noch keiner was gerissen hätte. Martin hatte in den letzten Tagen oft an sie denken müssen. Das hatte ihm

sogar geholfen, die wenig erfreuliche Geschichte mit der Hansi ein wenig zu vergessen. Ohne allzugroße Erwartungen robbte er unter dem Zaun durch und wanderte dann querfeldein nach Langenrohr hinüber.

Er marschierte ein paarmal die Hauptstraße auf und ab, in der vagen Hoffnung, daß sie vorbeikommen würde. Und tatsächlich hatte er diesmal Glück. Kurz bevor das Kino anfing, kam sie. Er faßte sich ein Herz, ein freilich aufgeregt schlagendes, und fragte, ob sie mit ihm ins Kino gehen wolle. Sie schaute ihn eine Weile zögernd an, dann sagte sie mit einer Stimme, die ihn sofort verzauberte, „warum eigentlich nicht, ich wollte ohnedies ins Kino" und nach einer kurzen Pause, „aber zahlen möcht ich mir die Karte schon selber", was der Stimme sofort viel von ihrem Zauber nahm, wie er fand.

Im Kino gab es einen Film mit Hans Moser. Martin nahm es als ein gutes Zeichen, daß sie über dieselben Stellen lachten und bei anderen ziemlich gleichzeitig entsetzt den Kopf schüttelten. Fast soviel wie auf die Leinwand schaute er nämlich immer wieder zu ihr hin, obwohl in der flimmernden Dunkelheit nicht viel mehr zu sehen war, als die vagen Umrisse ihres Gesichts.

Nach dem Kino gingen sie noch ein paarmal zusammen die Hauptstraße auf und ab. Sie zu einem Spaziergang in die Tullner Au einzuladen, traute er sich einfach nicht. Auch ins Gasthaus wollte sie nicht. „Was glaubst, wenn meine Tante erfährt, daß ich mit einem Flakhelfer im Wirtshaus war, dann habe ich keine ruhige Minute mehr zuhaus." Sie erzählte ihm, daß sie in Wien ausgebombt waren, daß ihr Vater an der Ostfront stehe, und die Mutter sei in einer Firma beschäftigt, für die sie dauernd auf Reisen sei. „Da habens mich halt dahergsteckt, zu der Tant, als ob es da sicherer wär, mit dem Hydrierwerk gleich in der Nähe." Sie lachte. „Wenigstens ist die Schul in Tulln net so schwer wie in Wien, das ist aber auch schon wirklich der einzige Vorteil."

Wenn es nach Martin gegangen wäre, hätte er noch stundenlang mit ihr herumrennenn können, aber gegen elf sagte die Uschi, daß es jetzt wirklich allerhöchste Zeit für sie sei nachhaus zugehen.

Beim Abschied vor ihrer Haustür wußte er nicht recht, ob er sie jetzt küssen solle, vielleicht erwartet sie es, dachte er, vielleicht hält sie mich für schüchtern, überlegte er, Geierwillyworte fielen ihm ein, aber er ließ es dann doch bleiben.

„Sehn wir uns wieder", fragte er zögernd. Sie lachte.

„Wennsd willst, jetzt weißt ja, wo ich z finden bin“ flüsterte sie und verschwand hinter der Haustür.
Er glaubte sich nicht getäuscht zu haben, daß sie ihm noch einmal ganz freundlich zugewunken hatte.
In einer Hochstimmung wie schon lange nicht, ging er zurück und es machte ihm nicht einmal viel aus, daß das Loch im Stacheldraht geflickt war und daß er sich mühsam einen neuen Durchschlupf suchen mußte.
Der stellvertretende Batteriechef hielt jeden Tag eine „Allgemeine Erläuterung der Lage für die Flakhelfer“ ab. Eine Vorstellung vom Ernst der Lage, sagte er, wolle er ihnen geben. Und ernst war die Lage im Juli 1944 ja nun wirklich.
„Aber nur für die Nazi“, meinte Charlie. Er rechnete damit, daß es nicht mehr lange dauern könne, bis die Partisanen in Südkärnten aktiv in den Kampf eingreifen würden.
An der Westfront hatten die Engländer und die Amerikaner ihren Brückenkopf nach der Landung in der Normandie soweit ausgebaut, daß jeden Tag mit einer weiteren Offensive zu rechnen war.
Die Rote Armee drängte die deutsche Ostfront zurück und in Italien ging der Vormarsch der alliierten Truppen unaufhaltsam weiter.
Der stellvertretende Kompaniekommandant mußte Tag für Tag die Stecknadeln, mit denen er den Frontverlauf markierte, zurücknehmen. Unverdrossen behauptete er aber, das seien nur taktische Operationen, jeden Tag sei mit der deutschen Gegenoffensive zu rechnen, die werde die entscheidende Wendung bringen.
Die Teilnahme an dieser „Lageerklärung“ war freiwillig.
Martin und Charlie gingen selten hin.
An einem verregneten Donnerstag standen der Charlie, Martin, der Hofer, der Flöttl und zwei andere Wiener angeödet und gelangweilt vor der Chefbaracke herum. Sie sahen den Gebert und den Piefke Pommel und noch etliche „Aufrechte, Hundertprozentige“ in die Chefbaracke einmarschieren.
„Jetzt horchens sie sich wieder amal an, wies sein sollt“, sagte der Charlie.
„Damit uns nachher der Gebert erklärn kann wie's ist“, sagte Martin.
Dann marschierte der stellvertretende Kompaniechef auf die Chefbaracke zu. Etlichen Regenpfützen wich er dabei aus, um seine hochglanzpolierten Stiefel nicht zu beschmutzen.
„Wenns den nur einmal in den Dreck haun tät!“ sagte der Flöttl.

„Mein schönster Tag wär das, wenns den in Gatsch haut, ehrlich wahr!"
„Mußs ihn selber hinpracken, oder is a dein schönster Tag, wenn er nur von oben bis unten dreckig is?" fragte der Hofer. Der Flöttl meinte, das sei ihm Jacke wie Hose! Nur verdreckt wolle er den eitlen Kerl sehen.
„Des kannst haben!" der Hofer kicherte. „Des geht leicht! A bissl Dreck auf unsere Schuh, a zackige Meldung und die Gschicht hat sich!"
Sie marschierten durchs aufgeweichte Gelände, wateten dort herum, wo sie knöcheltief im Matsch einsanken und stürmten dann in die Chefbaracke, wo der stellvertretende Kompaniechef gerade mit der Lagebesprechung anfing. Sie drängten sich in die vorderste Reihe und bauten sich, vorschriftsmäßig wie sonst nie, vor dem Kerl auf und meldeten sich zur Stelle.
Dabei schlugen sie die Haken zusammen, daß der Dreck nur so von ihren Schuhen spritzte. Die untere Hälfte der großen Europakarte und die untere Hälfte der Uniform des Stellvertretenden waren gepunktet von Dreckspritzern.
Der Stellvertretende war so von sich eingenommen, daß er gar nicht auf die Idee kam, man habe ihn absichtlich derart eindrecken können. Er brüllte nur, sie sollten sich doch gefälligst die Schuhe säubern, bevor sie hereinkämen und schickte sie gleich wieder hinaus.
Vor der Tür putzten sie kichernd ihre Schuhe ab. Der Stellvertretende rauschte an ihnen vorbei und keppelte: „So blöd können auch nur die Wiener sein!"
Nach ein paar Minuten kam er in frischer Uniform retour und setzte seinen Vortrag über den heldenhaften Kampf der deutschen Truppen an allen Fronten fort. Während er redete, säuberten Piefke Pommel und der Gebert die große Europakarte vom Dreck. Sie wischten emsig und behutsam, ganz so, als könnten sie damit die militärische Lage positiv beeinflussen.
„Schlammschlacht an allen Fronten", nannten Martin und der Charlie die Nachmittags-Aktion, als sie am Abend in der Baracke davon erzählten. Piefke Pommel und der Gebert machten Gesichter, als ob sie gerade in saure Zitronen gebissen hätten.
„Lach doch, is doch lustig", sagte der lange Willy zum Gebert. Und „Verstehst kan Spaß net?" fragte der kleine Reiter den Piefke Pommel. Angst, daß die zwei zum Spieß oder sonst einer Obrigkeit

gehen könnten, hatte niemand mehr. Daß die zwei ungefährlich waren, war schon längst klar. Sie waren, wie Charlie zu sagen pflegte, „Net bös, nur deppat"!

Laut Dienstplan sollte Martin anfang August vierzehn Tage Urlaub bekommen. Er paßte, so gut er nur konnte, sein „dienstliches Verhalten" den „offiziellen Erfordernissen" an, um den Urlaub nur ja nicht zu gefährden.

Drei Wochen waren es noch bis zum Urlaub. Martin putzte jeden Tag brav seine Uniform, kam nie zu spät zum Appell und ließ sich ohne den geringsten Widerspruch anschnauzen.

„Bua, dich kennt man ja gar net wieder", sagte der Flöttl als sie einmal, nach dem Essen, nebeneinander in der heißen Sonne vor der Baracke lagen. „Sag, bist unter die Goschenhalter gangen, oder was?"

Vom Bahnhof Moosbierbaum her hörte man gelegentlich das schrille Geräusch rangierender Eisenbahnwaggons, wenn Räder über Schienen schliffen. Hohe weiße Haufenwolken wuchsen in einen Himmel von unwahrscheinlicher Bläue.

„Nur wegen dem Urlaub, verstehst?" Martin hatte keine Lust mehr zu sagen.

„Eh klar". Der Flöttl seufzte, schwieg dann ziemlich lange, seufzte wieder und sagte: „Wie das eigentlich ist, wenn Frieden ist? Ich bin draufkommen, daß ich mir das gar nicht vorstellen kann, verstehst?"

Martin gab ihm keine Antwort. Er konnte diese Gespräche nicht mehr leiden. Worte, nichts als Worte! Worte nervten ihn schön langsam. Worte gegen die Nazis, gegen die Krieg, Worte für die Nazis, für den Krieg!

Die Macht hat ihre Worte. Die Ohnmacht hat ihre Worte.

Mit Worten hatte man den Piefke Pommel dazu gebracht, an den Führer und den Endsieg und all den Quatsch zu glauben.

Mit Worten hatte ihn der Charlie dazu gebracht, die Telefonmasten in die Tulln zu werfen und die Kopfhörer von den Gefechtsständen zu stehlen.

Wenn die Leute nicht auf die Nazis hörten, hatte der Charlie gestern gesagt, könnten sie schon längst ein schönes Leben und Frieden haben. Und den Leuten beibringen, daß sie nicht mehr auf die Nazis hören, geht auch nur mit Worten, dachte Martin. Wörter gegen Wörter also! Hauptwörter, Zeitwörter, Eigenschaftswörter, Umstands-

wörter, Fürwörter – bezügliche und rückbezügliche ––– Substantiva, Verben, Adjektiva, Pronomen –– alles hatte man ihm angelernt. Kriegswörter und Friedenswörter, so hatten sie in der Schule und zuhause auch, nie unterschieden!
Martin richtete sich auf. Mit dem Flöttl wollte er das besprechen. Aber der Flöttl schlief.

13. Kapitel

Für den Nachmittag des 20. Juli war eine Verteidigungsübung festgesetzt. Die Annahme war, daß feindliche Panzer die Stellung der Batterie angriffen.

„Jetzt überzuckerns schon, wies weitergehen wird", höhnte der Charlie, als sie mit Panzerfäusten und Handgranaten ins Gelände zogen.

Sie mußten Schützenlöcher graben, Panzersperren aus gefällten Bäumen bauen und das Abfeuern der Panzerfäuste wurde geübt. Beim ersten Schuß riß sie der Rückstoß beinahe um.

„Des mußt dir in echt vorstellen", sagte Martin, der neben Charlie im Schützenloch hockte. Vor ihnen, in dreißig Meter Entfernung, die Attrappe eines russischen T34. „Der dreht sich einmal über unserm Loch und aus ist es!"

„Bis es soweit ist, sind wir über alle Berge" sagte Charlie. Er glaubt noch immer an die Partisanen, dachte Martin. Er gibts nicht auf!

Später mußten sie durch das Unterholz im Auwald robben. Der Spieß machte ihnen vor, wie man sich im toten Winkel an einen Panzer heranschleicht, eine Haftlandung anbringt und sich sofort wieder zurückzieht. „Wer da nicht fix ist", sagte er, „der segelt mit der ganzen Ladung gen Himmel!" Und darum, sagte er, müßten sie üben, üben und üben . . . .

Mindestens hundert Panzerattrappen hatten sie geknackt, als sie am Abend zurückmarschierten; bei Übungen geht das leicht. Und die eigenen Verluste waren Null gewesen! Abgesehen von den verschwollenen Gesichtern, die sie hatten. Die Gelsen waren wieder einmal emsig gewesen.

„Deine Uschi wird dich net wiedererkennen mit dem Ponem!" Der Charlie stupste mit zwei Fingern auf Martins Wangen, die von den Gelsenstichen zu richtigen Pausbacken geworden waren.

„Wieso meine Uschi?" Martin tat, als habe er mit dieser Uschi fast überhaupt nichts zu schaffen, obwohl er sie, seit sie zusammen im Kino gewesen waren, noch ein paarmal getroffen hatte.

„Leg dir an nassen Fetzen aufs Ponem", riet der Charlie, „da gehn die geschwollenen Stellen zurück. Weil ehrlich –" er kicherte, „so wie du ausschaust, rennt dir die Uschi davon!"

Martin befolgte Charlies Rat, aber mit dem Ausgang an diesem Abend wurde es nichts.
Kaum lag Martin mit einem nassen Fetzen über dem Gesicht auf dem Bett, kam der Spieß und verkündete:
„Bereitschaft und Ausgangssperre! Alle haben auf den Stuben zu bleiben und neue Befehle abzuwarten!"
Sogar zum Abendessen wurden sie geschlossen geführt; wie in den ersten Rekrutentagen, Wilde Gerüchte machten die Runde: die Ostfront sei zusammengebrochen, in Wien seien Ami-Fallschirmgruppen gelandet, Ungarn und Rumänien hätten kapituliert und kämpften nun zusammen mit den Russen.
Sicher war nur, daß kein gewöhnlicher Luftalarm befrüchtet wurde, denn in diesem Fall hätte man sie schon längst an die Geschütze kommandiert.
Martin überlegte, ob er trotzdem ins Dorf gehen solle. Die Uschi war ihm wichtig.
„Wenn ich net komm", sagte er zu Charlie, „glaubt die, wer weiß was, daß ich sie net mag oder so!"
Der Charlie hielt ihn zurück. „Riskiers net! Die Wachen haben scharf geladen. Ich glaub, heut tut sich noch was!" Martin beeindruckte das. Wenn der Charlie das Gefühl hatte, man dürfe heute nichts riskieren, mußte echt etwas in der Luft liegen. Martin setzte sich zum Tisch. Charlie wollte Schach spielen. Martin lehnte ab.
Die ganze Zeit donnerte aus dem Lautsprecher Marschmusik, doch dann wurde die Marschmusik unterbrochen. „Wir bringen in Kürze eine Sondermeldung", sagte der Sprecher und die Marschmusik setzte wieder in voller Lautstärke ein. Sondermeldungen waren nichts ungewöhnliches. Früher waren sie sogar sehr häufig gewesen. Jeder große Sieg war als Sondermeldung durchgekommen. Große Siege hatte es aber schon lange nicht mehr gegeben.
Alle in der Stube warteten voll Spannung. Nach ein paar Minuten, die ihnen sehr lang erschienen, brach die Musik ab.
„Heute nachmittag scheiterte ein Versuch verbrecherischer Kreise, auf den Führer ein Attentat zu versuchen . . . . ."
Was der Sprecher weiter sagte, ging im Durcheinanderschreien der Leute unter.
Martin saß mitten im Wirbel. „Wenns ihn doch erwischt hätt!" hörte er den Charlie neben sich sagen. Und „Wenn der Hund krepiert wär, könnt morgen der Krieg aus sein", hörte er auch. Die Stimme

hatte sehr nach kleinem Reiter geklungen. Langsam verebbte der Lärm in der Stube, die sieghafte Marschmusik aus dem Lautsprecher überdröhnte die Stimmen der Leute.

Martin sah den Piefke Pommel in einer Ecke sitzen. Er hatte den Kopf in die Hände gestützt. „I glaub der Piefke Pommel heult", sagte er zu Charlie.

Charlie stand auf, ging zum Piefke Pommel, packte ihn an der Schulter. „Was is denn, Bruder aus dem Reich?" fragte er.

„Ich schäm mich, ein Deutscher zu sein!" Piefke Pommel schluchzte.

„Des kannst a, Bua, das kannst ehrlich!" Charlie tätschelte Pommels Schulter. Pommel schaute hoch zu ihm, kannte sich nicht aus. Pflanzte ihn der Wiener? Oder war der – ausnahmsweise – auch ergriffen?

„Wie meinst du das?" fragte er.

„So wie ichs gsagt hab, ganz ehrlich, alle Deutschen können sich geniern!" Charlie ging zu seinem Bett und warf sich drauf, daß der Einsatz quietschte.

Martin fand, Charlie habe recht. Schlafengehen sei die einzige Möglichkeit an diesem versauten Abend.

Aber an Schlafen war überhaupt nicht zu denken. Unermüdlich schmetterte Marschmusik aus den Lautsprechern. Und die Lautsprecher konnte man nicht abdrehen.

Zwischen der Marschmusik kamen Meldungen. Daß der Führer unverletzt sei. Und daß ein Teil der Attentäter bereits verhaftet sei.

„Vielleicht ist er doch tot, der Arsch", sagte Martin zu Charlie. „Vielleicht lügens nur. Und in ein paar Tag bricht alles zsamm!"

„Zu schön um wahr zu sein", murmelte Charlie.

Piefke Pommel hatte sich inzwischen von seinem Schock erholt. Wacker wie auch sonst, wanderte er von Bett zu Bett, und erzählte jedem, daß sie nun erst recht zusammenstehen müßten, und daß das mißglückte Attentat ein Beweis dafür sei, daß der Führer unter dem besonderen Schutz der Vorsehung stehe. Zu Martins Bett kam er auch.

„Schleich di, Pommel" rief Martin. „I hab eh schon ghört, was'd zu melden hast!"

„So hör mir doch zu", rief der Pommel. Martin trat mit dem Fuß nach ihm. Der Pommel ging zu Boden, rappelte sich hoch und wollte sich auf Martin stürzen. Da kam aus dem Lautsprecher die krächzen-

de, von Störungen verzerrte Stimme Hitlers: „Deutsche Volksgenossen, wenn ich heute zu Ihnen spreche, geschieht es besonders aus zwei Gründen, erstens, damit sie meine Stimme hören und wissen, daß ich selbst unverletzt und gesund bin . . .“
Der Wirbel in der Stube ging wieder los. Von der Führerrede war fast nichts zu hören.
Piefke Pommel hatte in seiner Wut auf Martin gar nicht mitgekriegt, daß er da eine Führerrede versäumte. Er versuchte aufs Stockbett zu klettern und Martin zu verprügeln. Der lange Willy hielt ihn an den Beinen fest und schrie:
„Dableibst Piefke, unten bleibst, nix is mit deutscher Rache!“
Und dann flog einer der schweren Holzpantoffel, die sie in der Freizeit trugen, gegen den linken Lautsprecher. Und ein Holzpantoffel gegen den rechten, und der Führer war verstummt. Martin hatte nicht gesehen, wer da mit den Holzschuhen geschossen hatte. Er war zu sehr darauf konzentriert gewesen, seine Fußtritte so auszuteilen, daß sie nur den Piefke Pommel und nicht den hilfreichen Willy trafen.
Als die Führerrede ihr jähes Ende genommen hatte, wurde es auch in der Stube still. Sogar der Willy ließ den Piefke los. Piefke Pommel war darüber so erstaunt, daß er von seinem Vorhaben Martin zu verprügeln, abließ und zu seinem Bett wankte.
In die Stille hinein kam die Stimme vom Gebert: „Ihr seid Verräter! Schweine seids ihr! Ich werd euch melden, die Lautsprecher werd ich melden, das schwör ich euch!“

Am nächsten Morgen war Dienstbetrieb wie immer. Bloß der Batteriechef erschien zum Morgenappell. In einer kurzen Rede sprach er davon, daß sie ja alle über die Ereignisse informiert worden seien, daß sich praktisch für die Batterie aber nichts geändert habe und daß es jetzt die Pflicht jedes Einzelnen sei, seinen Einsatz und seine Anstrengungen zu vervielfachen. Und dann kam der Befehl, daß der militärische Gruß durch Salutieren abgeschafft sei und daß ab jetzt auch in der Wehrmacht der deutsche Gruß eingeführt werde.
Einen ganzen Vormittag lang mußten sie den deutschen Gruß üben. Mit ausgestrecktem seitlich erhobenem Arm und zackiger Kopfwendung hatten sie an den Unteroffizieren vorbeizumarschieren. Denen machte das Theater auch keinen Spaß.
Zum Schluß kontrollierte der Spieß. Da war ihnen schon alles egal.

Mit abgewinkeltem Arm, wie es sich nur der Führer leisten durfte, mit steil nach oben gerecktem Arm, wie es die meisten Gauleiter machten, und überhaupt in den seltsamsten Verrenkungen defilierten sie am Spieß vorbei.
Der sah sich das eine Weile an, dann tobte er los:
„Wie die Idioten benehmt ihr euch! Ab jetzt werde ich euch wie Idioten behandeln, das schwöre ich!"
„Wie hat er uns denn bisher behandelt?" fragte Charlie verbittert.
Martin konnte ihm keine Antwort geben, weil der Spieß „Sprung vorwärts" kommandierte und er dem Befehl folgen mußte.

14. Kapitel

Der Zug, mit dem Martin und die Mutter nach Waidhofen fuhren, war überfüllt. Am Westbahnhof, beim Einsteigen, war es wild zugegangen, die Leute hatten sich gegenseitig am Einsteigen gehindert, jeder hatte zuerst in den Waggon gewollt, um einen Sitzplatz zu ergattern. Eine alte Frau wäre beinahe niedergetrampelt worden.
Bis St. Pölten stand Martin mit der Mutter am Gang, eingeklemmt zwischen Koffern und Rucksäcken, dann stiegen viele Leute aus und sie bekamen zwei Sitzplätze.
Martin fand die Reise irgendwie komisch. Keifende, um Sitzplätze streitende Leute hatte er schon lange nicht mehr gesehen. „Die Hamsterer haben wirklich kein leichtes Leben", sagte er zur Mutter. Die Mutter merkte nicht, daß er das nicht ernst genommen hatte. Sie nickte.
Martin hatte ein kariertes Hemd an, eine kurze graue Leinenhose und braune Sandalen. Alles war ihm ein bißchen groß.
Die Sachen waren vom Stiefvater. Sein einziges Zivilzeug war ihm zu klein geworden, und Kleiderkarten gab es für die Flakhelfer nicht. Brauchbare Kleider hätte man auf „Kleiderkarten" aber ohnehin nicht bekommen.
Die Uniform hatte Martin sofort ausgezogen, als er heimgekommen war. Vierzehn Tage lang würde er sie jetzt nicht anziehen müssen! Und vierzehn Tag lang würde ihn keiner herumkommandieren und anschnauzen! Ein Traum von Leben!
Der Großvater wartete in Waidhofen am Bahnhof. Eineinhalb Stunden Verspätung hatten sie.
„Wir müssen uns heimtummeln", sagte er. „Die Großmutter hat Marillenknödel angefangen. Die san heikel. Der Teig wird patzert, wenns lang herumliegen!"

In der Küche der Großmutter, auf dem Herd, brodelte Wasser in einem riesigen Topf. Auf dem Küchentisch lagen, wohlgeordnet in Reih und Glied, die bleichen Knödel.
Die Großmutter umarmte die Mutter und Martin. „Daß ich euch noch einmal bei mir in der Kuchel hab", schniefte sie, „hätt i schon fast nimmer glaubt!"

Der Großvater packte sie an den Schultern und schob sie zum Herd hin. „Red net Alte, der Bua hat an Hunger!“

Sie saßen draußen im Garten, beim Tisch unter dem Apfelbaum. Die Knödel glänzten fett und freundlich von den Bröseln, die in viel Butter geröstet waren. Martin konnte nicht zu essen aufhören. Als er endlich die Gabel sinken ließ, lagen auf seinem Teller fünfundzwanzig Marillenkerne. Mit einem zufriedenen Seufzer streckte er die Beine von sich. „Was ist da schon das Paradies dagegen?“ murmelte er.

„Unterm Paradies könnt i mir noch was anderes vorstellen wie an Bauch voll zerbissenem Knödelgatsch“, sagte der Großvater.

Sie blieben noch lange sitzen. Der Abend war mild, vom Nachbargarten wehte Blumenduft herüber. Der Großvater hatte zur Feier des Tages eine Flasche Wein aufgemacht. „Drei warens noch“, sagte er. „Eine trinken wir heute, die zweite bevors wegfahrts und die dritte heb ich auf. Die trink ma, wenn der Scheißkrieg endlich ein End hat!“

Die Großmutter erkundigte sich bei der Mutter nach der Arbeit im Rüstungsbetrieb. „Zwangsverpflichtet!“ sagte sie. „Schön klingt das net! Hat man da kein besseres Wort gefunden!“

Die Mutter zuckte mit den Schultern. „Davon wird die Arbeit auch net besser, wenn mans schöner nennt!“ Sie arbeitete als Dreherin, als angelernte, in einem Rüstungsbetrieb. Viel erzählte die Mutter nicht von der Arbeit. Nur, daß man sehr unter Druck stehe, sagte sie. Und: „Aber wenigstens hab ich die Schwerarbeiterzulage. Die Fremdarbeiter, die das gleiche tun, kriegen fast nix zum Essen. Und wenn sie für die Arbeit zu schwach sind, werden sie einfach aussortiert.“

„Aussortiert?“ Die Großmutter machte runde Augen. „Wie meinst das?“

„So sagt man halt. Was wirklich mit ihnen passiert, weiß ich net. Redet ja keiner drüber. Hat ja auch keinen Sinn daß man drüber redet! Ändert ja doch nix!“ Die Mutter schaute den Großvater an. „Umbracht werdens, nehme ich an, was denn sonst?“

Martin staunte über die Mutter. Mit ihm redete sie nie so. Zu ihm tat sie immer, als sei alles in Ordnung, als käme es nur darauf an, brav mitzumachen.

Der Mond war hochgekommen. Sein Licht zeichnete durch die Zweige ein verworrenes Muster auf den Tisch.
„Aber geh“, sagte die Großmutter. „Vielleicht kommen die Fremdarbeiter nur in ein Lager oder so“.
„Nur in ein Lager!“ Der Großvater hatte eine wütende Stimme. „Wie du redest, Alte! Nur in ein Lager! Hast denn noch immer keinen Dunst net, was in den Lagern passiert? Lebst am Mond?“ Die Großmutter gab keine Antwort. „Nur nix wissen wollen! Nur nix kapieren wollen! Nur die Goschn halten! Weil die anderen, die sind einem nämlich wurscht!“ Ziemlich laut sagte das der Großvater.
Die Großmutter protestierte. Wie er das sagen könne? Eine Egoistin sei sie doch ihr Lebtag lang nie gewesen, gerade sie nicht! Immer nur für die anderen habe sie gelebt, sich aufgeopfert, gesorgt!
„Für die eigene Familie, von mir aus! Da warst immer die Gluckhenn“, rief der Großvater. „Aber andere Leut gibts auch noch.“ Der Großvater schnaufte, in eine richtige Rage redete er sich hinein. „Fremdarbeiter! Wenn i des schon hör! Fremd is er, nix geht er einem an!“ Er machte die Stimme der Großmutter nach: „Wir können uns doch net no um die Fremden kümmern, unseren Leuten gehts do selber schlecht!“
„Das hab ich nie gesagt“, rief die Großmutter empört. „Ich hab mit dir überhaupt no nie über Fremdarbeiter geredet!“
„Aber wennst mit mir geredet hättest, dann hättest es gesagt!“ trumpfte der Großvater auf.
„So fangtst doch net zum Streiten an“, bat die Mutter.
Der Großvater schnaufte, sein Atem ging rasselnd. „Weils wahr ist“, sagte er. „I bin ein Arbeiter und ein gefangener Iwan is ein Arbeiter. Was heißt da Fremdarbeiter? Der Iwan steht mir näher wie der da drüben –“ Er deutete zum Nachbargarten, zum Nachbarhaus. „Der Herr Direktor! Auch wenn der kein Nazi wär!“ Und dann legte der Großvater mit seinem Lieblingsthema los: Mit der Solidarität der Arbeiter aller Länder. Das begann immer damit, daß er von der Zeit erzählte, wie er jung gewesen war und als Uhrmachergeselle durch halb Europa gezogen war, und wie er in die Schweiz gekommen war, in den Jura. Dort hatte er Arbeiter kennengelernt. Die hatten zusammengehalten. Anarchisten! Die hatten eine Gesellschaft aufbauen wollen, in der keiner dem anderen etwas hätte anschaffen können. Und keinen Staat und keine Polizei und kein Militär hätte es mehr gegeben, wenn sich die Anarchisten durchgesetzt hätten!

Martin hatte den Großvater früher schon so reden gehört. Aber früher hatte ihn das nie interessiert.
„Jetzt sei doch endlich still", sagte die Großmutter. „Man kann dich doch hören! Und überhaupt, vor dem Buben!"
„Obs mich hören, ist mir schon scheißegal", rief der Großvater. „Und grad vor dem Buben muß es gesagt werden. Woher sollns denn die Jungen erfahren, in der Schul werdens doch nur angelogen!"
„Und warum?" fragte Martin den Großvater. „Ist nix draus worden? Wenn das alle Leut wollten, warum ist des net gangen?"
„Die Leut wollen eben keine Kommunisten sein", sagte die Großmutter.
„Keine Kommunisten!" Jetzt rasselte der Atem vom Großvater nicht mehr, jetzt pfiff der Atem richtig. „Seit vierzig Jahr erklär ich der Frau den Unterschied zwischen die Kommunisten und die Anarchisten, aber sie kapierts net, nein, sie kapierts net!"
„I bin eben net für die Politik", sagte die Großmutter. „Die war scho immer ein mieses Gschäft, davon will i gar nix wissen!"
„Da siehst es!" Der Großvater tat sich beim Reden schwer, so stark rasselte und pfiff es in seiner Brust. „Weil viele so saublöd sind wie meine Alte, drum ist nix draus worden!"
Er stand auf. „Aber einmal, des sag ich dir Martin, da werdens die Leut schon noch kapiern! Oder sie werden halt alle krepiern! Viel fehlt eh nimmer drauf!"
Dann ging der Großvater ins Haus hinein.
„Er wird sich noch um sein Kopf reden!" Die Großmutter stand auch auf.
„Vom Mund halten wird man auch net glücklich", sagte die Mutter. „Laß ihn, wenn ihm davon leichter wird. Ihm passiert schon nichts. Wenn ihn einer hätt anzeigen wollen, hätt ders scho längst tun können, bei dem, was der Papa schon gsagt hat."
Die Mutter stapelte die Teller und stellte die leeren Weingläser auf den Tellerstapel. „Und mit dem Anzeigen ist es nimmer gar so arg. Die Begeisterung von die Begeisterten hat nachgelassen. Bei uns im Haus grüßt net einmal mehr der Bockskandl mit Heil Hitler."
Später, in der kleinen Kammer unter dem Dach, in der es angenehm nach Kräutern roch, die die Großmutter zum Trocknen aufgehängt hatte, überlegte Martin noch lange, wie so eine Zukunft aussehen könnte, von der der Großvater geredet hatte. Da müßte ja alles ganz anders sein! Was täte dann sein Spieß in so einer Welt? Und der

Hofer? Und der Stellvertretende? Die müßten vorher alle weg, sagte sich Martin. Zu ändern, sagte er sich, waren die nicht mehr. Und wieviele müßten da weg? Und wohin müßten die? Einfach umbringen? Oder einsperren? Oder auf lauter einsame Inseln schicken? Das war ja dann auch wieder so wie bei den Nazis! „Zum Teufel jagen", fiel Martin ein. Zum Teufel jagen! Im Halbschlaf schon, sah er ein Loch in der Erde, einen Riesenbombentrichter, ungeheuer breit und noch viel tiefer. Der war für alle die, die die schöne Welt vom Großvater stören könnten. Aber er war noch leer.

Am nächsten Morgen war der Großvater nicht beim Frühstückstisch. Die Großmutter erklärte, es ginge ihm nicht gut.
„Immer, wenn er sich über mich giftet, kommts Asthma, und dann ist er zwei, drei Tag im Bett!" Die Großmutter schien nicht sehr zu stören, daß sie der Anlaß für die Asthma-Anfälle vom Großvater war. Martin wäre gern ins Schlafzimmer, zum Großvater gegangen. Aber die Mutter wollte in den Wald Schwammerln suchen. Sie drängte. „Jetzt komm schon, zu Mittag ist es dann zu heiß!" Martin wäre viel lieber ins Bad gegangen.
Als sie aus dem Wald zurückkamen, hatten sie einen Rucksack voll Eierschwammerln und Herrenpilzen.
Dem Großvater ging es schon besser. Er saß im Bett und las. Martin hätte gern über die Anarchisten mit ihm geredet und über das Problem, was mit denen zu tun sei, die gegen die „schönere Welt" seien. Aber die Mutter und die Großmutter waren die ganze Zeit im Schlafzimmer beim Großvater, und vor denen wollte er das nicht besprechen.

Wie im Flug vergingen die Tage. Ein paarmal war Martin noch mit der Mutter im Wald. Sonst war er im Bad. Wenn er faul und zufrieden in der Sonne lag, konnte er sich gar nicht vorstellen, in ein paar Tagen wieder in der Batterie zu sein.
Mit seiner Mutter kam er gut aus. Das hatte er dem Großvater zu verdanken. Sooft die Mutter in den ersten Tagen mit ihren üblichen Ratschlägen und Ermahnungen gekommen war, hatte der Großvater geätzt.
„Haltest dein Sohn eigentlich für einen Vierjährigen oder einen Fünfjährigen?" hatte er gefragt.

„Rufst ihn auch jeden Tag in der Batterie an und sagst ihm, daß er sich waschen soll?“ hatte er gefragt.
„Glaubst net, daß er vielleicht selber weiß, war für ihn gut ist?“ hatte er sich erkundigt.
Und am dritten Tag, als die Mutter zu einem Vortrag angesetzt hatte, weil Martin sich eine Zigarette vom Großvater genommen hatte, hatte er sogar gebrüllt. „Himmel, Arsch und Zwirn!“ hatte er geschrien. „Kritisier doch net dauernd an ihm herum. Dir hat ja auch niemand in alles dreingeredet! Und wennst schon so besorgt um ihn bist, daß ihm was geschehen könnt, dann fahr nach Tulln und erklär dem Batteriechef, daß'd deinem Buben net erlaubst, daß er beim Militär is, daß er dafür noch zu jung ist!“
Seither ließ ihn die Mutter in Frieden. Ein, zwei Tage lang schaute sie noch recht gequält, wenn er etwas tat, was ihr mißfiel oder etwas nicht tat, was sie gern gesehen hätte.
Dann verschwand auch das gequälte Gesicht. Nicht „erziehen“ zu müssen, schien auch ihr gut zu tun.

Zu kurz, viel zu kurz war der Urlaub. Als ob es nur ein paar Tage gewesen wären, dachte Martin, als er im Zug nach Judenau zur Batterie fuhr. Schwitzend in der Uniform, zwischen lauter schwitzenden Leuten in Uniform, stand er vor einem Zugsabteil auf dem Gang und schaute zum Fenster hinaus und fragte sich, ob sich in der Batterie wohl etwas verändert haben würde, ob noch alle da waren, ob der Charlie – vor allem – noch da sein würde und ob er mit dem über die Anarchisten und die „schönere Welt“ würde reden können.

In Judenau stieg er aus. Er ging zum Ausgang, da standen zwei Soldaten seiner Batterie vor ihm. Sie hatten Stahlhelme auf und an den Karabinern waren die Bajonette aufgepflanzt.
Martin kannte die zwei Soldaten vom Sehen. Er war nicht besonders erstaunt, als ihm der eine die Hand auf die Schulter legte.
„Flakhelfer Wimmer“, sagte der Soldat. „Ihren Ausweis bitte!“
Martin kramte das schmuddelige Papier aus der Brusttasche und zeigte es vor.
Er hatte keine Ahnung, was das sollte! Kontrollen wurden üblicherweise nur von der Feldgendarmerie gemacht.
Der Soldat steckte das Papier ein, legte ihm wieder die Hand auf

die Schulter. „Im Namen des deutschen Volkes, Sie sind verhaftet, folgen Sie uns!“ Sie nahmen ihn in die Mitte und marschierten los.
Martin fielen die Telefonmasten ein, die sie in die Tulln geworfen hatten. Und die Kopfhörer. Und der Lateiner und sein Gefasel von der Wehrkraftzersetzung.
Aber solche Sachen, sagte er sich, die werden doch meistens vom Batteriechef intern geregelt, da gibt es ein paar Tage Bau oder Ausgangssperre, aber doch keine richtige Verhaftung! Vielleicht doch die Wehrkraftzersetzung? Die Kopfhörer konnten es schon überhaupt nicht sein! Von denen wußte nur der Charlie! Und die Sache mit den Telefonmasten, die war doch schon endlos lange her! Martin war total verwirrt. Zwischen: Es muß ein Irrtum sein, und: Die verhaften doch wegen jedem Schmarrn, hielt er alles für möglich.
Die zwei Soldaten führten ihn zum Batteriegefechtsstand. Ohne jeden Kommentar nahmen sie ihm den Rucksack ab, er mußte Gürtel und Schubänder abliefern, dann brachten sie ihm in einen schmalen, fensterlosen Raum.
Die Soldaten versperrten die Tür hinter ihm.
Martin setzte sich auf den Boden. Durch ein paar Ritzen in der Tür kam ein bißchen Licht in den Raum.
Endlich, es mußte eine Menge Zeit vergangen sein, denn durch die Ritzen in der Tür fiel kein Licht mehr, hörte er Schritte, die Tür flog auf, eine Taschenlampe leuchtete ihm ins Gesicht. „Wimmer mitkommen!“
Er schlapfte hinter dem Soldaten her. Direkt zum Batteriegefechtsraum ging es. Der Batteriechef war allein. Martin fand das gut. Wenn Leute vom SD oder der Gestapo dagewesen wären, wäre das ein schlimmes Zeichen gewesen.
Martin versuchte eine vorschriftsmäßige Meldung zu machen, was nicht so einfach war, weil die Hose ohne Gürtel rutschte und die Schuhe ohne Bänder keinen festen Halt gaben.
Der Batteriechef saß am Kartentisch. Er musterte Martin von oben bis unten. Dann schickte er den Wachsoldaten weg. Als der draußen war, fragte er: „Na bitte Wimmer, was soll das?“
Martin wußte nicht, was darauf antworten. Er sah den Batteriechef bloß an. Der wartete eine Weile und trommelte mit den Fingern auf den Kartentisch. „Also antworten Sie gefälligst“, herrschte ihn der Batteriechef an. „Sonst sind Sie ja auch nicht gerade auf den Mund gefallen, habe ich mir sagen lassen!“

Der Hauptmann ließ sich samt seinem Stuhl nach rückwärts kippen und verschränkte die Arme hinter dem Kopf.
„Da muß ich Ihrem Gedächtnis wohl nachhelfen, scheint es! Wo waren Sie am 20. Juli, als die Führerrede übertragen wurde."
„Da war ich befehlsmäßig in der Stube, Herr Hauptmann", sagte Martin. Jetzt kannte er sich schon gar nicht mehr aus. Da waren sie doch alle zusammen gewesen. Da konnte er doch überhaupt nichts angestellt haben. Den Piefke Pommel hatte er getreten. Aber das hatte er vorher und nachher auch etliche Male gemacht, und Grund für eine Verhaftung war das gewiß keiner!
Der Batteriechef stand auf, trat ganz nahe zu Martin. „Und bei dieser Gelegenheit ist einigen von euch nichts besseres eingefallen, als die Lautsprecher zu zerstören und beleidigende Äußerungen über den Führer zu machen!"
Der Hauptmann setzte sich wieder hin. Er kramte in Papieren.
„Und Sie Wimmer, waren der Rädelsführer, heißt es in diesem Bericht!"
Martin überlegte. Nur dunkel konnte er sich an den Tag erinnern. Außer der Sache mit dem Pommel fiel ihm kaum etwas ein. Sicher, irgendetwas hatte er garantiert gebrüllt. Aber im Gebrüll der anderen mußte das doch untergegangen sein!
Er sagte: „Ich habe nur Ruhe geschrien, Herr Hauptmann, weil es so laut war."
Der Hauptmann lachte auf. „Und den Holzschuh haben Sie nach dem Lautsprecher geworfen, weil Sie die Führerrede zu Ende hören wollten!"
„Ich habe nicht geworfen!" Martin bemühte sich, seine Stimme ruhig klingen zu lassen. Es gelang ihm nicht. Seine Stimme zitterte, war zu hoch, zu piepsig.
Der Major ging zum Tisch zurück, setzte sich, trommelte wieder mit den Fingern. „Tja Wimmer, wie die Dinge liegen, gibt es eine Anzeige gegen Sie! Und da es dabei um schwerwiegende Beschuldigungen geht, habe ich die Sache an das Kriegsgericht weiterleiten müssen. Ich nehme also fürs erste zu Protokoll, daß Sie angeben, weder militärisches Eigentum beschädigt zu haben, noch beleidigende Äußerungen über den Führer gemacht zu haben."
Er machte eine Pause.
„Aber glauben Sie nicht, daß die Sache damit erledigt ist. Wie lange die Untersuchungen dauern werden, ist mir nicht bekannt. Ich kann

Ihnen nur eines raten, lassen Sie sich bis zur Verhandlung nichts mehr zuschulden kommen. Dann kann ich wenigstens eine günstige Beurteilung für Sie abgeben."
Der Batteriechef stand auf. „Abtreten", befahl er.
Martin machte ein total verwirrtes Gesicht.
„Sie können gehen", sagte der Batteriechef. „Vorläufig machen Sie Dienst wie üblich. Ihre Sachen bekommen Sie draußen bei der Wache."
Martin machte, daß er hinauskam.

15. Kapitel

Nach Mitternacht war es, als Martin in die Stube kam. Im Dunkeln tappte er zu seinem Bett. Er wollte niemanden aufwecken.

„Martin, bist du's?“ fragte es aus etlichen Betten. Martin stieß an den Tisch. „Ja, ich bins“, sagte er und ließ sich auf die Bank fallen.

Betteinsätze quietschten, Schritte aus allen Richtungen kamen auf ihn zu. „Was war?“ fragte einer leise. „Was hats geben?“ ein anderer.

„Zurück in die Betten, es ist Nachtruhe“, rief der Gebert.

Und auf der anderen Seite den langen Willy. Aber etliche andere waren auch noch um ihn herum.

„Unsere sechse san ma anzeigt“, sagte ihm der lange Willy.

„Der Charlie, der Bodenlos und ich, wir waren schon vor einer Woche beim Batteriechef. Und der Reiter und der Nowak, die warn auch auf Urlaub, die habens auch auf der Bahn verhaftet!“

„Komisch is nur“, sagte der Charlie, „daß sie uns weiter Dienst machen lassen!“

Einer meinte, man wolle einfach die Geschichte einschlafen lassen. Ein anderer widersprach ihm. „Ihr stets unter Bewachung, geheim, des glaub ich!“

„Und welchem Arsch wir des z verdanken haben, is dir eh klar?“ fragte der lange Willy.

„Dem Piefke Pommel?“

„Eh klar“, bekam Martin im Chor Antwort.

„Gibt ers zu?“ fragte Martin.

„Er is nimma da“, sagte Charlie.

Piefke Pommel war in die Heimat zurückversetzt worden. Man hatte ihnen gesagt, es sei überhaupt nur ein Irrtum gewesen, daß er hier Dienst gemacht habe.

Als der Gebert, von seinem Bett her, brüllte: „Wenn ihr nicht sofort in die Betten geht, melde ich morgen alle, echt!“, löste sich die Versammlung auf. Nur der Charlie, der Martin, der lange Willy und der kleine Reiter setzten sich auf ein freies Bett und redeten ganz leise miteinander. Der Charlie trug seinen Plan vor, sich nach Kärnten, zu den Partisanen durchzuschlagen. Der kleine Reiter war dagegen. Er hatte einen Bruder, der war auch getürmt. Und nach zwei Tagen

aufgegriffen worden. Jetzt saß er in Wien im Gefängnis und wartete auf seinen Prozeß. „Und wahrscheinlich“, sagte der Reiter, „hängens ihn auf, die Hund!“
„Aber uns net“, widersprach der lange Willy. „Weil uns kann man gar net wegen Fahnenflucht verurteilen, wir haben gar keinen Fahneneid geleistet!“
„Und du glaubst, um das scheren sich die?“ fragte der kleine Reiter. Anscheinend glaubt es der Willy doch nicht recht.
Martin machte den Vorschlag, sie sollten sich nach Waidhofen zu seinem Großvater durchschlagen. Dort gäbe es im Wald eine Hütte, in der könnten sie sich verstecken.
„Und von was willst dort leben? Und wie lang?“ Charlie gefiel der Vorschlag nicht. „Und außerdem! Ich will zu die Partisanen!“
„Und i will jetzt schlafen“, sagte der kleine Reiter. „Die Rederei bringt eh nix! Wenn wir zusammen abhaun, habens uns scho in Moosbierbaum drüben! Gute Nacht, die Herren!“
Er tappte zu seinem Bett.
„Recht hat er“, murmelte der lange Willy. „Gute Nacht die Herren!“
Charlie und Martin schlichen auch in ihre Betten.

Die nächsten zwei Wochen tat sich nicht viel. Alles lief wie üblich. Nur der Spieß war zu ihnen viel freundlicher. Er schikanierte sie nicht mehr. Vors Kriegsgericht gestellt zu werden, und noch dazu wegen so einer nebulosen Sache, das überstieg einfach sein Verständnis. Er war für Drill und absoluten Gehorsam, aber nicht für Kriegsgerichtsverhandlungen gegen „halbe Kinder“, denen man auch so „Mores lehren“ konnte.
Martin fühlte sich in dieser Zeit sehr merkwürdig. Oft war er stundenlang von einer irren Angst gepackt, dann dachte er wieder: So schlimm wirds schon nicht werden! Einmal stellte er sich vor, daß ihn ein Kriegsgericht zum Tode durch den Strang verurteilen werde, einmal meinte er, vielleicht habe man die ganze Sache schon ad acta gelegt. Manchmal träumte er in der Nacht von einem KZ, in dem er zu arbeiten hatte. Manchmal träumte er, daß man ihn gerade aufhängen wolle und dann kam durch einen Lautsprecher eine Stimme, daß der Krieg nun zu Ende sei und alle Verurteilten begnadigt seien.

Anfang September begann wieder der Schulunterricht. Sie hatten noch weniger Lehrer als im vorigen Jahr und von den geplanten Stunden fielen mehr als die Hälfte wegen der Angriffe aus. Nur der Hötzendorf kam noch zu jeder angesagten Stunde. Mit dem Fahrrad. Dem machte es auch nichts aus, wenn er unterwegs von Tieffliegern angegriffen wurde. Da warf er sich einfach in den Straßengraben und wartete den Beschuß ab. Ganz quietschvergnügt und mit glänzenden Augen kam er nach solchen Zwischenfällen in der Schulbaracke an. Seine Augen glänzten dann, als habe er gerade nicht nur sich, sondern noch drei Vaterländer dazu, gerettet. Und in jeder Unterrichtsstunde nahm er „die Parabel" durch. Weil die für Flakhelfer von besonderer Bedeutung sei, erklärte er. Die Flakgranaten nämlich verhalten sich bis zu ihrem Ziel- und Treffpunkt, genau nach den Bedingungen dieser Kurve.

„Ohne besondere Vorkommnisse" hieß es täglich beim Morgenappell. Die nächtlichen Alarme waren mit dieser Floskel natürlich nicht gemeint. Gemeint war lediglich, daß keiner aus der Batterie verrückt gespielt hatte, keiner abgehauen war und keiner einem Vorgesetzten besonderen Anlaß zur Klage gegeben hatte.

Politischen Unterricht beim Stellvertretenden gab es auch wieder. Da redete der Stellvertretende optimistisch wie eh und je daher. Einen neuen markigen Spruch hatte er sich seit dem Sommer zugelegt, der hieß: „Ich habe das Gefühl, daß in unserer Batterie noch immer zu wenig hart durchgegriffen wird!" Etliche Male pro Unterrichtsstunde verkündete er das. Daraus war eindeutig zu schließen, daß der Stellvertretende und der Batteriechef nicht sehr einig miteinander waren, daß dem Stellvertretenden der Batteriechef zu lax war. Und außerdem schloß der Flöttl daraus noch: „Und der Trottel hat in Wirklichkeit des große Sagen! Der Alte ist zwar mehr wie er, aber nur beim Militär, und net in der Partei. Und auf die Partei kommts an."
Auch der lange Willy meinte, der Batteriechef habe die Anzeige vom Piefke Pommel nur weitergeleitet, weil er „Schiß" vor dem Stellvertretenden gehabt habe.

Die SS-Musterungskommission kam anfang September. Die Flakhelfer mußten in der Schulbaracke antreten. Nach der Idiotenrede des Sturmbannführers – auswendig kannten sie diese Reden schon, mitmurmeln hätten sie die Sätze können – kam die Frage: Wer meldet sich freiwillig zur Waffen-SS?

Schweigen in der Baracke. Der Sturmbannführer zeigte mit spitzem Finger auf den Grabner Gerhard. Der Grabner Gerhard stand auf, langsam und umständlich. Er nahm Haltung an, aber so, daß jeder sehen konnte, wie egal ihm das alles schon war. Dann sagte er langsam: „Meine Mutter erlaubt es nicht, bitte schön!"
Unterdrücktes Gekicher machte sich breit. Der Martin flüsterte dem Charlie zu: „Alle Achtung! Der Bua hat sich geändert.
In der Schul war der noch a Nazibua, wie er im Büchl steht!"
Der Sturmbannführer nahm sich den nächsten vor. Der hatte auch eine Mutter, die ihm die SS nicht erlaubte. Der nächste hatte ebenfalls eine. Sie hatten das nicht verabredet. Es fiel ihnen einfach nichts besseres ein.
Nach der vierten Mutter. die einer SS-Karriere im Wege stand, verzichtete der Sturmbannführer auf weitere Befragung. Er brüllte, daß ihm so eine Schweinerei noch nicht untergekommen sei, daß er auch gar nicht daran denke, sich derartiges bieten zu lassen und stürzte wutschnaubend aus der Baracke. Nachher hielt ihnen der Batteriechef eine Strafpredigt, eine relativ sanfte. Der Stellvertretende war dabei und schaute zum Fenster hinaus. Seinem Gesicht war anzusehen, daß ihm der Batteriechef schon wieder einmal „zu lax" vorkam. Quartierreinigung und Latrinenputzen verordnete der Batteriechef wegen ihrer Haltung zur SS. Mehr nicht.
Wenige Tage später kam die Musterungskommission von der Wehrmacht. Diesmal meldeten sie sich freiwillig. Alle. Zur Luftwaffe, zum fliegenden Personal. Das hatten sie schon vorher verabredet. Martin und Charlie hatten den anderen vorgerechnet: „Sie können uns erst nach dem Arbeitsdienst einstellen, und des is frühestens in eineinhalb Jahr! Und obs dann überhaupt noch eine deutsche Luftwaffe gibt, steht in den Sternen! Also meld ma uns. Es schaut besser aus. Keiner kann sagen, wir wolln net!"
Für die Offizierslaufbahn hatten sich alle gemeldet. So wurden sie, anfang Oktober, in Zehnergruppen nach Wien zur Aufnahmsprüfung geholt. Martin und Charlie, und die anderen Beschuldigten hatten eigentlich erwartet, daß sie wegen des laufenden Verfahrens für eine Offizierslaufbahn gar nicht in Betracht kämen. Aber davon war überhaupt nicht die Rede.
Die Aufnahmsprüfung war für zwei Tage angesetzt. Am ersten Abend durften die Wiener nach Hause gehen.
Die Mutter war an diesem Abend total in Ordnung. Sogar zwei

Päckchen Zigaretten hatte sie für ihn. Und als er am Abend lange beim Radio saß und versuchte, die deutschsprachige Sendung des BBC zu finden, bat sie ihn bloß, etwas leiser zu drehen.
Und am Morgen, als er sich von ihr verabschiedete, machte sie auch kein Theater.
Die Prüfung bestanden alle. Martin hatte nur bei der Mutprobe Schwierigkeiten gehabt. Da hatte man sie an ein Fenster im 2. Stock gestellt. Unten, im Hof, lagen Turnmatten. Auf die sollten sie springen. Martin war lange beim Fenster gestanden und hatte sich nicht getraut, zu springen. Der Gefreite, der die Übung beaufsichtigt hatte, hatte ihm dann einen Stoß gegeben und Martin war recht und schlecht sechs Meter weiter unten angekommen. Nur das linke Bein hatte er sich ein bißchen verstaucht.
Wenn einer gehofft hatte, daß sie als zukünftige Offiziersanwärter besser behandelt würden, dann war der ganz schön daneben gewesen! Alles ging weiter, wie gehabt. Die amerikanischen Angriffe auf Moosbierbaum wurden auch immer häufiger und dauerten immer länger. Und da nach den Angriffen noch die Geräte zu warten waren, fielen sonstige Übungen und das Exerzieren meisten aus. Nur Hunger hatten sie weniger. Ringsum, bei den Bauern, waren die Äpfel und die Birnen und die Zwetschken reif geworden. Obst gaben die Bauern leichter und billiger her als andere Lebensmittel. Charlie und Martin fraßen Unmengen von Obst. Charlie Zwetschken, Martin Äpfel. Durchfall hatten sie beide davon.
Die Greißlerei vom Hofer war auch eingegangen. Den Jürgen Mohaupt hatte man versetzt, einen Ersatzmann mit Auto oder Motorrad hatte der Hofer nicht aufgetrieben, solche Extratouren waren den meisten jetzt schon zu gefährlich. Nicht einmal der Geier-Willy, der wieder Zeit gehabt hätte, weil er mit der Paulin – oder sie mit ihm – Schluß gemacht hatte, wollte davon etwas wissen. „Zu rischkant“, erklärte er, „Mei Kopf isch ma des heiligste, wo i hob, den rischkier i nit!“
Die Verpflegung aus der Batterieküche war mieser denn je. Fleisch gab es nur mehr jeden zweiten Sonntag, sonst faßten sie „Eintopf mit Wurst“ aus. Aber ganz gleich, ob das Zeug Erdäpfeln oder Kraut oder Bohnen oder Erbsen war, nie war auch nur ein Bröckerl Wurst drinnen.

16. Kapitel

Mit der Uschi traf sich Martin noch immer. Und er fühlte sich dabei auch noch immer so hilflos und unsicher wie beim ersten Rendezvous. Er hatte sie noch immer nicht gefragt, ob sie ihn liebe. Warum das für ihn so wichtig war, wußte er selbst nicht. Irgendetwas wie Paradies, Seligkeit und Glück versprach er sich von diesem „Ich liebe dich". Manchmal sagte er sich auch, daß so eine ewige Schmuserei ohne Liebe unanständig sei, und daß er darum so dringend wissen müsse, ob ihn die Uschi liebe. Und manchmal wieder redete er sich ein, daß die Uschi ihn garantiert liebe, sonst würde sie ihn ja nicht küssen und sich von ihm küssen lassen. Und dann widersprach er sich sofort. Erstens, sagte er sich, hatten viele andere auch Mädchen aus der Gegend, mit denen sie in den Wald schmusen gingen, und da war sicher keine „Liebe" dabei, und zweitens, sagte er sich. hätte ihm die Uschi, wenn sie ihn wirklich liebte, mehr erlauben müssen, als die Küsse und ein paar Griffe auf ihre Brüste. Aber mehr ließ die Uschi nicht zu. Wenn seine streichelnden Hände bloß in die Bauchgegend kamen, preßte sie die Beine fest zusammen und sagte entschieden: „Laß das, sonst geh ich!"

Sie mochte ihn auch nicht streicheln. Nahm er ihre Hand und versuchte, sie auf seinem Pimmel zu legen, sagte sie auch: „Laß das, sonst geh ich!" Aber daß er seinen steifen Pimmel an ihrer Hüfte rieb, dagegen wiederum, hatte sie nichts. Das mochte sie sogar. Und reden konnte man mit ihr darüber schon gar nicht! Sooft er anfing, darüber zu reden, daß „ein Mann mehr wolle" – den Tip hatte ihm der Geierwilly gegeben, schnatterte sie von ganz anderen Sachen drauflos, erzählte von der Tante, wie gemein die sei, daß sie sich benähme wie sämtliche Stiefmütter im ganzen Land und ihr alle grauslichen Arbeiten aufhalse. Unterbrach er sie dabei und wollte wieder auf sein Thema kommen, wurde sie stocksauer und erklärte, nach Hause zu müssen. Schweigend und verdrossen begleitete er sie zum Haus der Tante. Und vor dem Haus umarmte sie ihn dann und drückte sich dabei ganz fest an ihn und rieb ihren Unterleib an seinem. Und wenn er dann schon dachte: Jetzt hat sie sich's anders überlegt, machte sie sich los und rannte ins Haus.

Ab Anfang Oktober wurde die Sache noch schwieriger. Martin konnte mit der Uschi ja nur im Freien schmusen. Mehr als Küsse waren bei der Temperatur, die es nun hatte, für die Uschi nicht mehr drin. Die Witterung war eine erstklassige Ausrede für sie. Wollte er ihr bloß den Mantel aufknöpfen, protestierte sie: „Net, ich erfrier ja!“ Manchmal allerdings ließ sie ihn huldvoll den Mantel aufknöpfen und er durfte sich an sie pressen, aber wollte er sich an die Blusenknöpfe machen, wurde sie grantig. „Glaubst i will a Lungenentzündung?“ fauchte sie dann.
Der Geierwilly fand das nicht weiter tragisch. „Suach dir a andere, Bua“ riet er, als ihm Martin von seinen Schwierigkeiten mit der Uschi erzählte. „I sog dir, die woaß selber nit, wos will. Und solangs des nit woaß, kannst nix mochn!“
Der Martin tat, als sei das ein guter Ratschlag. Daß er sich keine andere suchen könne, weil er die Uschi liebte, wollte er dem Willy nicht sagen; dafür war der Willy nicht geeignet.

Sie hatten alle schon nicht mehr damit gerechnet, doch Anfang Dezember kam die Vorladung zum Kriegsgericht. Am Morgen des 5. Dezembers wurden sie nach Wien gebracht. Wie die Schwerverbrecher, unter Bewachung. Sie fuhren zu einem riesigen, düsteren Haus – ein Palais – nahm Martin an. Der rechte Flügel des Hauses war eingestürzt. Im unbeschädigten Teil waren die Fenster mit Brettern vernagelt.
In einem großen, ungeheizten Raum mußten sie warten. Sprechen durften sie mit niemandem, auch untereinander nicht.
Ihren Verteidiger sahen sie vor der Verhandlung nicht.
Als sie in den Gerichtssaal geführt wurden, erschrak Martin.
Hinter einer hölzernen Barriere stand seine Mutter. Sie hatte das schwarze Kostüm an und den kleinen schwarzen Hut auf dem Kopf, den sie zum letzten Mal beim Begräbnis der Tante getragen hatte. Neben seiner Mutter stand eine Frau, die sah dem langen Willy ähnlich. Die gleiche Nase wie der Willy hatte sie. Und dem Willy seine schmalen Augen hatte sie auch.
Die Frau, die dem Willy ähnlich schaute, wollte auf sie zu. Ein Soldat hielt sie zurück. Die Frau schrie etwas, Martin konnte nur „mei Bua, mei Bua“ verstehen.
Der Vorsitzende brüllte: „Wenn Sie nicht sofort die Plätze einnehmen, lasse ich den Saal räumen!“

„Moch ka Theater, Alte, hock di hin“, murmelte der Willy sehr leise. Der Soldat führte die Frau zu ihrem Platz.
Sätze, endlose Sätze, Fluten von Sätzen kamen auf Martin zu, er wollte sie verstehen, verstand einzelne Satzbrocken, verstand trotzdem nicht, was das alles mit ihm zu tun haben könnte, kapierte nicht einmal, wer da der Ankläger war und wer der Verteidiger. Irgendwann einmal, wurde dann der Gebert hereingeführt. Seine Aussage kriegte Martin auch nicht mit. Er staunte bloß, daß es also nicht Piefke Pommel gewesen war, der sie verpfiffen hatte. Nach dem Gebert war der Batteriechef an der Reihe. Von dem, was der sagte, blieb in Martins Hirn nur ein Halbsatz hängen. „Nie irgendeinen Anlaß zur Klage . . .“ Und dann kam der Spieß und bestätigte, daß sich die Angeklagten „durchaus einsatzwillig“ gezeigt hätten. Und jemand verlas die schriftliche Aussage des Luftwaffenhelfers Pommel, die zum Inhalt hatte, daß der Luftwaffenhelfer Pommel im damals herrschenden Durcheinander nicht feststellen habe können, wer was gesagt und getan habe. Auszuschließen sei aber, daß der Luftwaffenhelfer Wimmer und der Luftwaffenhelfer Srb (der Charlie) die Täter gewesen seien, denn auf, beziehungsweise neben deren Bett habe er sich zur Zeit der Tat befunden, und da hätte er ja merken müssen, wenn die zwei mit Holzschuhen geschmissen, beziehungsweise beleidigende Worte gegen den Führer ausgerufen hätten.
Martin konnte es einfach nicht fassen, daß Piefke Pommel so eine Aussage gemacht hatte! Und daß der Gebert, den er immer für den harmlosen Trottel gehalten hatte, das Denunzianten-Schwein war. Er wollte genau hinhören auf das, was die Herren vor ihm redeten, aber es gelang ihm nicht. Daß man sich so irren kann, ging ihm immer wieder durch den Kopf. Und einem so unrecht tun! Und Rachepläne gegen den Gebert gingen ihm auch durch den Kopf. Denn daß er Chancen auf die Möglichkeit zur Rache hatte, glaubte er nach der Aussageverlesung vom Pommel bereits wieder. Viel, sagte er sich, können die mir, dank Pommel, nicht mehr machen! Und dem Charlie auch nicht!

Gegen Mittag vertagte sich das Gericht zur Urteilsfindung. Sie wurden wieder in den eiskalten Saal geführt. Essen bekamen sie keines. In der Küche, sagte der Wachsoldat, liege keine Anweisung dafür vor. Er sagte es mit Bedauern in der Stimme.

Um drei Uhr wurden sie zurück in den Verhandlungssaal geführt. Die Richter wirkten heiter. Sie hatten sanft gerötete Gesichter und glänzende Augen.
„Die haben sich angfressen“, flüsterte Charlie. „So schaun nur Leut aus, die die Wampen voll Futter haben!“
Der Vorsitzende erhob sich, die Angeklagten standen stramm.
Von dort her, wo die Mütter saßen, kam Schluchzen.
Mit mild-matter Stimme verkündete der Vorsitzende das Urteil. Der Nowak wurde wegen Zersetzung der Wehrkraft zu einem Jahr Gefängnis verurteilt, abzusitzen nach dem Krieg. Alle anderen wurden „mangels Beweisen“ freigesprochen.
Dann wurden sie sofort aus dem Saal geführt. Martin blieb nur mehr Zeit, seiner Mutter kurz zuzuwinken. Sie wurden auf einen alten, klapprigen Opel Blitz verladen und zum Dienst zurückgefahren.
„Und kann mir einer von euch sagen, wieso grad i das eine Jahr ausgefaßt hab?“, fragte der Nowak.
„Einer muß der Nowak sei!“ murmelte der lange Willy gelassen. „Alte Spruchweisheit aus dem zwanzigsten Hieb, Haberer!“
Dann redeten sie nicht mehr viel miteinander. Sie hockten bloß da und ließen sich durchbeuteln vom rumpelnden Gefährt, und hin und wieder sagte einer: „Burschen, Burschen, daß des so ausgangen ist!“ Oder: „A Massl hama schon ghabt!“
Davon, daß sie dem Pommel unrecht getan und ihn fälschlich beschuldigt hatten, redeten sie nicht. Nur knapp bevor sie im Lager ankamen, sagte der kleine Reiter: „Und was tun mir jetzt mit dem Gebert?“
„Das beschließen wir morgen“, sagte Martin. „Heut bin i zu müd, um mir solche grauslichen Sachen auszudenken!“
Über den Gebert und die Rache an ihm, brauchten sie sich nicht mehr den Kopf zu zerbrechen. Der Gebert kam nicht in die Batterie zurück.
„Ist versetzt worden, auf eigenen Wunsch“, sagte der Spieß. Obwohl sie ihn löcherten, wohin der Gebert gekommen sei, sagte der Spieß nichts. Angeblich wußte er das nicht.

17. Kapitel

Der Geierwilly und der Hofer hatten beschlossen, die Freisprüche mit einem großen Fest zu feiern. Dafür wollte der Hofer sogar seine letzte Stange Salami opfern und der Geierwilly hatte schon drei Doppler Wein aufgetrieben. Mädchen sollten beim Freispruchsfest auch dabei sein. Die Uschi hatte versprochen zu kommen und ein paar Mädchen aus Moosbierbaum mitzubringen. Die, mit der der lange Willy immer im Wäldchen schmusen war, wollte auch kommen und Freundinnen mitbringen. Und die, die mit dem kleinen Reiter oft spazierenging, die war auch samt etlichen Freundinnen angesagt.

„Wenn die wirklich alle kommen", sagte der Charlie, „Dann gibts an Frauenüberschuß!"

„Macht nix, den arbeit ich schon ab!" sagte der Hofer. Seine „Geliebte" erklärte er, könne leider nicht kommen. Die hatte angeblich die Grippe.

Natürlich war es streng verboten, Mädchen ins Quartier mitzunehmen, aber der Gebert war ja nicht mehr da. Neuer Stubenältester war jetzt der Michi Sedlak, ein friedlicher Bursche aus Hernals, dem alles recht war, was die anderen wollten.

Für Samstag Abend war das Fest geplant.

Am Samstag vormittag gab es Alarm. Der Angriff kam gleich hinterher. Bombergeschwader nach Bombergeschwader dröhnte über sie hinweg. In endlosen Wellen wurden sie mit dem Feuer der tieffliegenden Thunderbolts und Lightnings eingedeckt, manche flogen so tief, daß es aussah, als würden sie gleich die steilaufgerichteten Rohre der Geschütze rammen.

Vor dem Angriff war das Werk in Moosbierbaum mit Nebelgranaten eingenebelt worden. Heute trieb ein kräftiger Westwind die Nebelschwaden zu den Batterien herüber.

Da die Funkmeßgeräte durch die von den Amerikanern abgeworfenen Aluminiumstreifen gestört waren, blieb nichts anderes übrig als mit der optischen Zielerfassung zu arbeiten, und die wurde durch die Nebelfetzen erheblich erschwert.

Ohne Unterbrechung flogen die Geschwader heran. Es gab immer mehr Ausfälle durch Ladehemmungen, weil die Geschütze das

pausenlose Feuern nicht durchhielten. Telefonleitungen, die unterbrochen waren, mußten im Beschuß der Tieflieger repariert werden. Martin arbeitete an der Telefonanlage. Immer öfter kam die Meldung „Berta meldet sich nicht,!“, „Dora meldet sich nicht!“
Als am frühen Nachmittag, Dora, das entfernteste Geschütz wieder einmal ausgefallen war, wurde er als Melder hingeschickt. Er lief das erste Stück im Schutz der Baracken, dann hatte er freies Gelände zu überqueren. Er rannte los, gebückt, bereit sich jederzeit hinzuwerfen. Eine Thunderbolt kam im Tiefflug direkt auf ihn zu. Die MG-Garbe prasselte nur wenige Meter vor ihm in den Boden. Erde, Dreck und Gras spritzten auf. Als die Thunderbolt über ihn hinweggerauscht war, sprang er auf. Hastete weiter. Das sirrende Geräusch einer Bombe ließ ihn gleich wieder zu Boden gehen. Diesmal war die Bombe knapp neben ihm eingeschlagen. Um nicht von der Druckwelle hochgeschleudert zu werden, krallte er sich mit aller Kraft in den dürren Rasen. Ein Hagel von Dreck, Gras und Steinen ging auf ihn nieder.
Martin wartete ab, bis keine Steine mehr flogen, dann stand er auf. Der Bombentrichter war genau zwischen ihm und der Geschützstellung.
Wenn ich mich wegen der Thunderbolt nicht hingehaut hätt, schoß es ihm durch den Kopf, wär ich jetzt genau an der Stelle gewesen, wos eingeschlagen hat!
Ein scheußliches Gefühl war in seinem Mund. Bitter, brennend, sauer. Er mußte spucken, kotzen konnte er nicht. Er starrte in den Himmel, unfähig, einen Schritt zu tun. Der Himmel war voll feindlicher Flugzeuge. In gut sechstausend Meter Höhe zogen die dahin. Zwischen ihnen waren die Sprengwolken der Flakgranaten.
„So renn doch, du Trottel!“ brüllte es von irgendwoher.
Das brachte Martin wieder auf Trab. Er rannte weiter und kam zum Laufgraben, der die Geschützstellung mit dem Muni-Depot verband, er ließ sich in den Laufgraben fallen, auf allen Vieren kam er unten an, rappelte sich auf und schlich gebückt weiter.
Das Geschütz feuerte nicht, im Laufgraben war keine Bewegung, niemand schleppte Munition. Und dann hatte er die ganze Katastrophe vor sich. Eine Splitterbombe hatte die Stellung getroffen. Mit aufgerissenen Leibern, abgerissenen Armen und fürchterlich verstümmelten Gesichtern lagen die Soldaten da. Ein weißgrauer Lappen klebte am Verschluß des Geschützes.

Der Lappen war ein Teil eines Menschenhirns.
„Sie san hin, sie san alle hin", sagte eine flache Stimme hinter Martin. Martin drehte sich um. Der Flöttl hockte am Boden. Er hatte einen leeren Blick, sein Kinn zuckte.
„Sie san hin, sie san alle hin", wiederholte er.
Martin ging zum Feldtelefon. Wild drehte er an der Kurbel. Das Telefon funktionierte.
Automatisch, ganz wie bei einer Übung, sagte er in den Hörer: „Flakhelfer Wimmer, melde Ausfall Dora durch Bombentreffer", dann ließ er den Hörer fallen und packte den Flöttl. Er zog ihn hoch. „Wennst rennen kannst, dann renn", schrie er ihn an. „Da is nix mehr zu machen!"
Sie rannten, wie sie noch nie in ihrem Leben gerannt waren.
Ob Tiefflieger über ihnen waren, scherte sie nicht. Mit brennenden Atem kamen sie im Gefechtsstand an. Martin war nicht fähig zusammenhängend zu berichten. Der Batteriechef verzichtete auf eine korrekte Meldung, es klang auch nicht sehr militärisch, als er fragte: „Müßts zum Sanitäter oder reicht ein Schnaps?" Er füllte für den Flöttl und Martin je ein Wasserglas halb voll mit Korn.
Martin kippte den Schnaps in einem Zug hinunter. Er schloß die Augen. Eine Schirmkappe sah er vor sich. Eine, die ganz verwegen eingeknickt war. Dem Geierwilly seine. Neben einem der toten Soldaten vom sechsten Geschütz, neben einem ohne Arme, war die Mütze gelegen.
„Ausgerechnet der Geierwilly", sagte Martin leise zum Flöttl.
Der Flöttl trank seinen Schnaps in winzigen Schlucken. Er gab ihm keine Antwort. Martin wußte nicht einmal, ob er ihn verstanden hatte.
Gegen fünf Uhr schwenkten die letzten feindlichen Maschinen in Richtung Süden ab und das Divisionskommando gab die Entwarnung durch.
Je dunkler es wurde, umso heller leuchteten die Brände herüber, die im Werk Moosbierbaum ausgebrochen waren. Ein Teil der Batterie wurde zum Brandeinsatz befohlen. Martin und der Flöttl hätten in die Baracke gehen können. „Auf euch zwei werden wir heute verzichten", hatte der Batteriechef zu ihnen gesagt.
Martin und der Flöttl verzichteten auf die Vergünstigung. Sie halfen, die zerstörten Telefonleitungen instand zu setzen. Als der „Sanka" vom Tullner Lazarett zurückkam, lief Martin zum Fahrer.

„Beim Hinfahren haben noch zwei gelebt", sagte ihm der Fahrer. „Wie ich in Tulln war, waren sie schon tot!"
Unter den Toten war auch der Stefan Nowak; vom Kriegsgericht zu einem Jahr verurteilt, abzusitzen nach dem Krieg.
Solange Martin an den Telefonleitungen arbeitete, kam er halbwegs zurecht mit sich. Doch später, in der Stube, als er auf seinem Bett lag, glaubte er, verrückt zu werden.
Bilder rotierten in seinem Kopf, Bilder von toten Männern in absonderlichsten Verrenkungen, Bilder von abgetrennten Körperteilen. Und das Stück Hirn, das an der Kanone klebte! Und die Kappe vom Geierwilly! Die Bilder taten weh im Kopf. Nach zehn Uhr, nachdem das Licht ausgedreht worden war, wurden die Bilder in Martins Kopf noch ärger, taten noch mehr weh. Martin hielt es im Bett nicht aus. Er stand wieder auf und zog sich an. Er wollte zur Uschi, nach Langenrohr hinüber.
In der Batterie herrschte noch immer ein riesiges Durcheinander, niemand scherte sich darum, ob der Flakhelfer Wimmer unerlaubterweise-nächtlicherweise abhaute.

Das Haus von der Uschi-Tante war unbeschädigt. Martin warf kleine Steinchen an das Fenster, hinter dem die Uschi schlief. Nichts rührte sich. Martin suchte einen größeren Stein, warf ihn. Noch immer rührte sich nichts. Martin ging zur Haustür. Er klopfte an die Tür. Völlig egal war ihm auf einmal, was die Tante sagen würde, wenn ein Flakhelfer in der Nacht ihre Nichte besuchen wollte. Aber auch jetzt rührte sich im Haus nichts. Martin schlug mit der Faust gegen die Tür und rief: „Uschi!" Alles war ihm jetzt schon egal! Nur was mit der Uschi los war, das war ihm nicht egal! Unter der Dorfbevölkerung, hatte es geheißen, habe es auch Tote gegeben.
Am Vormittag, fiel dem Martin ein, mußte die Uschi Milch holen gehen. Zu einem Bauern. Auf dem Weg zwischen Zwentendorf und Moosbierbaum war der Bauer. Vielleicht war die Uschi gerade auf dem Weg gewesen, als die ersten Bomber gekommen waren. Vielleicht war sie beim Angriff auf Moosbierbaum zu gerannt. Vielleicht hatte sie in einem Haus Unterschlupf gesucht, das zerstört worden war.
Irgendetwas mußte mit der Uschi passiert sein! Sonst wäre sie zuhause! Sonst wäre wenigstens die Tante zuhause! Die Tante war jeden Abend zuhause!

Bis nach Mitternacht wartete Martin vor dem Haus. Dann ging er heim. In der Batterie war es jetzt schon ziemlich still. Martin schlich sich am Wachtposten vorbei in die Baracke. Die anderen schliefen. Als Martin ins Bett kroch, fuhr Charlie hoch. „Wo warst denn?"
„Ich hätt die Uschi treffen wollen", flüsterte Martin. „Aber die war nicht zuhaus, die Tante auch nicht. Glaubst, ist ihr was passiert?"
„Die habens doch alle zum Arbeitseinsatz geholt", sagte Charlie. „Die Uschi hab ich gsehn, die hat Tee ausgeben an die Leute!"
Martin war erleichtert. Sehr erleichtert.
„Du, da drüben schauts vielleicht aus", sagte Charlie.
„Das war heut garantiert der letzte Akt. Des Werkel bringt niemand mehr in Gang."
Martin zog sich die Decke über die Ohren. Er wollte nichts mehr hören. Und über die Kriegslage wollte er jetzt schon gar nicht reden. Hauptsache, die Uschi lebte und hatte noch Arme und Beine und ein Gesicht, in dem Augen und Nase und Mund zu erkennen waren!

Charlie hatte nicht recht gehabt. Das Werk in Moosbierbaum war nicht endgültig beim Teufel! Nach wenigen Tagen wurde die Produktion wieder aufgenommen. Und die Amerikaner nahmen ihre Angriffe auch wieder auf. Drei schwere Angriffe gab es im Dezember noch. Und zwei aus der Baracke starben dabei.

18. Kapitel

Für das Weihnachtsfest hatten sie einen Christbaum organisiert. Vier Kerzen waren auf ihm, zwei Glaskugeln und haufenweise Alu-Streifen von den Amis.
Weihnachtsurlaub hatten nur zwei besonders Dienstwillige aus der Stube bekommen, doch über solche Benachteiligungen regten sie sich schon längst nicht mehr auf. Die Stimmung in der Batterie war auf dem Null-Punkt angelangt.
Die offizielle Weihnachtsfeier in der Schulbaracke war das Mieseste von mies! Jeder bekam eine handvoll Haferflockenkekse und eine Tasse Ersatzpunsch. Als Gegenleistung mußten sie sich eine Rede des Stellvertretenden anhören. Er brabbelte von schweren aber großen Zeiten und vom Endsieg, für den kein Opfer zu hoch sei und von der stolzen Trauer, mit der die Batterie wie das übrige deutsche Volk die Verluste zu tragen wisse.
„Der soll andere verarschen“, sagte Martin leise zu Charlie. Während ein kleiner Chor von Unteroffizieren „Hohe Nacht der klaren Sterne“ sang, verdrückten sie sich in die Baracke. Die anderen kamen bald nach. Der lange Willy zündete die vier Kerzen an, die Alu-Streifen glitzerten prächtig im Kerzenlicht, aber von „weihnachtlicher Stimmung“ war keine Spur.
Martin las den Brief von seiner Mutter, der gestern gekommen war. Sie schrieb, daß sie traurig sei, weil er nicht einmal zu Weihnachten bei ihr sein könne. Und daß vom Stiefvater seit Wochen keine Post da sei, nicht einmal jetzt vor Weihnachten. Von sich schrieb sie nichts.
Doch Martin wußte auch so, daß es ihr nicht gut ging. Sie hatte in der Fabrik einen neuen Meister gekriegt. Der hatte das Kriegsverdienstabzeichen in Bronze und war anscheinend darauf aus, auch noch das Silberne zu bekommen. Er hatte das Arbeitstempo so gesteigert, daß es die Arbeiterinnen kaum mehr schafften, und wenn eine aufbegehrte, war er gleich mit den wildesten Drohungen da.
Die Mutter hatte Martin bei seinem letzten Besuch in Wien, am Abend zwischen den zwei Prüfungstagen, davon erzählt.
„Dieser Häuselratz“, hatte sie gemurmelt, als sie ihm den neuen Meister geschildert hatte, und Martin hatte grinsen müssen. Daß seiner

Mutter so ein Ausdruck – wenn auch nur gemurmelt – über die Lippen kommen könne, war neu für ihn gewesen. Er hatte sich darüber gefreut.

Martin steckte den Brief der Mutter ein, trank den kleinen Schnaps, den ihm der Reiter aus einem Weihnachtspaket spendiert hatte und sagte dann: „Mir ist das zu blöd! Ich geh schlafen!
„Hast recht!“ Charlie blies die vier Kerzen aus. Keiner hatte etwas dagegen.
Die Engländer und Amerikaner, gute Christmenschen, die sie waren, hielten den Weihnachtsfrieden. Die eigene Führung war ebenfalls weichnachtlich friedlich gestimmt. Außer den Wachdiensten war während der Feiertage dienstfrei.
Martin ging am ersten Weihnachtsfeiertag zur Uschi hinüber. Aber die Uschi kam nur für eine Minute aus dem Haus. Ihre Mutter, sagte sie, sei da. Da könne sie nicht weg.
Seit zwei Monaten habe sie die Mutter nicht mehr gesehen.
„Aber sie fahrt morgen Abend eh schon wieder“, tröstete ihn die Uschi. „Einer vom Dorf, der mit die Pferd nach Wien muß, nimmt sie bis Hütteldorf mit.“

Am zweiten Weihnachtsfeiertag kam der Martin also, spät am Abend wieder zur Uschi und warf Steinchen an ihr Fenster, Nach einer Weile kam sie heraus. Ihre Mutter, erklärte sie ihm, sei noch immer da. Der aus dem Dorf hatte doch nicht mit den Pferden nach Wien fahren können. Die Mutter müsse morgen in der Früh versuchen, irgendwie mit der Bahn wegzukommen.
Die Uschi überreichte dem Martin ein Weihnachtsgeschenk. Eine silberne Zigarettendose, flach gewölbt, mit drei winzigen Diamantsplittern besetzt. Martin wollte das Ding zuerst nicht annehmen. Weil er kein Geschenk für die Uschi hatte, und weil ihm die Zigarettendose viel zu wertvoll vorkam.
„Aber geh“, sagte die Uschi. „Daß du mir nix schenken kannst, ist doch klar. Was solltest denn schon haben für mich? Eine Granaten vielleicht? Oder eine Gasmasken?“ Sie lachte. „Und kauft hab ich die Dosen doch eh net! Die hab ich der Tant gfladert. Die ist vom Onkel. Aber der hat so viel Graffel, des merkt niemand, daß da was fehlt.“
Der Martin wollte mit der Uschi spazieren gehen.

„Unmöglich", erklärte ihm die Uschi. Wegen der Mutter ging das nicht. Die war ja noch immer da! Und hielt von Nachtspaziergängen mit Flakhelfern überhaupt nichts. Nur einen winzigen Kuß erlaubte die Uschi dem Martin. Und dauernd schaute sie zu einem Fenster hin. „Sie beobachten uns", sagte sie. „Garantiert!" Sie deutete zum Fenster. „Zuerst war die Verdunklungsrollo herunten, und jetzt – siehst es – ist die oben und das Licht ausdreht!"

Martin sah ein, daß sich die Uschi nicht umarmen und küssen lassen wollte, wenn die zwei verdammten Schachteln dabei zuschauten.

„Aber zu Silvester", sagte er zur Uschi, „da kommst schon! Da feiern wir ganz groß, bei uns in der Baracken!"

„Wenns geht, schon". Sehr zuversichtlich sagte die Uschi das nicht. Zu oft waren angesetzte Feiern schon schief gegangen.

„Viele Mädeln kommen", sagte Martin. „Dem Reiter seine, dem Willy seine, und die bringen alle Freundinnen mit."

Die Uschi glaubte das nicht. „Die Eltern lassens sicher net", meinte sie. „Die wollen alle nicht mehr, daß wir mit euch zusammen kommen. Die sagen, ihr habts die Schuld, daß alles bombardiert wird!"

Martin wußte, daß die Uschi recht hatte. Die Leute im Dorf waren nicht mehr freundlich zu ihnen. Man brauchte ja nur in Langenrohr ins Wirtshaus gehen, um das zu merken.

„Deppen, die", sagte Martin. „Wir sind doch net freiwillig da. Und wir sind net Schuld, daß die Bomben fallen. Schuld ist das Werk in Moosbierbaum. Das wollen die Amis kaputt machen!"

„Weißt, was die Tante sagt?" Die Uschi lehnte sich ein bißchen an den Martin. „Sie sagt, wenn ihr nicht hier wärt, hätten die Amis des Werk in Moosbierbaum schon längst in Grund und Boden bombt, kein Fuzerl wär mehr übrig davon, und die Amis hätten keinen Grund herzufliegen und die Leut hier hätten ihr Ruh!"

Martin kam nicht mehr dazu, darauf zu antworten, denn die Haustür ging einen Spalt weit auf und eine Frauenstimme rief: „Uschi, komm rein, aber sofort!"

Nicht einmal „Servus" oder „Auf Wiedersehen" sagte die Uschi, bevor sie hinter der Tür verschwand.

Vier Tage vor Silvester hatten die Alliierten vom Weihnachtsfrieden genug. Die Angriffe fingen wieder an. Am Vormittag des 31. Dezembers gab es einen Großangriff auf das Werk Moosbierbaum, aber er dauerte nur bis zum frühen Nachmittag. Wahrscheinlich wollten die Bomberpiloten rechtzeitig zu ihren Silversterfeiern zurück sein.

So hatten Martin und Charlie und die anderen noch genug Zeit, ihre Stuben für den Abend herzurichten. Sie schoben den langen Tisch zur Seite, taten Leintücher drauf, legten Stahlhelme mit Krepppapier aus und füllten sie mit Keksen aus den Weihnachtspaketen.
Der Hofer brachte sein neues Grammophon, ein richtiges elektrisches. Auch einen Haufen Schallplatten hatten sie aufgetrieben. Sämtliche neue Schlager und eine Glenn-Miller-Platte. Gegen acht Uhr wurden sie nervös, weil die Mädchen noch nicht da waren. Martin und Charlie machten sich auf den Weg ins Dorf, doch gleich vor dem Lager kamen ihnen die Mädchen entgegen. Acht Mädchen. Und die Uschi war dabei! Auf Umwegen schlichen sie zu ihrer Baracke. Der Hofer hatte zur Damen-Begrüßung „Strumpfbandln" vorbereitet. In Teegläser hatte er vorsichtig verschiedenfarbige Liköre gegossen und das so geschickt gemacht, daß sich die einzelnen Schnapsfarben nicht miteinander vermischt hatten.
„Wenn no ein Schlagobers drauf wär", sagte er stolz, „dann wärs wie im Frieden!"
Sie hatten die hölzernen Fensterläden vorgelegt, damit man sie von draußen nicht hören konnte. Die Stubentür versperrten sie.

Martin tanzte nur mit der Uschi. So eine Art Foxtrott tanzten sie zu allen Platten. Einmal langsam, einmal schnell. Auf das Stockbett, ganz hinten im Winkel, auf dem Willy seinem, hatten die Mädchen ihre schneenassen Mäntel zum Trocknen gehängt. Vom Bettunterteil war fast nichts mehr zu sehen. Martin hatte beschlossen, daß dieses Bettunterteil der einzig mögliche Platz sei, auf dem die Uschi ihr Versprechen halten konnte.
Kurz vor Mitternacht füllte der Charlie alle vorhandenen Gläser mit einem Gemisch aus Sekt und Wein. Als sie sich nach etlichem Hin- und her, wegen der verschieden gehenden Uhren, darauf geeinigt hatten, daß Mitternacht sei, stießen sie an.
„Auf daß des der letzte Silvester in Uniform ist", schrie Charlie.
Die Uschi tank ihr Glas in einem Zug leer. Die Tanzerei hatte sie durstig gemacht. „Prosit Neujahr", sagte sie zu Martin. Martin drängte die Uschi von den anderen weg, zum Stockbett mit dem Mantelvorhang hin. Er schlüpfte mit ihr zwischen den Mänteln durch. Keiner kümmerte sich um sie. Die anderen prosteten und brüllten durcheinander, der kleine Reiter machte die „Pummerin" nach, das Grammophon plärrte auch schon wieder.

„So wart doch“ flüsterte die Uschi und zog die Mäntel wieder vor. Dann umarmte sie ihn und flüsterte dicht neben seinem Ohr: „Ich liebe dich!“
Sie hat es gesagt, sie hat es wirklich gesagt. Er hatte sich nicht verhört. Richtig heiß wurde ihm vor Glück. Er fuhrwerkte mit ungeschickten Fingern an ihren Blusenknöpfen herum, hatte Mühe den Verschluß vom BH aufzubringen. Aber sie wehrte sich überhaupt nicht. Als er ihre Brüste küßte, spürte er, wie sie seine Haare streichelte, ihn ganz dicht an sich herandrückte. Und als er ihren Rock hochschob, merkte er, daß die die Unterhose schon selbst ausgezogen hatte. Er warf sich über sie. War ungeduldig. Jeden Augenblick konnte irgend ein Depp merken, daß er mit der Uschi verschwunden war und sich auf die Suche nach ihnen machen.
Der Betteinsatz quietschte enorm, das ganz alte Bettgestell wackelte, zwei Mäntel rutschten vom Oberteil, die Uschi fing einen davon im Fallen auf und versuchte, ihn über sich und den Martin zu breiten, aber da lag der Martin schon ganz still auf ihr.
„Geh runter von mir“, sagte die Uschi. Sie deutete auf den Mantelvorhang, der ziemlich schütter geworden war. „Die können uns doch sehen!“
Martin wälzte sich von der Uschi. Die Uschi schob ihren Rock nach unten und ihre dreierlei Wäschetextilien nach oben, schlüpfte wieder ins Kleid und knöpfelte hurtig. Martin war traurig. So hatte er sich das nicht vorgestellt. Und die Uschi, dachte er, die hat sich das sicher auch anders vorgestellt. Er setzte sich auf, brachte seine Hose in Ordnung und schaute, zwischen zwei Mänteln durch, zu den anderen hin. Die tanzten und der Hofer versuchte gerade eine, die Rosi, zu küssen.

Ich bin ein Versager, dachte Martin. Ein blöder, mieser, lächerlicher Versager. Da renn ich ewig hinter ihr her und bedräng sie und laß nicht locker und dann dauert es nur eine Minute und alles ist vorbei. Martin starrte trostlos vor sich hin.
Die Uschi kam hinter den Mänteln hervor. Sie lächelte. Überhaupt nicht bekümmert schaute sie drein. Auch nicht grantig. Auch nicht enttäuscht. „Tanzen wir wieder?“ fragte sie. Der Martin nickte. Sie standen auf, Martin legte der Uschi einen Arm um die Schultern. „Du, ich liebe dich“, sagte er. „Ich dich auch“, sagte die Uschi. Dann wollten sie zu den anderen hin, aber da trommelte wer von

draußen an die Barackentür. Unheimlich laut. Der Hofer stellte das Grammophon ab.
„Aufmachen, Stubenkontrolle“ gröhlte eine Stimme, eindeutig die vom Spieß.
„Scheiße“, murmelte Charlie.
„Madeln da hintere“, kommandierte der Flöttl. „Dort hint hin, zu de Mänteln, aufs letzte Bett!“
Die Mädchen wieselten zum Bett vom langen Willy und hockten sich hinter die Mäntel.
Jetzt schlugen schon Stiefel gegen die Holztür. Der Flöttl drehte den Schlüssel in der Tür und riß sie auf.
Hereingesegelt kam mit erhobenem Tret-Bein der Spieß, fand keinen Halt und schlug der Länge nach hin. Hinter ihm torkelten noch zwei Feldwebel lallend in die Stube.
Martin hockte eingekeilt zwischen den acht Mädchen auf dem Stockbett. „Was passiert denn jetzt?“ flüsterte ihm die Rosi ins Ohr.
„Wenn ma ein Glück haben, nix“, flüsterte Martin. „Die sind doch stockbsoffn!“
Martin hatte recht. Der Spieß rappelte sich hoch und schimpfte die zwei Feldwebel, weil sie ihm beim Aufstehen helfen wollten, dann lallte er: „Stubenkontrolle verschoben! Aber einen anständigen Schnaps will ich!“
Schnaps hatten sie keinen. Nur in der Kaiserbirnlikörflasche war noch ein Rest. Der Hofer hielt sie dem Spieß hin. Der Spieß trank die Flasche leer und bekam glasige Augen. Der süße Likör vertrug sich mit dem Zeug nicht, das er schon vorher in sich hineingeschüttet hatte. Er ließ die Flasche fallen und torkelte ins Freie, die zwei Feldwebel folgten ihm.
„Jetzt ist die Luft rein, die kommen nimmer“, sagte der Hofer.
Aber die Stimmung war weg. Die Mädchen wollten nach Hause. Besonders die Rosi. Sie war ganz bleich von der Vorstellung, der Spieß hätte sie finden können und ihre Mutter hätte erfahren können, daß sie nicht beim BDM, sondern bei den Flakhelfern gewesen war.
Martin, Charlie, der lange Willy, und der kleine Reiter und der Hofer begleiteten die Mädchen ins Dorf.

Als sie zurückkamen war es schon fünf Uhr. Es lohnte gar nicht mehr, sich hinzulegen. Und die Stube mußten sie ja auch noch in Ordnung

bringen, für den Fall, daß der Spieß mit einem ausgewachsenen Kater gleich in der Früh Stubenkontrolle machen würde.
Das taten der Spieß und seine beiden Saufkumpane aber nicht. Die wurden erst am Nachmittag wieder gesichtet. Da saßen sie in der Kantine, verstärkten das dünne Ersatzbier mit Korn und sangen, so laut, daß die Scheiben klirrten: Denn wir fahren gegen Engeland!

19. Kapitel

Dienst nach dem Motto „Wie es den Amis zu bombardieren beliebt"! So ging es die ersten drei Monate des Jahres 1945.
Wie es die Nazis immer wieder schafften, das Werk Moosbierbaum nach den verheerenden Zerstörungen in Betrieb zu setzen, war Martin ein Rätsel.
Charlie lachte trocken. „Ein Rätsel ist es nur, solange du net drin warst im Werk", meinte er, „wenns'd siehst wie die Leut angetrieben werden, wundert dich nix mehr."
Tatsächlich war es so, daß sie von den Vorgängen im Werk kaum etwas mitbekamen. Nur nach besonders schweren Zerstörungen wurden manchmal auch die Flakhelfer zu Aufräumungsaktionen herangezogen. Um in dem Chaos jedoch zu sehen, was sich wirklich abspielte, mußte man schon den wachen Blick haben wie der Charlie. Einem Hofer oder einem Leitner fielen diese Dinge einfach nicht auf. Martin selbst war noch nie bei so einem Einsatz dabeigewesen.
Was mit den Zwangsarbeitern, Kz-Insassen und Kriegsgefangenen geschah, die bei diesen Gewaltseinsätzen zusammenbrachen, darüber wurde in der Öffentlichkeit eisern geschwiegen.
In aller Ausführlichkeit wurde in diesen Monaten hingegen über Hinrichtungen von Deserteuren und Kriegsverrätern berichtet.
Anfang März, der in diesem Jahr außergewöhnlich kalt war, ging im Lager das Heizmaterial aus. Zum Heizen hatten sie nur das nasse Holz, das sie in den Donauauen sammelten. Das qualmte und rauchte derart, daß der Aufenthalt in den Unterkünften fast unerträglich war. Zudem war auch das Essen noch mieser und vor allem auch weniger geworden. Sie hatten jetzt praktisch unentwegt Hunger. Nur Munition für die Geschütze gab es immer noch ausreichend.
Charlie wollte endgültig abhauen und Martin wollte mit ihm gehen.
Ende Februar hatte Charlie in einem günstigen Augenblick in der Stabskanzlei Marschbefehle gestohlen.
Ordnungsgemäß gestempelt. Nur die Unterschriften fehlten, aber die waren leicht nachzumachen. Den Partisanentraum hatte Charlie aufgegeben, er hatte eingesehen, daß es unmöglich sei, sich bis nach Jugoslawien durchzuschlagen. Irgendwohin in den Westen wollten

sie, Hauptsache, sie waren erst einmal weg von Wien, wo der Angriff der Russen jederzeit beginnen konnte.
Sie warteten nur noch auf eine günstige Gelegenheit, dann wollten sie losziehen. Martin hatte der Uschi nichts davon gesagt, weil er Charlie das Mundhalten geschworen hatte. Er war auch sehr froh über den Schwur. Er hätte nicht gewußt, wie der Uschi das erklären. Sein Verhältnis zu ihr war ohnehin schon kompliziert genug.
Nach der Liebes-Minute in der Silvesternacht war es zwischen ihnen noch einmal zu einem ähnlichen Ereignis gekommen – in einer eiskalten Nacht hinter dem Haus der Tante – und dann hatte sich die Regel der Uschi verzögert und eine Freundin hatte ihr eingeredet, sie sei schwanger. Die Uschi war ganz hysterisch geworden, von Umbringen hatte sie geredet und der Martin hatte überhaupt nicht gewußt, was da zu tun sei. Dann war die Regel doch gekommen, aber seither war die Uschi beinhart. Nur Martins Hände ließ sie an ihren Körper heran. Und wenn er mehr wollte, fing sie zu heulen an und sagte: „Du liebst mich nicht!“ und dann heulte sie weiter und schluchzte, daß sie ihn so liebe und er sie nicht verstehe, und sie mit ihm Schluß machen werde, weil er sich nur um sich selber schere und es ihm ganz wurscht sei, wie es ihr gehe.

Aus dem Abhauen mit den gestohlenen Marschbefehlen wurde aber sowieso nichts. Der Diebstahl war entdeckt worden und weil sich bei der Division in der letzten Zeit solche Diebstähle gehäuft hatten, waren kurzerhand neue Marschbefehlsformulare ausgegeben worden.
„Wir san in der Scheiße und wir bleibn in der Scheiße“, schrie Charlie wütend und warf sich aufs Bett und schlug den Kopf gegen den Bettpfosten, als er von den neuen Formularen erfuhr.
Am Morgen des 6. März erklärte der Batteriechef ziemlich knapp, daß mit heutigem Tag der Dienst der Flakhelfer beendet sei. Sie hätten sofort Ausrüstung und Uniform abzugeben. Am Wohnort hätten sie sich im Wehrkreiskommando zu melden. Sie sollten entweder zum RAD oder gleich zur Wehrmacht eingezogen werden. Ihre Nachfolge in den Batterien sollte der Jahrgang 1929 antreten.
Ohne ein weiteres Wort zog sich der Batteriechef zurück. Nicht einmal das Freudengeschrei, das seiner Mitteilung gefolgt war, rügte er.
In Martins Stube brach das totale Chaos aus. Jeder wollte der erste sein, der seine Militärsachen los wurde. Martin lief zu den Kremsern

hinüber um sich zu verabschieden. Der Hofer verteilte die Reste seines Vorrats.
„Sei net bös, des kannst sicher no gut brauchen", sagte Charlie. Die Wurst, die ihm der Hofer gab, nahm er aber doch.
„Für mich fangt heut der Frieden an", sagte der Hofer. „Glaubst i bin so deppat und meld mi. (Der Hofer meldete sich wirklich nicht. Im Haus seiner Eltern wurde er eine Woche später von einer Streife der Feldgendarmerie entdeckt und strafweise zu einer RAD-Einheit an die ungarische Grenze versetzt, kam dort in russische Kriegsgefangenschaft und erst 1948 wieder nach Österreich.)

Bevor der Martin zum Bahnhof ging, ging er noch zum Haus der Uschi. Aber dort war nur die Tante. Wo die Uschi war, wußte sie angeblich nicht. Martin hatte keine Zeit woanders nach der Uschi zu suchen. Er mußte schnell zum Bahnhof.
Die Uschi war auf dem Bahnhof. Mit dem Charlie stand sie zusammen. Sie hatte erfahren, daß die Flakhelfer abrüsteten.
Der Schaffner drängte zum Einsteigen.
„Schreibst mir?" fragte die Uschi. Martin nickte.
„Und mei Wiener Adress hast auch?" Martin nickte.
„Für den Fall, daß ich wieder nach Wien komm?" Martin nickte.
„Also servus dann", sagte er und kam sich hoffnungslos blöd vor. Küssen wollte er die Uschi vor den anderen nicht.
Er kletterte auf die offene Plattform des Waggons.
„Es ist ein Abschied nur für heut", schrie jemand aus einem Waggonfenster zur Uschi hin.
„Bussi, Bussi", rief der Sedlak, der auf der Plattform vom nächsten Waggon stand und winkte der Uschi mit einem roten Taschentuch.
Die Uschi drehte sich um und ging zum Ausgang. Der Zug fing zu fahren an. Martin blieb auf der Plattform, bis er ganz sicher war, daß sich die Uschi nicht mehr umdrehen und ihm winken werde. Dann ging er in den Waggon hinein. Charlie hatte ihm einen Platz freigehalten. Martin ließ sich auf den Platz fallen. Der kleine Reiter saß ihm gegenüber. „Hörst, Haberer, schau net so! Tuts dir vielleicht leid, daß du heim mußt?" Martin gab seinem Koffer einen Tritt. Der Koffer fuhr dem Reiter gegen die Beine. „He, spinnst? Oder hat dich der Abschied von deiner Kriegsbraut so mitgnommen?" rief der Reiter. Die anderen lachten. Martin spürte einen unheimlichen Haß gegen den kleinen Reiter, der sich anklagend das Bein rieb.

„Ihr könnts mich doch alle", murmelte er verdrossen. Die anderen lachten wieder. Martin sah zum Fenster hinaus. Ebene braune Äcker zogen vorbei, gelegentlich war auf einigen Flecken erstes, glänzendes Grün zu sehen. Aber das konnte seine Stimmung auch nicht heben.
„Bua, jetzt tu net schmollen", sagte der lange Willy zu Martin. „Wir müssen unsere Zukunft besprechen!" Charlie nickte. Zum RAD, stellte sich heraus, wollte niemand von ihnen. Nur irgendwie zusammenbleiben wollten sie. Und daß sie sich daheim nicht verstecken könnten, war ihnen auch klar. „Da habens uns am ersten Tag schon", sagte der kleine Reiter. „Und unsere Mütter wären auch dran", sagte der lange Willy.
Der Sedlak bot die Schrebergartenhütte von seinem Onkel an. Da sei jetzt kein Schwanz draußen, weit und breit niemand, sagte er, da seien sie völlig sicher. „Da findet uns keiner!"
„Und wir finden nix zum Fressen", sagte Martin.
Dreizehn waren sie, die nicht mehr mitmachen wollten.
„Na klass" murmelte Martin. „Dreizehn Leut in einer Schrebergartenhüttn!"
Seine Bedenken wurden glatt überstimmt. Gleich am nächsten Tag wollten die anderen in die Hütte ziehen.
„Anschaun können wir's ja", sagte Martin, weil ihm ein bessserer Vorschlag auch nicht einfiel.
Als sie in den Franz-Josef-Bahnhof einfuhren, vorbei an zerbombten Häusern, geborstenen Geleisen und ausgebrannten Waggons, wurden sie still.
Sie nahmen voneinander Abschied mit dem Gelöbnis, einander morgen nachmittag, gegen drei Uhr, vor dem Westbahnhof zu treffen.

Gegen halb drei kam Martin nach Hause. Die Mutter war in der Fabrik. Vor sechs würde sie nicht kommen. Martin suchte im Küchenkastel herum. Außer einem Sackl Mehl und einem Restl Grieß fand er nichts Eßbares. Er machte sich über seine Marschverpflegung her, mampfte ein Viertel pappiges Kommißbrot, ein Eckerl Käse und eine Leberwurst, die nach Lebertran schmeckte. Tee wollte er sich kochen, aber die Gasleitung war tot. Zwei Gasspartage pro Woche, fiel ihm ein.
Auf der Kredenz lag eine Zeitung. Die Meldungen von den Fronten lasen sich wie immer: zähes Ringen, heldenhafter Abwehrkampf. Nur eine Überschrift war neu! „Separatisten und Kommunisten in

Linz hingerichtet". Was Separatisten waren, wußte er nicht. In der Zeitung stand, daß die Verurteilten eine verbrecherische Organisation aufgezogen hätten, in einer Zeit, in der Tausende deutscher Soldaten an der Front ihr Leben im Kampf gegen den Bolschewismus opfern . . .
Martin legte die Zeitung weg. Charlie hatte also recht! Es gab tatsächlich solche Widerstandsgruppen. Und wenn es die gab, war es noch immer besser dorthin zu gehen, als in eine Schrebergartenhütte! Egal ob sie einem da oder dort schnappten, umgebracht wurde man deswegen auf alle Fälle. Und wenn sie einem schon umlegten, dann wenigstens für etwas, das irgendeinen Sinn hatte!
Er machte sich daran, den Koffer auszupacken. Als er zu den Schulsachen kam, mußte er grinsen. Verdammt neu sahen die aus. Ob er die je wieder brauchen würde?

Die Mutter kam gegen halb sieben.
„Bist davongrennt?" war ihre erste Frage. Erst als er ihr den Entlassungsschein zeigte, beruhigte sich sich.
„Mußt jetzt einrücken?" fragte sie.
„Eigentlich schon", sagte Martin zögernd. Er wollte die Mutter nicht schon wieder beunruhigen.
„Ja, ja" die Mutter stellte einen Spirituskocher auf den Tisch und zündete einen Würfel an, der mit blauer Flamme brannte. „So ist das schon! Die besseren Herrschaften setzen sich ab nach Westen, ins Sichere! Und ihr müßts weitermachen. Für was, fragt man sich?"
„Wir könnten nach Waidhofen", sagte Martin.
„Ich hab doch meine Dienstverpflichtung", Sie schüttelte den Kopf. „Und glaubst, ich will dich noch einmal vorm Kriegsgericht sehen. Nein, nein, du meldest dich morgen!"
„Dann wart ma halt, bis uns die Bomben den Schädel einhaun", fuhr er sie an. „Oder bis ihn uns die Russen einhaun!"
Die Mutter stellte den Teekessel auf die Spiritusflamme. Aus einem kleinen Koffer holte sie eine Dose Fleischwurst und Brot. „Das hab ich jetzt im Koffer", sagte sie, für den Fall,daß ein Fliegeralarm ist. Wär doch schad, wenns mich nur mit einem Zahnbürstl und der Lebensmittelkarten aus dem Schutt ausgraben!"
Martin starrte die Mutter an. Ob das bitterer Hohn oder simpler Hausverstand war, der sie so reden ließ, war ihm nicht klar.

Sie tranken Tee und aßen Brote mit Fleischwurst, hinterher saßen sie noch zusammen, die Mutter erzählte ihm, daß nun auch schon der Herr Bockskandl, der Ober-PG, das Weite gesucht habe. Mit einem Flüchtlingstransport war er nach Salzburg gefahren. Vor drei Wochen schon. „So haben wir wenigstens im Luftschutzkeller unsere heilige Ruh!“ sagte sie.
Heilige Ruh im Luftschutzkeller! Martin mußte grinsen. Manchmal, dachte er, reden die Leute komisch, haben einfach so ihre Redewendungen, benutzen sie und merken gar nicht, was sie da in Wirklichkeit reden.
Bevor sie schlafengingen, Martin suchte sich gerade aus dem Kleiderkasten einen Pyjama vom Stiefvater heraus, sagte die Mutter: „Du, ich muß morgen in die Frühschicht. Versprich mir, daß du keinen Blödsinn machst!“
„Wieso Blödsinn?“ Martin tat, als verstünde er überhaupt nicht.
„Du mußt hingehen, wirklich, Martin“ sagte sie.
Er hatte einen Pyjama gefunden, zog sich aus, zog den Pyjama an. Die Mutter zupfte am Pyjama herum, ganz so, als ob sie ihn auf seinem Körper zurechtrücken, passend machen müßte. Er merkte, daß es eine Art von Streicheln sein sollte.
„Du“, sagte sie, „du glaubst, ich bin blöd und versteh nichts, aber ich versteh das schon. Nur – “ sie fummelte am Pyjamakragen herum, der eine geknickte Ecke hatte, „ – vielleicht, daß uns eine Bombe den Schädel einhaut, vielleicht, daß uns die Russen den Schädel einhaun, aber sicher ist das nicht. Nur daß sie dich aufhängen, wenn du abhaust, das ist sicher!“
Das ist einen Schmarrn sicher, wollte er sagen. Aber er hielt sich zurück. Sie hatte ihre Angst. Er hatte seine Angst. Hätte er ihr seine Angst erklärt und hätte sie seine Angst verstanden, wäre ihre Angst davon nicht verschwunden. Nur doppelt so viel Angst hätte sie dann gehabt. Und hätte sie ihm ihre Angst erklärt, wäre es ihm genauso gegangen.
„Ich mach schon keinen Blödsinn, so nicht und so nicht“, sagte er. Er fand, daß das gut ausgedrückt war, beruhigend und doch nicht gelogen.
Zum vereinbarten Treff am Westbahnhof kam nur Charlie.
„Ich hab mir's ja gleich dacht“, sagte er resigniert und spöttisch zu Martin. „Nix wie reden könnens! Und jetzt, wos wieder bei der Mami sind, ist alles anders!“

Über eine halbe Stunde warteten sie, ob nicht doch noch einer auftauchte. Ein Bahnhofspolizist, der etliche Male an ihnen vorbeikam, musterte sie schon sehr aufmerksam.
„Gemma, bevor der blöd fragt", sagte Martin.
Sie suchten sich eine abgelegene Stelle im Ruinengelände und hockten sich zwischen zwei Schutthaufen.
„Weißt du, was Separatisten sind?" fragte Martin.
Charlie schüttelte den Kopf. Martin erzählte ihm von der Zeitung, was er da über die Separatisten gelesen hatte.
„Das werden die Leut sein, die für ein unabhängiges Österreich eintreten", überlegte Charlie.
„Dann sind wir auch Separatisten!" sagte Martin.
„Ich glaub!" Der Charlie nahm ein Schuttbröckerl und warf es, ganz so, als ob er an einem Seeufer säße und flache Kieselsteine „platteln" ließe. „Ich glaub, so einfach ist das nicht. Nur einfach ‚unabhängig' sagt noch nix. So einen Scheiß wie vor dem Hitlereinmarsch brauch ich nicht! Ein österreichischer Faschismus ist auch nicht gscheiter wie ein großdeutscher." Der Charlie ließ wieder ein Schuttbröckerl springen.
„Und ein großdeutscher, von mir aus ein großeuropäischer Sozialismus, oder einer, der auf der ganzen Welt ist, der ist mit lieber als einer nur in Österreich!"
„Oder der Ararchismus", sagte Martin.
„Wie meinst das?"
„Mein Großvater ist immer für den", sagte Martin.
„Mein Vater net", sagte Charlie.
„Warum net?"
Charlie zuckte mit den Schultern. „Es ist schon so lang her, daß ich mit ihm geredet hab, und verstanden hab ich damals auch net alles. Ich weiß net genau!"
Martin wollte Charlie erzählen, was sein Großvater glaubte, was der für richtig hielt, aber Charlie stand auf. Länger warten, sagte er, habe keinen Sinn. Es würde ja doch keiner kommen.

Sie gingen die Mariahilferstraße hinunter. Das Krugerkino spielte noch. „Wenn Herzen schweigen" hieß der Film. Sie gingen in die Vorstellung. Früher hatten Martin solche Liebesfilme gefallen. Jetzt saß er da und seufzte dauernd vor lauter Langeweile. Hätte er etwas Besseres zu tun gewußt, wäre er aufgestanden und weggegangen.

Wie die zwei miteinander reden, dachte er. Und was die für Probleme haben!
Nach dem Kino wollte Charlie nach Hause.
Martin hatte keine Lust in die leere Wohnung zu gehen. Er trieb sich in der Stadt herum. Doch dann fiel ihm ein, daß es gut wäre, vor der Mutter zu Hause zu sein. Er rannte die Burggasse hinauf. Zwei Polizisten kam das verdächtig vor. Sie hielten ihn an und verlangten seinen Ausweis. Martin zeigte ihnen den Entlassungsschein, der genügte ihnen nicht. Sie brachten ihn aufs Kommisariat, zu einem Beamten in Zivil. Der tat erst ganz auf dienstlich. Beim Wehrkreiskommando rief er an. Aber er bekam keine Verbindung. Sehr bemüht darum hatte er sich auch nicht.
Er gab Martin den Entlassungsschein zurück und sagte: „So Bua, und jetzt dampfst ab und laßt dich heut nicht mehr auf der Gassen blicken. Und morgen in der Früh meldest dich bei denen!"
Martin nickte ihm dankbar zu, verließ das Kommisariat und trabte nach Hause.

Die Mutter war schon daheim. Wo er so lange gewesen war, fragte sie nicht.
„Also wegen dem Einrücken", sagte Martin, „da war heut noch nichts, die haben gesagt, ich soll morgen wiederkommen. die haben dort so ein Durcheinander –" Martin setzte sich zum Küchentisch, zum leeren Teller, der auf dem Wachstuch stand.
„Du warst doch gar net dort, Martin!" Die Mutter kam mit einem Reindl zum Tisch, füllte Erdäpfelgulasch auf den Teller. Martin wollte protestieren, doch die Mutter winkte ab.
„Paß auf", sie stellte das Reindl auf den Tisch und setzte sich zu Martin. „Ich hab mir das überlegt. Tu, was du für besser hältst. Ich weiß ja auch net, was gscheiter ist."
Martin löffelte das Erdäpfelgulasch, die Mutter kratzte im Reindl einen Rest zusammen und tat ihn auf Martins leeren Teller. „Der Berger ihr Neffe ist heut mit einer RAD-Einheit an die Ostfront abgegangen!"
„Na hast glaubt, er kommt mit dem RAD auf Kur nach Bad Ischl?" fragte Martin.
„Ich glaub überhaupt nichts mehr!" Die Mutter stand auf und holte das Brot und die Margarine. „Willst noch ein Brot?" Martin nickte. Die Mutter schnitt Brot ab und schmierte Fett.

„Ich wär dafür, daß'd dich versteckst, nur vorsichtig mußt dann halt sein!"
„Eh klar", sagte er. Er war unheimlich erleichtert.
Vier Margarinebrote aß er noch. Aber er nahm sich vor, ab morgen weniger zu essen, denn ihm war eingefallen, daß die Mutter für ihn ja keine Lebensmittelkarte hatte.

20. Kapitel

Die meisten Flakhelfer machten es wie Martin. Sie meldeten sich nicht. In der vagen Hoffnung, daß sich in der allgemeinen Verwirrung niemand mehr um sie kümmern werde, hockten sie daheim bei ihren Familien und warteten ab, wie sich die Dinge weiter entwickeln würden.

Charlie und Martin trafen sich fast jeden Tag. Und der Reiter war auch immer bei ihnen. Von der „gemeinsamen Schrebergartenhütte" redete keiner mehr.

Was die nächsten Wochen bringen würden, wußte in Wien niemand. Mit mulmigen Gefühlen erinnerten sich die Wiener an die letzte Weihnachtsrede des Reichsstatthalters Schirach. Da hatte der, als Weihnachtsgeschenk besonderer Art, dem Führer versprochen, Wien werde die Stadt des härtesten Widerstandes sein, jeden Fußbreit Boden werde man verteidigen. Und die Wiener, hatte er erklärt, würden lieber sterben als feige sein!

Man machte zwar Witze über diese Rede, aber je näher die Front rückte, umso mehr Angst kriegten die Leute, die Nazis und die SS könnten die Stadt wirklich bis zum letzten Ziegelstein verteidigen. Die Scharfmacher unter den Nazis hatten noch immer alles unter Kontrolle. Und Angst vor den Russen hatten die Leute natürlich auch. Daß die alles niedermachen würden, hatte ihnen die Nazipropaganda lange genug eingehämmert.

Martin war auf der Hut. Wenn er Charlie besuchte oder wenn sie sich mit dem kleinen Reiter in einem Wirtshaus in der Neustiftgasse trafen, benutzte er nur die Nebengassen.

In den Hauptstraßen war man vor Kontrollen nie sicher. Es passierte oft, daß eine SS-Streife mit schußbereiten Gewehren eine Gruppe von deutschen Soldaten verfolgte und gefangennahm. Für Martin war die SS weniger gefährlich als die Polizei. Er war in Zivil. Die SS kontrollierte nur Uniformierte. Martins Zivil war ein Anzug vom Stiefvater, ein eleganter dunkelgrauer Zweireiher, der um Hüften und Schultern enorm schlotterte. Aber auch die anderen waren nicht besser dran, und besonders irre sah Charlie aus: Großkarierte Knickerbockerhosen schlenkerten bis zu seinen Knöcheln hinunter. Wie

der Hans Albers, wenn sich der in einem Film drei Nächte um die Ohren geschlagen hatte, kam Charlie daher.
Das Wirtshaus, in dem sie sich mit dem Reiter trafen, war offiziell geschlossen, aber die Wirtin ließ Leute, die sie gut kannte, ins Hinterzimmer. Den Reiter kannte sie anscheinend gut. Charlie meinte, sie habe mit ihm ein Verhältnis. Der Reiter bestritt es. Und Martin konnte es auch nicht glauben. Die Wirtin mußte ja doppelt so alt sein, wie der Reiter! Und um einen Kopf größer war sie auch.
„Wennst glaubst, das ist ein Hindernis, weißt net, wies zugeht auf der Welt", sagte Charlie.
Im Hinterzimmer vom Wirtshaus waren immer ein paar Soldaten, auch einige Offiziere und vor allem Mädchen. Die Mädchen waren besser angezogen, als damals üblich.
„Das sind geheime Huren", sagte Charlie.
Die Wirtin servierte Wein zu horrenden Preisen. Den konnten sich Martin und Charlie nicht leisten. Sie hatten nicht einmal genug Geld für das dünne Ersatzbier; das bezahlte ihnen meistens der Reiter, weil sie mit ihm Karten spielten und ihm dabei das Biergeld abgewannen.
Beim schweren Luftangriff, am 12. März, bei dem auch die Oper ausbrannte, wurde die Fabrik, in der Martins Mutter arbeitete, total zerstört. Die Arbeiter und Arbeiterinnen mußten sich am nächsten Tag beim Arbeitsamt melden.
Martin wollte nach Waidhofen. Dort war es auf alle Fälle sicherer für ihn hatte er überlegt.
„Wenn die Fabrik jetzt eh hin ist", redete er der Mutter zu, „dann fahren wir doch! Scheiß auf die Kriegsdienstverpflichtung. Wer weiß, wie lange es überhaupt noch möglich ist, hinzufahren! Was hast denn da noch verloren?"
Die Mutter wollte nicht. Sie könne doch nicht die Wohnung „allein lassen", erklärte sie.
„Die Wohnung!" Martin packte es einfach nicht. Als ob die Wohnung nicht schon morgen ein Stück von einem riesigen Schutthaufen sein könnte.
„Man kann doch net alles stehen und liegen lassen", sagte die Mutter. „Siehst doch eh, wie es den Flüchtlingen geht!"
Die Flüchtlinge aus den Ostgebieten, die zu Hunterttausenden kamen, wurden in Baracken und Schulen einquartiert, oft bis zu fünfzig, sechzig Menschen in einem Raum.

„Wir sind keine Flüchtlinge", rief Martin. „Wir täten doch zum Großvater fahren!"
Aber die Mutter wollte nicht. Stur schüttelte sie den Kopf.

Wenige Tage später, Martin wollte gerade in die Neustiftgasse ins Wirtshaus gehen, heulten wieder einmal die Sirenen.
„Verdammter Scheiß", murmelte Martin. Am liebsten hätte er sich trotz des Alarms auf die Socken gemacht, aber während eines Fliegerangriffs waren keine Leute auf der Straße, da wäre er einer Streife garantiert aufgefallen.
Martin ging in den Keller hinunter. Die Leute vom Haus saßen schon unten. Frauen und Kinder und zwei alte Männer. Martin erkannte die alte Sedlacek und die Buchberger und die Bockskandl. Die anderen hatte er schon so lange nicht mehr gesehen, daß sie ihm fremd vorkamen. Hinten, ziemlich im letzten Winkel entdeckte er dann noch den alten Witzany. Er setzte sich zu ihm.
„Bitte, wer sind denn Sie?" fragte der alte Witzany. „Ich bin nämlich halbert blind, müssens wissen!"
„Ich bin der Martin Wimmer", Martin wich ein bißchen zurück, denn der Alte kam mit seinem Gesicht nahe an sein Gesicht heran, und beim Reden spuckte er.
„Der Martin? Der Bub von der Frau Zworsky, wies jetzt heißt–"
Martin nickte.
„Ich hab glaubt, du bist schon längst beim Militär?"
Martin sagte sehr laut, damit es auch alle anderen hören konnten: „Ich hab Urlaub. Wir werden überstellt! Von der Flak an die Front, was weiß denn ich."
„Mich habens auch eingezogen!" Der Alte kicherte. „So ein Witz! Wo ich fast blind bin. Mich könntens net einmal verantwortlich machen, wenn ich einen von unsere Häuptling umlegert!"
„Vater, halt die Pappen", murmelte die Frau, die neben ihm saß. So jung, daß sie seine Tochter sein hätte können, schaute sie nicht aus.
„Laß mich reden Mutter", zischte ihr der Alte zu. So alt, daß sie seine Mutter hätte sein können, war sie sicher auch nicht. Sie muß seine Frau sein, dachte Martin.
Der Alte redete weiter, nörgelte, schimpfte, machte sich über die Nazis lustig. Keiner regte sich auf. Er war erst still, als das Dröhnen der Flugzeuge direkt über ihnen war. Sie saßen, die Köpfe gebeugt,

warteten auf die Detonationen und zählten mit. In Martin stieg Panik auf. Bomben und Detonationen und nicht endenwollender Flugzeuglärm waren ihm bekannt, viel bekannter noch als den Leuten um ihn herum. Aber Bomben bedeuteten für ihn hinwerfen und davonrennen, melden und Munition schleppen, Flugzeuge sehen und Wölkchen von Flakgranaten sehen. Einfach dasitzen, sich kaum rühren können und nichts sehen, nur hilflos hören müssen, das war neu für ihn.

Die nächste Detonation war ganz nah, die Kellerdecke bebte, Mörtel rieselte von den Wänden, ein dichter Staubschleier machte das Atmen schwer, dann rumpelte und donnerte es, krachte und dröhnte. Martin sprang auf, rannte die Kellerstiege hoch und warf sich gegen die Tür. Er hatte es nicht wirklich erwartet, aber sie ging auf. Er rannte auf die Straße hinaus. Die Bombe hatte das Nachbarhaus getroffen. Soweit das durch die dichten Staubwolken zu sehen war, war die vordere Hausfront glatt wegrasiert.

Martin lief zum Keller zurück. Die Leute kamen ihm aus dem Keller entgegen. „Es war das Nachbarhaus", schrie er.

„Und was ist mit die Leut?" Die Frau Bockskandl schaute den Martin an. „Sind die verschütt, oder ist der Keller frei?"

„Weiß ich nicht", sagte der Martin. „Ich hab keine Ahnung, wo der Keller überhaupt ist?"

Die Bockskandl rannte hinaus auf die Straße, Martin hinter ihr her. Sie kletterten über den Schuttberg, der vor ein paar Minuten noch die Vorderfront vom Nachbarhaus gewesen war, zogen einen herabgestürzten Balken weg, warfen Ziegelsteine und Mauerbrocken zur Seite, aber zur Kellertür kamen sie nicht. Vor der war ein Berg aus Schutt, kaputten Möbeln und Mauerbrocken. Zu zweit, und nur mit den Händen, war der nicht wegzuschaffen.

„Vielleicht vom Hof aus, daß man da zum Keller kann, durch ein Fenster", schrie Martin. Er erinnerte sich, daß er als Kind manchmal im Hof vom Nachbarhaus gespielt hatte. Da waren Kellerfenster gewesen. Er kletterte wieder über Balken und Schutt. Die Bockskandl kam ihm nach. „Das hat keinen Sinn", keuchte sie. „Schau lieber, daß uns wer hilft!"

Gegen die Kreuzung Burggasse zu, sah Martin Männer kommen. Martin rannte ihnen entgegen. Die Männer waren vom Gaswerk, unterwegs, um kaputte Gasleitungen behelfsmäßig zu flicken. Zusammen mit den Leuten vom Haus machten sie sich an die Arbeit.

Nach einer Stunde, gleichzeitig mit der Entwarnung, hatten sie den Kellereingang freigelegt. Als die ersten Leute schreckensbleich herauswankten, verdrückte sich Martin.

Oben in der Wohnung sah es besser aus als Martin erwartet hatte. Die Fensterscheiben waren hin. Aber die Sprünge in den Wänden gingen nicht besonders tief. Er räumte Dreck und Glasscherben weg und holte die „Ersatzscheiben“, die die Mutter „für alle Fälle“ besorgt hatte, aus dem Vorzimmer. Die „Ersatzscheiben“ waren eine Art von Hasenstallgitter, auf das beidseitig gelbliches Pergamentpapier geklebt war.

Die Dinger waren schon auf Fensterflügelgröße zurechtgeschnitten. Mit Tapeziererstiften nagelte er sie in die Fensterrahmen, ärgerte sich, wenn er einen Nagel verschlug, freute sich, wenn ein Dutzend Nägel auf den ersten Schlag saßen.

Als er fertig war, warf er sich aufs Bett. Eine Staubwolke kam aus der Decke. Ausklopfen müßte man das Zeug, dachte er. Aber er hatte keine Lust dazu. Wer sagt denn, daß in den nächsten paar Stunden nicht wieder ein Angriff kommen werde?

Martin versuchte zu lesen, doch nach ein paar Zeilen gab er auf. Sätze interessierten ihn nicht. Und durch die Hasenstallgitter kam ohnedies nur düsteres Licht.

Wo die Mutter so lange blieb, machte ihm Sorgen. Sie war seit ein paar Tagen bei einem Räumkommando eingesetzt. Aber so lange konnte man sie dort doch auch nicht buddeln lassen! Was macht das Räumkommando, wenn die Luftschutzsirenen heulen, fragte er sich. In den nächstbesten Keller geht es, sagte er sich. Daß in den nächstbesten Keller eine Bombe eingeschlagen haben könnte, sagte er sich nicht mehr. Den Gedanken verdrängte er. Aber sein merkwürdiges Gefühl im Magen ließ nach, als er sie endlich die Wohnungstür aufsperren hörte.

Die Mutter war völlig erschöpft. Und das zerstörte Nachbarhaus hatte ihr den Rest gegeben. Sie setzte sich zu Martin aufs Bett und starrte vor sich hin.

Martin zeigte auf die Fenster. „Glaubst net auch, daß jetzt schön langsam Zeit wär, abzudampfen?“

Die Mutter gab ihm keine Antwort. Sie starrte nur weiter vor sich hin. Martin machte ihr einen Tee. Sie trank ihn und schwieg.

„Mama, leg dich hin", redete er ihr zu, doch sie blieb sitzen. „So komm schon", er zog sie hoch und führte sie ins Schlafzimmer. Sie blieb vor ihrem Bett stehen. Soll ich sie ausziehen, fragte er sich. Aber seine Mutter war eine schämige Person. Er hatte sie noch nie in der Unterwäsche gesehen.
Martin zog die Decke vom Bett. Die staubte ein bißchen weniger als seine. Er drückte die Mutter aufs Bett, zog ihr die Schuhe von den Füßen, hob ihre Beine an und legte sie aufs Bett. Wie im Sarg liegt sie da, dachte er, als er die Decke über sie breitete. Sie hatte die Augen geschlossen. „Ich geh noch zum Charlie", sagte er. „Schaun, ob bei denen alles in Ordnung ist".
„Bitte, bleib da", murmelte die Mutter. Ihr Unterkiefer klapperte dabei, als habe sie den Schüttelforst.
„Von mir aus" Martin ging in die Küche und suchte sich etwas zu essen. An diesem Abend ging er nicht mehr weg.

Auch am nächsten Tag und am übernächsten gab es Fliegeralarm. Kaum mehr ein Tag verging, an dem sie nicht in den Keller mußten. Die Leute gewöhnten sich daran. Sie schimpften, wenn sie hinunter rannten, wurden stumm, wenn die Bomben fielen und atmeten erleichtert beim Klang der Entwarnungssirene auf.

Immer öfter gab es jetzt Berichte oder Gerüchte, daß auf den Abstellgeleisen der Westbahn Waggons voller Lebensmittel stünden. Manche, hieß es, seien nicht einmal bewacht, mit ein bißchen Glück könne man sich da erstklassig versorgen.
Für Martin und Charlie war es keine Frage! So etwas mußte überprüft werden. Vorbei an zerbombten Häusern und Lagerhallen, die sie kaum noch aufregten, marschierten sie die Felberstraße stadtauswärts. Der Toni, ein dreizehnjähriger Bub aus Charlies Haus war mit dabei.
Bei der Vorortestation Penzing sahen sie eine Menge Leute vor einem verschlossenen Last-Waggon, der einsam auf einem Abstellgeleis stand. Von weitem beobachteten sie, daß sich zwei Leute an der Waggontür zu schaffen machten.
„Nix wie hin", rief der Toni.
Als sie beim Waggon ankamen, war die Tür schon offen. Zwei Frauen standen im Waggon und warfen „Gebirgsjäger-Rationen" heraus. Die Leute fingen sie auf. Martin erwischte drei Pakete, Charlie vier,

der Toni eroberte sich einen ganzen Berg. Aber die Dinger waren in glattes, rutschiges Ölpapier gewickelt. Mehr als drei oder vier davon konnte man nicht gut wegtragen. Die anderen Leute schleppten die Rationen zur Böschung hin. Dort hatten sie alte Kinderwagen stehen und Handwagerln.

Martin, Charlie und der Toni überlegten noch, wie der Schatz wegzuschaffen sei, da kam vom Bahnhof her eine Gruppe SS-ler. Die SS-ler konfiszierten die Rationen, die schon in den Kinderwägen und auf den Handwagerln lagen. Die Leute mußten die Sachen in den Waggon zurücktragen. Sie schimpften und fluchten, aber sie taten es. Dann durften sie abhauen, und ein SS-ler rief ihnen nach, sie sollten froh sein, daß er sie nicht verhaftet habe.

Dann setzten sich die SS-ler in die offene Waggontür und zündeten sich Zigaretten an.

Martin, Charlie und der Toni hatten sich beim Nahen der SS mit je einer Gebirgsjägerration hinter einen abgestellten Waggon auf dem Gleis neben der Böschung verzogen. Als die SS-ler die Rauchpause hielten, robbten sie mit ihren Päckchen außer Sichtweite der Kerle und liefen dann, so schnell sie konnten, über die Geleise und verschwanden zwischen den Fliederstauden unter der Böschung.

„Ob die den Waggon auch in der Nacht bewachen?“ fragte Martin.

„Zuerst schaun wir, was da überhaupt drin ist“, meinte der Toni. Er riß seine Ration auf. Ia Friedensqualität war drinnen! Dauerwurst und Sardinen, Büchsenfleisch und Traubenzucker, Kondensmilch und Bohnenkaffee. Alles fein säuberlich verpackt.

„Also um neun dann“, sagte Charlie, als sie sich am Gürtel trennten.

Die Mutter war nicht so begeistert, wie Martin gedacht hatte. Sie schimpfte: „Genügts nicht, daß du untertaucht bist? Wenn sie dich beim Plündern schnappen, weißt was dann passiert?“

Und ob er wußte, was da passierte! Viel genauer als seine Mutter wußte er das. Die Frau hatte ja keine Ahnung.

„Und wir haben das nicht nötig, wirklich nicht!“

Wieso hatten sie das nicht nötig? Er hatte Hunger, den ganzen Tag hatte er Hunger!

Martin riß die Geduld: „Ich bitt dich! Tu doch nicht so. Spiel vielleicht auf die Ehrliche. Jeder nimmt jetzt, was er kriegen kann. Führ dich nicht auf wie eine Oberlehrerin!“

Die Mutter sagte nichts mehr. Sie kochte Bohnenkaffee. Und das Büchsenfleisch wärmte sie auf. Es schmeckte herrlich.
Als die Mutter kurz vor neun merkte, daß sich Martin anzog, seufzte sie und murmelte: „Dir ist nicht zu helfen."
„Leider nein", sagte Martin und ging.

Sie pirschten sich vorsichtig an den Waggon heran. Wachen waren keine da. Aber versperrt war der Waggon. Martin entdeckte oben am Waggon eine halboffene Lüftungsklappe, die ließ sich zurückschieben. Die Öffnung war aber so klein, daß nur der Toni durchkam. Der Toni hatte schon über zehn Pakete zu ihnen hinuntergeworfen, da kam eine Lok. Charlie und Martin warfen sich flach auf den Boden. Erst bis die Lok weit weg war, wagten sie aufzustehen.
„Gehts weiter?" fragte der Toni.
„Geht schon wieder", sagte Charlie.
Der Toni warf ihnen wieder Pakete zu. Als einundzwanzig zusammen waren, rief Charlie: „Hör auf, mehr können wir eh net tragen!"
Der Toni kletterte durch die Lüftungsklappe und sprang. Sie legten die Rations-Packerln auf eine breite Latte, die sie von einem Schutthaufen mitgenommen hatten. Die Latte bog sich ziemlich durch unter der Freßlast.
„So schaffen wir das net", sagte der Toni. „Des Brettl ist zu schwach, das bricht, bevor wir daheim sind!"
„Bis heim können wir eh net", sagte Charlie. „Wir können doch net so durch die ganze Stadt rennen!" Er schaute zu Martin. „Du wohnst am nächsten, bis zu dir könnten wir es riskieren!"
„Das geht nicht", sagte Martin. „Meine Mutter war schon über das eine Paket bös!"
„Spinnt die Frau?" Der Toni machte Staunaugen.
„Sie ist halt anders." Martin wollte sich auf das Thema nicht weiter einlassen.
„Anders? Wieso? Is eine Nazi?"
„Aber überhaupt net." Martin wollte dem Toni erklären, wie seine Mutter war, aber so leicht war das nicht. Man kann jemandem schlecht etwas erklären, was man selbst nicht versteht.
„Ist das dort die Penzinger Kirche?" Charlie zeigte auf einen Kirchturm, ganz in der Nähe, höchstens ein paar hundert Meter weit. Nur undeutlich hob er sich vom Nachthimmel ab.
„Willst beten in der Kirchen, daß dir war einfallt?" fragte Toni.

„Auf dem Platz vor der Penzinger Kirchen wohnt der lange Willy“, sagte Charlie. „Im Haus neben dem Pfarrhof, hat er gsagt!“
„Und der ist sicher?“ Der Toni war um seinen Schatz besorgt.
„Aber das Haustor ist doch längst zugesperrt“, wandet Martin ein.
„Eh klar, aber ohne Bedeutung“, sagte Charlie. „Seine Mutter ist Hausmeisterin. Und neunundneunzig Prozent aller Hausmeisterinnen wohnen im Parterre, neben dem Haustor. Ein Prozent Risiko müssen wir halt tragen!“
Martin und Charlie packten die Latte mit den Paketen. Der Toni ging ihnen voran. So wanderten sie der Kirche zu.
An der Kirchenmauer stellten sie ihre Trage ab. Martin und Toni blieben bei den Paketen, Charlie ging zu den Fenstern hinüber, die er für die Hausmeisterfenster hielt. Ein Fenster war offen.
„Willy, langer Willy“ flüsterte Charlie einem sanft wachelnden Vorhang zu. „Willy, langer Willy, ich bins, der Charlie!“
Hinter dem Vorhang rührte sich nichts. Charlie kletterte aufs Fensterbrett und flüsterte wieder: „Willy, langer Willy . . .“
Der Toni zupfte Martin am Ärmel. „Der hat Nerven“, sagte er anerkennend. „Wenn da drinn jetzt doch wer anderer wohnt!“
Möglich war das sicher. So ruhige Zeiten, daß alle „Adressen“ jahrzehntelang gleich blieben, waren es ja nicht.
„Und jetzt steigt er hinein!“ Der Toni hielt den Atem an.

Martin überlegte, was zu tun sei, wenn jetzt gleich Irrsinnsgeschrei anheben würde und irgendeine Frauenstimme nach der Polizei und um Hilfe kreischen würde, doch da war Charlie schon wieder beim Fenster und hinter ihm ein verschlafener, langer Willy. Die beiden winkten. Martin und Toni packten das Brett und schleppten es über die Straße. Paket nach Paket reichten sie zum Fenster hinein, dann stiegen sie selber über das Fensterbrett in das Zimmer ein.
Der lange Willy schloß das Fenster und zog die Rollo herunter. Er knipste eine winzige Lampe an. Charlie und Toni schoben die Pakete unter das Ehebett, das mächtig und breit an einer Wand stand. Im Ehebett lag die Frau, die Martin im Kriegsgericht gesehen hatte, die mit der Willy-Nase und den Willy-Augen. Sie schaute ziemlich blöd und verstört drein. Daß da einfach drei Burschen beim Fenster herein kamen und ihr Pakete unters Bett schoben, war auch in Zeiten, in denen man sich das Staunen schon längst abgewöhnt hatte, eine sehr verwirrende Sache.

„Und wie teiln wir jetzt?“ fragte Charlie. „Einundzwanzig durch viere geht net!“
„Mir steht eh weniger zu“, meinte Willy. „I hab ja nix riskiert, i war ja net dabei!“
„Er kann mein Teil haben“, sagte Martin.
„Spinnst?“ Der lange Willy schüttelte den Kopf.
„Seine Mutter ist anders“, erklärte der Toni. „Aber keine Nazi.“
„Aha.“ Der lange Willy rieb sich die Nase. „Na ja“, sagte er. Und dann: „Weißt was, Martin, machen wir es so: Kommst halt fressen zu mir, solang der Vorrat reicht.“
Martin nickte der Frau im Bett zu, sagte zu den dreien: „Ich geh heim, ich bin saumüd.“
Er wartete, bis der lange Willy das Licht ausgedreht und die Rollo hochgezogen und das Fenster aufgemacht hatte, stieg aus dem Fenster und trottete heim. Schon nach ein paar Häuserblocks tat es ihm leid, daß er auf seinen Anteil verzichtet hatte.

21. Kapitel

Martin erwachte von einem fernen, grollenden Geräusch. Er stand auf, ging zum Fenster, öffnete es einen Spalt. Unten standen ein paar Leute und schaufelten im Schutthaufen herum. Jetzt hörte er das grollende Geräusch ganz deutlich. Von den Flaktürmen der Stiftskaserne wurde geschossen. Aber Motorenlärm von Flugzeugen war nicht zu hören. Das konnte nur heißen, daß die Russen schon in Reichweite der schweren Flakgeschütze waren. Und die reichten nicht weiter als sechzehn Kilometer. Martin drehte das Radio an. Beethoven, die Fünfte wahrscheinlich, und nicht die übliche Morgenmusik. Er wollte die Mutter wecken, vor ihrer Schlafzimmertür hörte er, daß die Radiomusik abbrach und der Sprecher redete. Er lief zurück.

„. . . es ist Vorauseinheiten der Roten Armee in den frühen Morgenstunden gelungen, sich in einigen wenigen südlichen Vororten der Stadt festzusetzen. Sie stehen unter ständigem Beschuß der deutschen Artillerie- und Flakeinheiten. Die Bevölkerung der betroffenen Gebiete wird aufgefordert, Ruhe zu bewahren und die Keller und Schutzräume aufzusuchen. Angehörige des Volkssturms und der HJ-Bataillone haben sich umgehend bei ihren Einheiten zu melden".

Draußen klingelte es. Martin lief zur Tür. Sicherheitshalber schaute er durch den Spion. Das hätte noch gefehlt, daß ihn jetzt irgendein Idiot zur HJ oder zum Volkssturm holte!

Es war der Herr Witzany. Der Alte fuchtelte aufgeregt mit seinem Stock. Martin machte die Tür auf.

Im Stiegenhaus klapperten Schritte, fast alle Wohnungstüren waren offen.

„Nur für den Fall, daß Sie es noch net wissen! Die Russen sind da!" rief der Witzany, dann humpelte er weg. Martin blieb in der offenen Tür stehen.

Vor drei Tagen hatte es eine Hausversammlung gegeben, in der hatten die Hausbewohner beschlossen, daß die Flucht ratsam sei, falls es zum Äußersten käme. Sogar seine Mutter hatte das damals eingesehen und den Vorschlag gemacht, sie sollten gemeinsam nach Waidhofen fahren, sie habe dort ihre Eltern, die würden schon irgend-

wie für Quartiere sorgen. Diesen Vorschlag hatte sie allerdings inzwischen wieder bereut.
Was sie jetzt sagen wird, überlegte Martin. Er schaute der Bockskandl zu, wie die einen schweren Koffer auf den Gang schob. „Mein Silber", sagte sie schnaufend zu Martin, „das laß ich den Russen net!"
Ein Mädchen kam die Stiege herauf. Martin kannte sie nur vom Sehen. Sie sagte: „Bei der Milchfrau war ein Eisenbahner. Der hat gesagt, es fahren keine Züge mehr, die Westbahn ist blockiert."
Die Leute am Gang redeten wild durcheinander.
„Und was ist mit der Franz-Josef-Bahn?" fragte Martin.
„Davon hat er nix gsagt, er hat nur gsagt, man kommt aus Wien nimmer heraus", sagte das Mädchen.
Die Mutter kam zur Tür. Sie war noch im Schlafrock.
„Ziehns Ihnen an", rief ihr der Herr Speiser zu. „Es ist so weit!"
„Ich bleib da!" sagte die Mutter.
„Martin, red ihr das aus", rief die Bockskandl und rannte wieder in ihre Wohnung, um ein anderes Gepäckstück zu holen. Martin drängte die Mutter ins Vorzimmer hinein und schloß die Tür. Von der Straße her hörte man dröhnendes Scheppern.
Martin lief zum Fenster. Drei Tiger-Panzer rollten durch die Schottenfeldgasse, Richtung Mariahilferstraße. Martin zog die Mutter zum Fenster. „Willst warten bis du russische Panzer da unten siehst?" fragte er sie.
Die Mutter schaute den Panzern unschlüssig nach. „Und wenns mir die Wohnung ausräumen, während ich weg bin?"
Martin hielt das nicht mehr aus. „Jetzt scheiß auf den Graffel", brüllte er. „Willst lieber verrecken? Glaubst, das is alles eine Hetz, oder was?"
„Und wenn der Otto zurückkommt?" Die Mutter ging vom Fenster weg. Martin zog den Pyjama aus und seinen Dunkelgrauen an. Das war es also. Der Otto, der Aufrechte! Der Stiefvater, das hatte die Mutter früher ein paarmal gesagt, der würde es nicht verstehen, wenn sie alles im Stich ließe. Am liebsten hätte er gesagt: Wer weiß, ob dein Otto noch lebt? Aber er sagte: „Daß wir in Waidhofen sind, wird er sich ja wohl denken können, oder?" Er fing an, Sachen in einen Koffer zu packen. Der Frau muß ich jetzt einfach alles anschaffen, dachte er. Von selbst tut die gar nichts.
„Zieh dich an, Mama", sagte er. Die Mutter ging aus dem Zimmer. Er ging hinter ihr her. Als er sah, daß sie die Kleider vom Sessel

nahm, seufzte er erleichtert und machte sich wieder ans Kofferpacken.
„Und jetzt koch uns noch einen Kaffee", sagte er, als die Mutter angezogen wiederkam. Sie ging in die Küche, er hörte Wasser rinnen.
Den Kaffee tranken sie im Stehen. „Was hast denn einpackt?" fragte sie. Er wollte es ihr erzählen, aber sie starrte zum Küchenfenster hinaus. Er dachte: Die hört ja gar nichts, die hat ja eine komplette Mattscheibe! Aber er war froh darüber. Mit einer Mattscheibe im Hirn, meinte er, würde sie wenigstens nicht mehr auf die Idee verfallen, doch noch hier zu bleiben. Als er hörte, daß die anderen Leute schon die Koffer die Stiegen hinunter schleppten, sagte er: „Komm!" Die Mutter nahm den kleinen Luftschutzkoffer, er nahm den großen Koffer, er schob die Mutter aus der Wohnung und sperrte die Tür zu.
„Ich will net", murmelte die Mutter. Er schob sie zur Treppe hin.
Die Hausbewohner waren vor dem Haus vollzählig versammelt. Trotz des schönen Frühlingstages hatten sie alle warme Wintermäntel an. Die Frau Bockskandl war der festen Meinung, daß vom Franz-Josef-Bahnhof noch Züge abfuhren. Einer aus dem Nachbarhaus hatte es ihr gesagt.
Zu Fuß marschierten sie durch die zerbombte Stadt, die Bockskandl schleppte schwer am Koffer mit dem Silber. An jeder Häuserblockecke wollte sie rasten. Martin erbarmte sich ihrer. Er borgte sich den Reservestock vom Witzany, schob ihn unter den Koffergriff und teilte die Silberlast mit der Bockskandl. Am Bahnhof hieß es, daß vor fünf Uhr am Nachmittag sicher kein Zug mehr gehen würde und ob dann einer fahren würde, das sei fraglich.
Der Bahnsteig war voller Leute. Sieben Stunden waren noch auf fünf Uhr hin! Martin dachte: Da kann ich leicht noch beim Charlie vorbeischauen und mich von ihm verabschieden. Die Mutter wollte protestieren, als er ihr das erklärte, aber er ließ sie gar nicht erst zu Wort kommen und marschierte ab.

Beim Charlie war niemand zu Hause. Martin klingelte an der Nachbartür. Eine alte Frau machte auf. „Alle sind fort, alle", schimpfte sie. „Ganz allein habens mich sitzen lassen, da!"
Gleich um die Ecke vom Charlie, nur eine Gasse weiter, wohnte der Sedlak Michi. Vielleicht weiß der was vom Charlie, dachte Martin.

Der Sedlak Michi war zu Hause, und seine Mutter auch. Stolz zeigte er Martin den mächtigen Gipsverband, in dem sein rechter Arm steckte. Den Gipsverband hatte ihm seine Schwester gemacht, die war in einem Lazarett als Pflegerin.
„Damit die Leut in der Nachbarschaft net immer so saublöd fragen, warum der Bub daheim ist", erklärte die Mutter vom Michi.
Vom Charlie wußte der Sedlak Michi nicht viel. „Weg sind sie", sagte er. „Die einen sagen, sie sind untergetaucht, die anderen sagen, die ganze Familie ist hopp gnommen worden!"
Die Mutter vom Michi erzählte Martin, daß es gestern in Floridsdorf eine Verhaftungswelle gegeben habe, Leute, die früher in der KP oder bei den Sozis aktiv waren, seien festgenommen worden. „Aber die Srbs sind net dabei", sagte sie. Der Michi wollte wissen, wieso sie das so entschieden sagen könne.
„Weil ichs halt weiß", sagte die Mutter vom Michi. „Aber ich kanns euch nicht sagen, ehrlich, das ist nix für Kinder." Da fing der Michi richtig zu toben an. „Scheißalte", brüllte er. „Nix für Kinder!" äffte er sie nach. „Was glaubst denn, was wir schon erlebt haben! Dagegen ghörst du noch in den Kindergarten! Wennst findst, daß ich noch ein Kind bin, dann richt dich danach! Streich mir ein schönes Butterbrot und tu mir eine Marillenmarmelade drauf, sing mir ei-popeia vor und schau drauf, daß dich dabei die Sirenen net störn!"
So lange schimpfte der Michi auf seine Mutter ein, bis sie mit dem, was sie wußte, herausrückte: Die Frau Srb und der Charlie hätten tatsächlich verhaftet werden sollen. Aber ein Polizeibeamter, mit dem die Frau Srb von viel früher her befreundet war, hatte sie gewarnt. Sie hatte sich mit Charlie und seinem kleinen Bruder in einer stillgelegten Fabrik versteckt, jemand aus der Nachbarschaft versorgte sie mit Essen.
„Und dort sinds sicher?" fragte Martin.
„Vor den Nazis schon, aber vor den Ratzen nicht", sagte die Mutter vom Michi. „Jede Nacht, hab ich ghört, erschlagens ein paar!"
Martin verabschiedete sich und ging zum Bahnhof zurück. Mitten auf der Floridsdorfer Brücke blieb er stehen. Die Sonne senkte sich schon dem Kahlenberg zu. Es war aber noch recht warm. Vom anderen Ende der Stadt her, hörte man dumpf Gefechtslärm. Martin bückte sich nach einem Brocken Asphalt, der von einer MG-Garbe herausgeschleudert worden war und warf ihn in einem hohen Bogen in die Donau.

An den Charlie mußte er denken. Daran, was sie alles zusammen tun hatten wollen. Und nun war der in einer alten Fabrik und mußte Ratten verscheuchen. Charlie, ich habs ja gleich gsagt, daß du nicht zu den Partisanen kommst, dachte Martin. Und dann fing er zu rennen an.

Martin kam zum Bahnhof, als der Zug gerade hereingeschoben wurde. Der Ansturm der Leute auf den Zug war gigantisch. Sie schrien und schimpften einander, sie teilten Tritte und Hiebe aus, Kinder brüllten, über Gepäckstücke wurde getrampelt. Ein paar Soldaten mit schußbereiten Karabinern schauten dem allen gelassen zu. Angeblich war es nur ihre Aufgabe, den Zug vor der Beschlagnahme durch die SS zu schützen.

Irgendwie kam Martin mit der Mutter in einen Waggon. Irgendwie bekamen sie sogar Sitzplätze, dazu noch nebeneinander und irgendwie war es ihnen sogar gelungen, ihre zwei Koffer zu behalten.
Unterwegs verbreitete sich im Zug die Nachricht, die Russen seien schon am südlichen Donauufer bei Klosterneuburg, und der Zug könnte möglicherweise beschossen werden. Je näher sie Tulln kamen, umso unruhiger wurde Martin. Tulln und die Uschi gehörten für ihn zusammen. Von Tulln bis zur Uschi war es nicht weit. Martin überlegte schon, ob er nicht in Tulln aussteigen solle, um sich irgendwie nach Moosbierbaum durchzuschlagen. Seine Mutter war ihm plötzlich ziemlich gleichgültig. Die war ja sowieso, in Waidhofen dann, gut aufgehoben. Nur davor, der Mutter zu sagen, daß er nicht mit ihr kommen werde, davor graute ihm. Er verschob das, verschob es bis kurz vor Tulln. Und dann hörte er vom Schaffner, daß der Zug erst in St. Pölten stehenbleiben werde.
In St. Pölten mußten sie auf dem Bahnhof übernachten. Am nächsten Morgen, in aller Herrgottsfrühe hatten sie einen Zug nach Gresten. Von Gresten gingen sie zu Fuß weiter. Über den Grestner Berg hinüber ins Ybbstal. Die letzten paar Kilometer nach Waidhofen nahm sie ein Lastwagen mit.
Irgendwo und irgendwann, Martin hatte nicht darauf geachtet, mußte der Bockskandl der Silberkoffer abhanden gekommen sein. In Waidhofen, als sie vom Lastwagen kletterten, hatte sie ihn jedenfalls nicht mehr.

Die Großeltern hatten sich natürlich gefreut, als Martin und die Mutter kamen, aber darüber, daß sie einem ganzen Wiener Zinshaus Quartier verschaffen sollten, waren sie weniger froh. Die beiden freien Zimmer im Haus vom Großvater waren schon seit etlichen Wochen von zwei Familien aus dem Sudetenland besetzt. Martin und die Mutter mußten in die Bodenkammer.
Der Großvater ging wegen Quartier für die Wiener zum Bürgermeisteramt. Viel Hoffnung hatte er nicht, über zweitausend Flüchtlinge waren schon in Waidhofen.
Die Wiener saßen bei der Großmutter im Garten. Der alte Witzany erklärte, keinen Schritt mehr tun zu können; so sah er auch aus. Und die Kinder der Buchberger schliefen im Gras. Die Großmutter machte für alle Mehlschmarrn. Die letzten Eier opferte sie dafür.
Dann kam der Großvater zurück. „Nichts zu machen", sagte er. „Der Nazihund hat gsagt, die Wiener sollten besser in Wien bleiben und helfen, die Stadt zu verteidigen!"
Niemand empörte sich darüber, dazu waren sie viel zu müde. Nur die Frau Bockskandl erklärte, sie lasse sich das nicht bieten. Jetzt gehe sie zum Bürgermeister! Sie puderte ihre Nase, zog den Mund mit einem knallroten Lippenstift nach und ließ sich den Weg erklären. Dann humpelte sie, weil sie an jeder Ferse eine Blase hatte, davon.
Der Großvater winkte Martin ins Haus. „Wieso bist denn du überhaupt dabei?" fragte er. „Habens dich entlassen?" Martin ging mit dem Großvater ins Schlafzimmer. Das war der einzige Raum in dem überfüllten Haus, wo ihnen sicher niemand zuhören konnte. Dann erzählte er.
„Dann mußt aber schön stad im Haus bleiben, Bua", sagte der Großvater. „Nix ist dann mit spazieren gehen und so! Ein Zug Feldgendarmerie ist in der Stadt. Und ein paar Gendarmen haben auch noch nicht kapiert, daß es aus ist. Die fangen alles zusammen, was ein Gewehr halten kann!"
Die Frau Bockskandl hatte mehr Glück gehabt als der Großvater. Sie schwang ein Bündel Einquartierungsscheine, als sie zurückkam. „Für jeden von uns ein Bett!", erklärte sie strahlend. Sie teilte die Quartierscheine aus. Auch für Martin und die Mutter hatte sie einen gebracht. Wegen der Lebensmittelkarten. Ohne Quartierschein waren die nicht zu haben.
Der Herr Speiser umarmte die Bockskandl. „Bockskandlin, du bist ein Schatz", rief er und küßte sie auf beide Wangen. „Krieg ich von

dir auch ein Busserl!" fragte die Bockskandl Martin. „Aber gern", sagte Martin. Die Bockskandl war zwar nicht mehr sehr jung, aber gar nicht so unappetitlich.
„Wohin denn, Gnädigste?"
Die Bockskandl kicherte und bot ihm ihre Wange an. Aber noch bevor Martin dazukam, einen Kuß auf die Wange zu hauchen, packte ihn die Mutter am Arm und sagte: „Martin komm, wir müssen unsere Sachen auspacken!"
Grinsend stieg Martin hinter der Mutter zur Bodenkammer hinauf. Das war ja toll! Jetzt hatte er ihr endlich abgewöhnt, sich in seine Angelegenheiten zu mischen, wo es ums Rauchen und Plattenspielen und Trinken und Weggehen ging, und nun mischte sie sich sogar in einen harmlosen Kuß. Wenn die wüßte, dachte Martin.
„Diese Bockskandl –" sagte die Mutter oben in der Kammer beim Auspacken.
„Was ist mir ihr?" fragte Martin.
„Also weißt du, die ist, na ja, man soll nicht alles glauben, was die Leut sagen, aber angeblich –"
Martin lehnte sich an die Tür. Freundlich schaute er die Mutter an und fragte: „Meinst, sie schlaft in der Gegend herum?"
„Aber Martin!" Die Mutter legte Kleidungsstücke in den schmalen Schrank. „Wie redst denn!"
Martin machte das plötzlich Spaß. Einmal mußte er ja der Frau beibringen, daß er wirklich kein Kind mehr war. Er sagte gelassen: „Geh Mama, ich bitt dich. Wenn die Bockskandl ein Aug auf mich hat, ist das meine Sach. Und solang ich nix besseres find . . .", er ließ offen, was bis dahin sein würde.
Die Mutter setzte sich aufs Bett und schaute Martin an, als sei er gerade von einem anderen Stern geplumpst.
Und dann lachte Martin und fuhr fort: „Angeblich ist das ja üblich, daß man als erstes Verhältnis eines mit einer älteren Frau hat, aber ich hab das schon hinter mir, und gottseidank ohne Bockskandl!"
Dann verließ er die Bodenkammer und ging zum Großvater.
„Die blöde Bockskandl", schimpfte der Großvater. „Trampel der! Nix im Hirn, die Trutschen!"
„Was ist denn mit ihr?" Martin fragte es grantig. Er meinte, der Großvater regte sich auch wegen dem blöden Wangenkuß auf. Aber der Wangenkuß war dem Großvater gar nicht aufgefallen. „Was muß sich die aufpudeln und dir einen Quartierschein besorgen?" rief er.

„Na, wegen der Lebensmittelkarten“, sagte Martin und verstand überhaupt nicht.
„Scheiß-Lebensmittelkarten“. Der Atem vom Großvater rasselte schon wieder stark. „Kriegst eh nix auf des Arschpapier! Aber dafür bist jetzt gemeldet und amtlich!“
„Scheiß mit Reis“, erschrak Martin. „An des hab ich net denkt!“
„Da wärst ja noch besser in Wien blieben!“ Der Großvater keuchte, in seiner Brust pfiff es. „Dort geht alles drunter und drüber! Aber da haben wir ja noch unsere schöne Ordnung. Und jeder kennt jeden. Und jeder ist net ein freundlicher Mensch. Die meisten sind Gfraster!“
Martin ging in den Garten hinaus. Die Wiener waren schon weg. Ab in ihre Quartiere. Nur ein Teddybär lag in der Wiese. Wahrscheinlich gehörte er einem Buchbergerkind.
Martin lehnte sich an den Apfelbaum. Wenn das jetzt wieder losgeht, dachte er, das halt ich nicht aus. Solang man drinnen steckt, bis über beide Ohren, da tut man einfach weiter. Aber jetzt, wo ich geglaubt hab, daß alles überstanden ist, jetzt halt ich das nimmer aus.

Des Großvaters Befürchtung war leider richtig. Am nächsten Tag, am Nachmittag, kamen zwei Polizisten und nahmen Martin mit. Martin spielte auf naiv, zeigte seine Entlassungspapiere aus Moosbierbaum vor und log, daß er auf einen Einberufungsbefehl zur Luftwaffe warte. Ein Polizeibeamter telefonierte herum. Martin, bewacht von einem Polizisten, mußte im Nebenzimmer warten. Dann kam der Beamte und sagte, Martin habe sich morgen in Linz beim Luftgaukommando zu melden.
„Die Bahn fahrt ja nimmer“, sagte Martin.
„Morgen fahrt die Bahn wieder“, sagte der Beamte.
„Und ich möchte Ihnen dringend raten, sie auch zu benutzen. Glauben Sie nicht, daß Sie einfach so durchkommen. Das haben schon viele geglaubt und sind jetzt um einen Kopf kürzer!“
Martin nickte. Der Beamte gab ihm einen Zettel, auf dem stand, wo und bei wem er sich in Linz zu melden habe. Martin nickte wieder, steckte den Zettel ein und ging. Langsam ging er durch die Stadt, dem Haus der Großeltern zu. Eine ungeheure Wurschtigkeit war in ihm. Schon von weitem sah er die Mutter und die Großmutter. Sie standen vor dem Garten beim Gartentürl. Natürlich warteten

sie auf ihn! Martin ging noch langsamer. Ganz genau wußte er, wie die zwei ihn anschauen würden und was sie ihn fragen würden. Er sah keinen Anlaß, ihren Klageblicken, ihren Jammerlippen und ihren Kummerfalten entgegen zu eilen, doch die Mutter gönnte ihm diese Ruhepause nicht. Sie lief ihm entgegen. „Was war?“ und „So rede doch schon!“, in Ton und Mimik ganz wie erwartet.
„Morgen früh muß ich nach Linz und mich beim Luftgaukommando melden“, sagte Martin und merkte beim Reden erst, daß er wirklich bereit war, es zu tun.
Die Mutter murmelte „O Gott, was wollens denn jetzt noch, warum geben sie denn noch immer keine Ruh?“ und als sie zum Gartentürl kamen, sagte sie zur Großmutter: „Jetzt muß er morgen nach Linz, sich stellen!“
Die Großmutter rief klagend: „Was soll denn das für einen Sinn haben?“ lief in den Garten, zum Apfelbaum und sagte zum Großvater: „Der Bub muß nach Linz, sich stellen!“
Der Großvater nickte bloß.
Die zwei Frauen, die bei den Großeltern im Oberstock einquartiert waren, wuschen – gleich beim Apfelbaum – in einem hölzernen Waschtrog Wäsche. „Der helle Wahnsinn“, sagte die eine. „Da kann man ja noch froh sein, daß die eigenen Kinder noch so klein sind!“ Die andere, eine kleine Schwarzhaarige, klatschte eine tropfnasse Damenunterhose gegen den Waschtrogrand und murmelte: „Kinderkreuzzug hat das im dusteren Mittelalter jeheißen!“
„Das könnens laut sagen“, sagte der Großvater.
„Ich werd mir hüten“, murmelte die kleine Schwarzhaarige, fischte die Unterhose aus der trüben Waschlauge und ribbelte an ihr herum.

Martin setzte sich zum Großvater. Der Alte hatte eine große Schachtel vor sich, in der waren lauter kleine Schachteln, und in denen waren rosa Faltbriefchen. Der Großvater sah die kleinen Schachteln nach einem ganz bestimmten Faltbriefchen durch.
„Ich such eine Unruh für die Schaffhausen“, sagte er und schob Martin eine goldene Taschenuhr hin. Sie hatte einen goldenen Schnappdeckel und vom Bügel hing eine goldene Kette. Martin ließ den Deckel schnappen.
„Bis auf die Unruh ist sie in Ordnung, geht auf die Sekunden“, sagte der Großvater.
Martin gab ihm die Uhr zurück.

„Den ganzen Krieg über wills mir der Kropfreiter schon abluchsen", sagte der Großvater, „bis auf eine ganze Sau hat er sich schon rauflizitiert!"
„Und jetzt gibst sie ihm?" Martin fragte nur aus Höflichkeit. Der Kropfreiter und seine Gier nach der Schaffhausen waren ihm egal.
„Ja, jetzt kriegt ers." Der Großvater zog zufrieden ein rosa Brieferl aus einer Schachtel. Er stand auf, samt Uhr und Ersatzteil ging er ins Haus, ins Schlafzimmer, wo er auf der Fensterbank einen kleinen Uhrmachertisch hatte.

Martin blieb unter dem Apfelbaum. Die zwei waschenden Quartiers-Frauen redeten leise miteinander. Als Martin ein paar Satzfetzen mitbekam, und merkte, daß sie über ihn sprachen und darüber, ob eine gemogelte Krankheit, seine Einberufung nach Linz abwenden könne, ging er ins Haus.
In der Küche waren die Quartiers-Kinder. Im Wohnzimmer waren die Großmutter und die Mutter. Martin stieg in die Dachkammer hinauf. Er legte sich auf das Bett. Er dachte an Charlie und daran, daß sie vielleicht schon bei den Partisanen wären, wenn er ihm nicht dauernd dagegen geredet hätte.
Dann hörte er Schritte die Dachbodenstiege herauf. Der Großvater kam und hatte einen Rucksack mit.
„Danke", sagte Martin. „Aber ich nehm den Koffer."
„Mit einem Koffer ist nicht gut gehen", sagte der Großvater.
„Ich geh ja nicht weit", sagte Martin.
„Doch", sagte der Großvater. „Wir gehen weit. Über zwölf Kilometer, ungefähr."
Martin setzte sich auf.
„Und zwar immer pomali bergauf." Der Großvater setzte sich auf den Bettrand. „Zum Kropfreiter gehen wir. Dort sucht dich keiner. Weil keiner wissen kann, daß du dort bist. Und wenns der Teufel will und die Hund kommen per Zufall vorbei, sieht mans schon von weitem und wir können uns verstecken!"
„Wir!" Martin packte den Großvater an der Schulter.
„Jawohl, wir zwei!" Der Großvater nickte.
„Mit deinem Asthma kannst doch net so lang gehen", rief Martin. Der Großvater deutete ihm, leiser zu reden. „Na, werd ich halt pfeifen wie eine alte Lok, ich werds überstehen."
„Und wennst einen Anfall kriegst?"

„Den krieg ich nur, wenn die Großmutter saublöd redet." Martin lehnte seinen Kopf an die Schulter vom Großvater.
„Aber du brauchst dich doch nicht verstecken", sagte er leise. „Ich kann ja auch allein gehen, wenn du mir den Weg erklärst?"
Der Alte schüttelte den Kopf. „Ich geh mit", sagte er. „Und ich bleib bei dir bis alles überstanden ist. So oder so. Höchstens ich krepier vorher. Aber das ist dann net meine Schuld."
Martin versuchte noch ein paar Einwände, aber sie fielen ziemlich lahm aus. Und der Großvater ließ keinen gelten.
„Jetzt gib schon Ruh", schimpfte er. „Ich werd doch noch tun dürfen, was mir paßt. Und ich bin halt lieber bei dir als bei denen da unten." Der Großvater deutete vage zum Fußboden und machte ein Gesicht, als ob ihm alle, die im Haus darunter logierten, gestohlen bleiben könnten; inklusive Ehefrau und Tochter.
Nach dem Nachtmahl holte der Großvater die Mutter und die Großmutter ins Schlafzimmer. In der Küche konnte er nicht gut mit ihnen reden, da werkten die zwei Quartiers-Frauen am Herd und die Quartiers-Kinder spielten am Boden. Und das Wohnzimmer war neben der Küche, da hätte man ihn durch die dünne Wand hören können.
Der Großvater hielt seine Ansprache sehr knapp, erklärte bloß, er bringe Martin in Sicherheit – wohin werde er nicht sagen, da brauchten sie gar nicht lang fragen – und er werde bei ihm bleiben.
Die Mutter sagte kein Wort dazu. Die Großmutter protestierte. Er könne sie doch nicht allein lassen, dazu noch jetzt! In solchen unsicheren Zeiten! Und er könne sich das nicht zumuten, das wäre sein Tod! Und wenigstens sagen, wohin er gehe, müsse er, sonst habe sie keine ruhige Minute!
„Um deine ruhigen Minuten gehts mir auch nicht", sagte der Großvater bloß ziemlich bissig. Und dann trug er Martins Mutter auf: „Wenns kommen und den Martin holen wollen, dann tust ganz erstaunt. Du weiß nix, verstehst! Der Bub, sagst ihnen – egal wer die sind – der Bub ist pflichtschuldigst mit dem Zug nach Linz gefahren. Das weißt genau. Du hast ihn zur Bahn bracht und einsteigen gsehn."
„Und wenn sie nach dir fragen?" Martins Mutter biß am Daumennagel herum.
Der Alte lachte. „Nach mir fragens net. Warum solltens nach mir fragen? Ich komm für die Vaterlandsverteidigung ja nimmer in Frage. Wo eine alter Knacker grad ist, ist denen doch wurscht."

Und dann richtete der Großvater noch ein Notbett für Martin im Schlafzimmer. Damit er den Martin rechtzeitig wecken konnte und damit nächtliche Schritte die Dachbodentreppe hinunter, nicht irgendjemanden munter machten, den die Sache nichts anging.
Martin war froh, die Nacht nicht im Bett neben seiner Mutter verbringen zu müssen. So, dachte er, entging er einer Menge Seufzer und Stöhner und auch einer Menge Ratschläge und Bitten. Die Nacht neben der Großmutter war aber auch nicht besonders ruhig. Andauernd brabbelte sie auf den Großvater ein. Mindestens dreimal wurde Martin davon munter, daß der Großvater verbittert zischte: „Jetzt halt endlich den Schlapfen, Alte!"

Um vier in der Früh zogen sie los. Stockfinster war es und naßkalter Nebel lag zwischen den Häusern.
„So is recht", lobte der Großvater, „da können uns die Hund wirklich net sehen!"
Sie begegneten keinem Menschen und waren bald aus der Stadt draußen. Durchs Urlbachtal mußten sie, Richtung St. Leonhard. Martin versuchte, sich an den Kropfreiter zu erinnern. Als Kind war er mit dem Großvater einmal dort gewesen. Aber außer einem Glas Milch, das ihm eine riesige, behaarte Hand hingehalten hatte, fiel ihm nichts ein.
Nach einer Weile hörte die Straße auf, ein Feldweg mit tief eingefahrenen Geleisen begann. In der Finsternis mußte man die allerdings mehr ertappen, als daß man sie gesehen hätte. Der Großvater schwieg und ging mit gleichmäßigen Schritten dahin. Martin redete auch nichts. An die Nachrichten von gestern abend dachte er. Im Radio hatte man gesagt, daß sich Wien heldenhaft verteidige und daß starke deutsche Kräfte zum Schutz der Nibelungenstellung umgruppiert würden; was nur soviel heißen konnte, daß die Deutschen Wien in wenigen Tagen aufgeben würden.
Dann fiel Martin die Uschi ein und er fragte sich, wo er jetzt wäre, wenn der Zug in Tulln angehalten hätte. Obwohl er sich längst warmmarschiert hatte, fröstelte ihn. Es war heller geworden, vom Bach, den man durchs Gebüsch gedämpft murmeln hörte, wehten Nebelfetzen herüber.
Nach eine Stunde etwa, bog der Großvater vom Talweg in den Wald ab. Der Weg zog sich in langen Serpentinen den Hang hinauf. Zu hören war nichts außer dem gleichmäßigen Knirschen ihrer Schritte

und dem Schnaufen vom Großvater. Der Atem vom Großvater rasselte und pfiff, und manchmal kam da ein Geräusch aus ihm, als klinge ein kleines, ganz leises Glöckchen. Martin schlug vor, eine Rast zu machen.
Der Alte lehnte ab. „Je mehr du stehenbleibst, umso härter tust dich nachher!"
Erst als sie aus dem Wald draußen waren, hielt er an.
„Geschafft", keuchte er. „Jetzt haben wir nur noch den Mugel vor uns, auf der anderen Seiten ist er, der Kropfreiter!"
Er setzte sich auf einem Baumstumpf neben dem Weg und rieb seine Beine. „Gar net so schlecht auf eure alten Tag", lobte er sie. „Und die Luftpumpe hats auch derpackt." Er war stolz auf sich. „Und jetzt gehn wir weiter."

Der Weg schlängelte sich durch Wiesen, auf denen noch kein Grün zu sehen war, dann waren sie auf der flachen Kuppe oben und sahen das niedrige, langgestreckte Kropfreiterhaus, das auf einer Seite tief in den Hang hineingebaut war. Zwei kleine holzgedeckte Hütten lagen dahinter.
Der alte Kropfreiter war beim Holzhacken, als sie kamen. Er war kleiner als Martin, hatte krumme O-Beine und Hände, die richtige Pranken waren.
„Ja mei, der Wimmer-Hansl!" Er gab dem Großvater die rechte Pranke.
Der Großvater wollte anfangen zu erklären, aber der Kropfreiter unterbrach ihn. „Kemmts zerscht amoi eine, schauma obd Miazl no a warme Suppn hod!" Sein Adamsapfel zuckte beim Reden heftig auf und ab.
Die Haustür war so niedrig, daß sie sich bücken mußten. Der Kropfreiter führte sie in eine Stube, die einen Herd in einer Ecke hatte. Beim Herd hantierte eine alte Frau herum.
„Schau wer kemma is" sagte der Kropfreiter zu ihr.
Die Frau kam vom Herd herüber, gab jedem von ihnen die Hand.
„Die erschten Summerfrischler nachm Krieg", sagte der Kropfreiter.
Martin schaute ihn verblüfft an.
Der Kropfreiter grinste. „I woaß scho, daß der Krieg net aus is!" Er zwinkerte dem Großvater zu. „Aber für den Buam da ––– kunt er leicht aus sei!" Er setzte sich zum Tisch.

„Gendarm kummt zu uns nia ana aufe, und seit die Briaftragerin wengan totalen Kriag a nur mehr bis zun Harreider gehd, segn mia ibahaupt koan Menschen mehr!“ Er wandte sich an die Frau. „Bring a Suppn, wannsd no oane hosd, se wern an Hunger ham!“
Martin wunderte sich. Anscheinend war es für den Kropfreiter ganz selbstverständlich, daß er dablieb.
Während sie die saure Milchsuppe aßen, in die die Bäuerin mit unglaublicher Geschwindigkeit winzige Brotschnitterln gesäbelt hatte, mußte der Großvater „von unten“ erzählen. Seit Heiligen Drei König war der Kropfreiter nicht mehr „unten“ gewesen. „D Hendl hat der Fux gholt“, sagte er, „in Buda gib i der Harreiderin mit, d Buam san eh eingruckt und sinst ham mir mit unsere vier Joch wirkli nix fürn Staat herzugeben, des hat sogar der Ortsbauernführer eingsehn!“
Martin schaute sich in der Stube um. Armselig war hier alles, noch viel mehr nach Armut schaute es aus, als bei den Bauern im Tullnerfeld unten. Und Radioapparat war nirgendwo einer.
Vom Krieg weg zu sein, von den Nazis weg zu sein, von Bomben und Flakgeschützen weg zu sein, war gut. Aber von jeder Information über den Krieg und die Nazis abgeschnitten zu sein, fand Martin beunruhigend. Er mußte doch wissen, was los war. Vielleicht hat der Kropfreiter das Radio in einem anderen Raum, dachte er.
„Haben Sie ein Radio?“ fragte er.
„Hama!“ sagte der Kropfreiter. „Aber spieln tut er net!“
Martin meinte, er könnt es vielleicht reparieren.
Der Kropfreiter war nicht sehr daran interessiert, aber seine Frau brachte den großen Holzkasten. Von ihren Söhnen, sagte sie, sei „der Radio“. Mit einer alten Autobatterie war er zu betreiben. Elektrisches Licht gab es ja keines im Haus. Martin trug das riesige Ding vors Haus. Drinnen war es zu finster. Die Kropfreiterin versorgte ihn auch noch mit Schraubenziehern. „Wäre schon gut, wenn er wieder spieln tät“, sagte sie. „Der Mann sagt, er mag die Lügn eh nimmer hörn, aber man könnt sich do auf die Lügn sein Reim machen!“

Drei Tage lang bastelte Martin von früh bis spät an dem Radio herum, aber mehr als ein höllisches Krachen entlockte er ihm nicht. Dann gab er auf. Daß man auch ohne „Information“ weiterleben konnte, hatten ihm die letzten drei Tage bewiesen. Und das Weiterleben war gar nicht so übel. Zu essen gab es genug. Das Bett in der

Kammer hinter der Stube war weich und warm. Meistens schien die Sonne. Stundenlang hackte Martin Holz. Das machte ihm Spaß. Die Kühe fütterte er auch, obwohl ihm die riesigen Viecher ein bißchen unheimlich waren.
Der Großvater saß meistens in der Sonne vor dem Haus und freute sich, wenn die Katze auf seine Knie sprang. Er schien recht zufrieden, und Martin schien es von Tag zu Tag normaler, so zu leben und nicht anders. Mit jedem Tag, der zu Ende ging, wich von der zittrigen Unruhe, die in ihm war, ein wenig.
„Laßt's sich leben bei uns?" fragte der Kropfreiter einmal. Martin nickte. Aber wie „wirkliches Leben" kamen ihm die Tage hier nicht vor, mehr wie ein Traum war das hier, wie ein langer Traum ohne Albdrücken, wie einer, in dem man schon träumend das Aufwachen bedauert und es hinauszögern will.

Während der Oberste Befehlshaber der Roten Armee, Marschall der Sowjetunion, Josef Stalin, die heldenhaften Truppen, die Wien genommen hatten, mit einem Salut von 24 Salven aus 324 Geschützen grüßte, ging Martin hinter dem pflügenden Kropfreiter her und holte Steine aus den Ackerfurchen.
Während der Führer in einem Tagesbefehl erklärte, daß der Gegner trotz allem scheitern werde, Berlin deutsch bleibe, Wien wieder deutsch werde und Europa niemals russisch, erklärte die Kropfreiterin dem Martin, wie man ein Kuheuter beim Melken anzupacken hat, damit man der Kuh nicht weh tut.
Während der Gauleiter Eigruber zwei Fahnenflüchtige zur Warnung aller Feiglinge und Verräter, weithin sichtbar an der Ennsbrücke aufhängen ließ, erzählte Martin dem Großvater von Charlies Partisanenplänen und der Großvater sagte, er glaube auch, daß sie nie zu den Partisanen gekommen wären.
Ältere, erfahrenere Soldaten, sagte er, hätten sich schon viel früher zu denen durchschlagen müssen. „Aber wenn sich nicht einmal die alten Sozis und die Kommunisten getraut haben, wie solls dann deinem Charlie und dir gelingen?" fragte er.
Während Goebbels Adolf Hitler zum Geburtstag gratulierte und bat: „Er soll uns bleiben, was er uns ist und immer war: unser Führer", lernte Martin Butter rühren.

Während im Apollo-Kino in Wien zum erstenmal der russische Großfilm „Iwan der Schreckliche“ gespielt wurde, lag Martin neben dem Großvater im Bett und fragte ihn nach den Anarchisten. Und der Großvater erzählte ihm von einem Herrn Bakunin und sagte: „Aber nur wissen, wie es sein soll und den Weg dorthin net finden, das reicht eben net! Und wenn der Weg vom Marx zum Stalin führt, dann ist des auch der falsche!“

Während die Amerikaner Österreichs Grenzen überschritten, lag Martin hinter dem Haus in der Sonne und dachte an den Charlie und hoffte, daß der alles gut überstanden hatte und hätte ihn gern neben sich gehabt und mit ihm über das geredet, was er mit dem Großvater oft besprach. Ob der Charlie für den Marx oder den Bakunin wäre, hätte er gern gewußt. Eher für den Marx, sagte er sich.

Während der Führer Göring absetzte und den Generalobersten Ritter von Greim zum Oberbefehlshaber der Deutschen Luftwaffe ernannte, halfen Martin und Großvater Korn anbauen.

Während Hitler sein politisches Testament unterschrieb, träumte Martin von der Uschi. Er lag mit ihr im hohem Gras und sie liebten sich, ohne Hast, ohne Störung, zärtlich und lang.

Während der Gauleiter Eigruber erklärte, daß die Gauhauptstadt Linz verteidigt werde, reparierte der Großvater die Pendeluhr vom Kropfreiter und zeigte Martin wie ein Uhrwerk funktionierte; weil „es eine Schand ist, wenn ein ausgewachsener Enkel von einem Uhrmacher“ sowas nicht weiß.

Während Speer, als Vertreter der deutschen Rumpfregierung im dänischen Rundfunk erklärte: . . . es liegt nicht mehr in unserer Hand, zu bestimmen, wohin sich unser Schicksal wendet . . .“, saß Martin mit dem Großvater bei einem kleinen Bach und der Großvater redete davon, daß sich die Leute „ihr Schicksal“ selber machen und daß sie nach dem Krieg hoffentlich gescheiter sein werden und daß die Charlies und Martins, die Flöttls und die Willys bald die sein werden, die etwas zu reden und zu sagen haben und daß sie dann alles besser und richtiger machen können.

Während im Hauptquartier von General Eisenhower die bedingungslose Kapitulation der kämpfenden Truppen von Generaloberst Jodl unterzeichnet wurde, schlief Martin traumlos und tief. Am nächsten Morgen kam die Harreiterin und sagte ihnen, daß der Krieg nun endgültig aus und vorbei sei. Der Großvater packte den Rucksack und schenkte dem Kropfreiter die Schaffhausen-Uhr.

Die Kropfreiterin fragte Martin, ob er nicht hierbleiben möchte, wenigstens solange bis die Söhne zurück seien, sie könnte ihn gut brauchen. Das stimmte. Aber außerdem hatte sie sich an ihn gewöhnt.

„Na?“ fragte der Großvater. „Willst?“

Martin wollte nicht. Unruhe war wieder in ihm, aber keine zittrige.

„Z essen wirds unten auch noch net mehr geben“, lockte die Kropfreiterin. „Und wie die Russen und die Amerikaner san, weiß ma ja net!“

Aber Essen war nicht so wichtig. Hunger aushalten, hatte Martin gelernt. Und wie die Russen und die Amis waren, wollte Martin wissen. Und wo die Nazis jetzt waren auch. Alles wollte er wissen. Ganz genau.

„Neu anfangen muß es und ganz anders werden“ hatte der Großvater gesagt. Martin glaubte, dorthin zu gehören, wo alles neu anfing und ganz anders wurde.

Ende Mai kehrten Martin und seine Mutter nach Wien zurück. Die anderen Familien aus dem Haus waren auch wieder da.

Sogar der Bockskandl tauchte Ende Juni auf. Wohlgenährt und im Steireranzug. „Vergessen“ müsse man, sagte er.

Martins Mutter bekam keine feste Arbeit, sie lebten von der „Unterstützung,“ die Martins Mutter bekam, weil ihr Mann noch immer in Kriegsgefangenschaft war.

Martin arbeitete manchmal für die Russen. Wenn die Arbeitskräfte brauchten, holten sie sich die Leute einfach von der Straße oder aus den Wohnungen. Aber so schlecht war das gar nicht, denn da gab es hinterher immer ausreichend zu essen.

Die Uschi hatte Martin wiedergetroffen, aber sie hatte ihn gleich spüren lassen, daß sie sich nichts mehr aus ihm machte.

Mit dem Charlie war Martin oft zusammen. Mit dem Willy auch, den kleinen Reiter sah er nicht mehr, die Kremser nur sehr selten.

Im September ging er wieder in die Schule. Wie alle Flakhelfer seines Jahrgangs kam er in die siebente Klasse. Immer wieder sagten ihnen die Lehrer, sie hätten sich besonders anzustrengen, da man ihnen ein Jahr „geschenkt“ habe.

Ein Lehrer nannte sie deshalb sogar: „Kriegsgewinnler!“

Das irgendwas „ganz neu angefangen und ganz anderes geworden“ war, war für Martin nicht zu merken. Junge Spunds waren sie – wie

das der Lateinlehrer formulierte – die sich gefälligst von den Alten, Erfahrenen etwas zu sagen lassen hatten.
Im Frühsommer 1947 machte Martin die Matura. Studieren schien ihm aus finanziellen Gründen nicht möglich. Also bewarb er sich um eine Stelle im Justizdienst. Er wurde abgelehnt. Viel später erst erfuhr er durch Zufall den Grund. Seine Bewerbung war mit einem handschriftlichen Vermerk versehen: „hat vor dem Kriegsgericht gestanden und ist lediglich aus Mangel an Beweisen freigesprochen worden."
Ob er die Ablehnung dem Übereifer eines Beamten zu verdanken hatte, oder ob da mehr dahintersteckte, ist ihm nicht recht klar gewesen.
Martin Wimmer hat dann doch noch studiert. Geschichte, was er immer schon vorgehabt hatte. Als Werkstudent halt, wie viele aus seinem Jahrgang.

Nachwort

Im österreichischen Raum waren schätzungsweise rund fünf- bis sechstausend Luftwaffenhelfer eingesetzt, die meisten davon bei der 24. Flakdivision unter Generalmajor Grieshammer, die Wien, Wiener Neustadt und Moosbierbaum zu schützen hatte. Teilweise gab es unter den Jugendlichen auch Verluste, wenn ein Bombenteppich oder Reihenwurf die Batterie traf, oder wenn die amerikanischen Jagdflugzeuge die Flakstellungen angriffen. Bis heute liegen darüber aber keine zuverlässigen Zahlen vor, da ein Großteil der deutschen Luftwaffenakten bei Kriegsende verloren ging. Nicht wenige der Flakhelfer wurden verwundet oder erlitten gesundheitliche Schäden für ihr ganzes Leben. Zugleich darf nicht vergessen werden, daß die Jugendlichen infolge der Unzulänglichkeit und späteren Fragmentarisierung des schulischen Unterrichts, die Einsatzzeit als Luftwaffenhelfer praktisch als Verlustzeit ihrer Ausbildung abbuchen konnten. Besonders unverständlich war es in diesem Zusammenhang, wenn die Schüler, die durchwegs ihre Matura erst nach dem Krieg machen konnten, vielfach als „Kriegsgewinnler" bezeichnet wurden, weil man ihnen die Abschlußzeugnisse über die 5. und 6. Klasse mehr oder weniger ohne großen Leistungsnachweis ausgestellt hatte. Im übrigen hatten es die ehemaligen Luftwaffenhelfer nicht nur aus diesen Gründen schwer, mit der neuen Situation im wieder selbständig gewordenen Österreich fertig zu werden: Sie fühlten sich als erwachsene, durch den Krieg gegangene Männer, die sich mit dem traditionellen Schulbetrieb, der für sie fortgesetzt wurde, als ob nichts geschehen wäre, nicht ohne weiteres abfinden konnten. Viele Gegner des Nationalsozialismus konnten oft nach dem Krieg nicht glauben, daß die damals 15- und 16jährigen nicht freiwillig, sondern zwangsweise eingezogen worden sind. Dabei gab es in den Flakbatterien viele Fälle von direktem und indirektem Widerstand gegen das totalitäre System. Dieser Widerstand war zwar hauptsächlich aus dem jugendlichen Oppositionsgeist sowie als Auflehnung gegen die autoritären Methoden der Obrigkeit zu erklären und bestand aus vielerlei Einzelaktionen. Dazu gehörten u. a. das Überziehen des Ausgangs, Renitenz gegenüber Vorgesetzten, Nichteinhalten der

Dienstordnung, Umgang mit Kriegsgefangenen, passive und geistige Verweigerung sowie richtige „Lausbubenstücke", die allerdings im Krieg leicht die Dimension von Hochverrat und Befehlsverweigerung bekommen konnten. Darüber hinaus sind auch Fälle bekannt, die von durchaus ernster Konsequenz waren, so wurden Luftwaffenhelfer im Zusammenhang mit dem Attentat auf Hitler am 20. Juli 1944 vor dem Feldgericht wegen Zersetzung der Wehrkraft angeklagt und abgeurteilt. Sie hatten ihr Bedauern über den mißlungenen Anschlag und die Hoffnung auf die Wiederherstellung eines unabhängigen Österreich bekundet.

Nach dem Krieg war es für einige Betroffene eine bittere Erfahrung, daß ihnen der neue Staat, dessen Errichtung sie ersehnt hatten, ihre Bewerbung um eine Stelle im Staatsdienst mit der Begründung verweigerte, daß sie unzuverlässig seien, weil sie schon vor Gericht gestanden waren. Fest steht jedenfalls, daß der Nationalsozialismus nicht nur einen ungeheueren Mißbrauch mit der Jugend zu verantworten hatte, der noch lange nach dem Zusammenbruch des Hitler-Regimes weiterwirkte und dazu führte, daß viele, heute erwachsene Österreicher durch Kriegs- und Nachkriegszeit in Berufe und Lebenssituationen abgedrängt wurden, die ihnen unter normalen Bedingungen kaum entsprochen hätten. Mit George Mosse kann man abschließend sagen, daß das Dritte Reich tiefe Spuren in unserer Zivilisation hinterlassen hatte, die zum Teil bis heute weiterwirken:

„Wie dieses Regime innerhalb einer zivilisierten Nation an die Macht kommen konnte und wie sich das Leben unter den Nationalsozialisten abspielte, sind immer noch aktuelle Fragen, die besonders von denen gestellt werden, die damals zu jung waren, um sich heute noch an den Nationalsozialismus erinnern zu können, und von denen, die dieses Regime nie erlebt haben." [1]

Der Einsatz der Luftwaffenhelfer in Österreich
(Zur Situation der Jugend unter dem Nationalsozialismus)

Der von Hitler entfesselte Zweite Weltkrieg erfuhr nach anfänglichen deutschen Erfolgen durch die Schlacht von Stalingrad im Winter 1942/43 eine entscheidende Wende. Das Deutsche Reich geriet durch die schwere Niederlage in eine personelle und materielle Mangellage, die es der Führung notwendig erscheinen ließ, eine totale Mobilisierung aller vorhandenen Kräfte durchzuführen. Um neue Soldaten und Arbeitskräfte zu rekrutieren wurde von den nationalsozialistischen Machthabern die Registrierungspflicht für Männer zwischen 16 und 65 Jahren und für Frauen zwischen 17 und 45 Jahren eingeführt,[2] womit der Einsatz von Jugendlichen bei der Flakartillerie begann. Während der Reichspropagandaminister Joseph Goebbels den „totalen Krieg" verkündete, wurden Anordnungen getroffen, die den „Kriegshilfsdienst der Deutschen Jugend in der Luftwaffe" regelten. Danach mußten die männlichen Gymnasialschüler des Jahrganges 1927 ab Anfang 1943, die des Jahrganges 1928 ab Anfang 1944 und ab Mitte 1944 auch die Lehrlinge als Luftwaffenhelfer zur Deutschen Wehrmacht einrücken. Es handelte sich also bei den Luftwaffenhelfern, trotz ihres jugendlichen Alters von 15 – 16 Jahren um keine Freiwilligen, sondern um die jüngsten Soldaten Hitlers, die in der 5. bzw. 6. Klasse des Gymnasiums zwangsweise aus ihrer schulischen Laufbahn herausgerissen wurden, um erwachsene Soldaten für den Fronteinsatz freizumachen. „Großzügigerweise" ging man dabei nicht vom erreichten Lebensalter (16 Jahre) aus, sondern vom Jahrgang, in dem die jugendlichen Mittelschüler das 16. Lebensjahr erreichten, d. h., daß zu einem beträchtlichen Teil Fünfzehnjährige die Schulbank mit dem Einsatz an der Kanone vertauschen mußten.
Ursache dieser bisher noch nie dagewesenen Maßnahmen war der westalliierte Luftkrieg gegen Deutschland, der ab 1943 immer verheerendere Formen annahm. In der Casablanca-Direktive vom 21. Jänner 1943 wurden den anglo-amerikanischen Bomberflotten nämlich die Aufgabe gestellt, durch konzentrierte Flächenbombardements das wirtschaftliche Gefüge des Deutschen Reiches zu zerstören und zugleich eine zweite Luftfront von Süden aus zu errichten. Dies vor allem auch deswegen, weil im Alpen-Donauraum, der lange Zeit als besonders „luftsicher" galt, eine beträcht-

liche Rüstungsindustrie aufgebaut worden war, die ihre Schwerpunkte in der Flugzeug-, Panzer- und Benzinproduktion hatte. Die verfehlte deutsche Luftrüstung unter Göring tat schließlich ein übriges, daß der alliierten Bombenoffensive nichts Gleichwertiges mehr entgegengesetzt werden konnte, sodaß sich die Hauptlast der Abwehr auf die Flakartillerie verlagerte. Seit der Eroberung Nordafrikas durch die Anglo-Amerikaner, die Mitte Mai 1943 abgeschlossen war, ergab sich die Möglichkeit, mit schweren Langstreckenbombern auch den österreichischen Raum zu erreichen und bereits am 13. August 1943 erfolgte der erste überraschende amerikanische Luftangriff auf die Flugzeugwerke in Wiener Neustadt, der auf keine organisierte Abwehr stieß und schwere Schäden hervorrief.[3] Erst jetzt setzte von deutscher Seite eine fieberhafte Tätigkeit ein, im Luftgaukommando XVII (Österreich) eine wirkungsvolle Abwehr aufzubauen, die sich zum größten Teil auf die Flakartillerie und damit personell auf die jugendlichen Luftwaffenhelfer abstützte. Ab Oktober 1943, als von den Alliierten die süditalienischen Luftbasen im Raum Foggia erobert worden waren und damit die Anflugstrecke gegen Österreich halbiert wurde, konnten die Angriffe der schweren Bomber der 15. US-Luftflotte (U.S.A.A.F.) wesentlich verstärkt werden. Zugleich wurde eine leichte Bomber- und Aufklärungsgruppe der Britischen Luftwaffe (R.A.F.) in Süditalien stationiert, die gegen den deutschen Süd- und Südostraum eingesetzt wurde.[4]
Hauptziele, der nun praktisch bis knapp vor Kriegsschluß einsetzenden alliierten Luftoffensive waren 1943/44 die Wr. Neustädter Flugzeugwerke, in denen ein großer Teil der deutschen Messerschmitt-Jäger Me 109 erzeugt wurde sowie die Kugellagerwerke in Steyr; ab Juni 1944 die Raffinerien und Tanklager im Wiener Raum und in Moosbierbaum im Tullnerfeld und ab Herbst 1944 die Panzerfabrikation im Raum Linz–St. Valentin sowie die strategisch wichtigen Verkehrsanlagen.[5] Zudem häuften sich die Angriffe gegen die größeren Städte Österreichs, besonders auf Wien, Linz und Graz. Von besonderer Dramatik in diesem Zusammenhang war die Schlacht um das Hydrierwerk Moosbierbaum, von der auch das vorliegende Buch handelt. Bereits im Jahre 1942 wurde von den Deutschen das ehemalige Werk der Donau-Chemie in Moosbierbaum durch die Errichtung einer Hydroforming-Anlage der I.G. Farben zu einer der wichtigsten deutschen Erzeugungsstätten für Flugbenzin ausgebaut, in der jährlich rund 120.000 t dieses Engpaßproduktes aus Erdöl

hergestellt werden sollten.[6] Aus diesem Grund wurde von der 24. deutschen Flakdivision (Wien) um das Hydrierwerk ab Frühjahr 1944 ein Flakgürtel von zahlreichen Großbatterien aufgebaut, der die Aufgabe hatte ein Minimum der deutschen Flugtreibstoffproduktion zu sichern.[7] Tatsächlich gelang es der deutschen Flakabwehr dieses kriegswichtige Werk trotz schwerster Angriffe bis knapp vor Kriegsende soweit zu schützen, daß es fortlaufend erzeugen und ab Oktober 1944 noch rund 20% des deutschen Flugbenzins liefern konnte. Die Verluste auf beiden Seiten waren aber dementsprechend hoch; auch zahlreiche Luftwaffenhelfer kamen bei den oft stundenlangen Angriffen der amerikanischen Bomber ums Leben.

Jugend im totalitären System

Wie die meisten totalitären Bewegungen versuchte der Nationalsozialismus die Jugend für seine Ideen und Ziele zu gewinnen, denn „wer die Jugend hat, der hat die Zukunft", wie Hitler schon 1933 erklärte. Da bei der älteren Generation noch mit Resten von Demokratie, Liberalismus oder gar Sozialismus zu rechnen war, wurde aus der Jugend von Anfang an ein Fetisch gemacht, wobei die Nationalsozialisten vom Generationskonflikt und dem traditionell oppositionellen Geist der Jugendlichen gegen Elternhaus, Schule und bürgerliche Gesellschaft profitierten. Hitler nutzte den Veränderungswillen und Idealismus der jungen Generation, in dem er ihr nach den Zeiten der Wirtschaftskrise und Arbeitslosigkeit mit all ihren Zukunftsängsten große Ziele und eine Welt voller Taten, Abenteuer und Bewährungen vorgaukelte. Grundlage der Bemühungen um die Jugend waren die programmatischen Intentionen des Nationalsozialismus, die von drei Zentralbegriffen „Rasse", „Führertum", „Wehrhaftigkeit" ausgingen und auf eine einheitliche, allein dem Willen des Führers (Hitler) unterworfene Volksgemeinschaft hinzielten. Jeder Einzelne sollte sein Leben ausschließlich dem Dienst an Volk und Staat weihen und schon der Jugend mußte der Leitsatz eingeprägt werden: „Du bist nichts, dein Volk ist alles!" Kein Wunder, wenn für individuelle Interessen in einem solchen System kein Platz war; der eigenwillige, kreative und nachdenkende

Mensch, der sein Leben selbst gestalten wollte, wurde zum Außenseiter und schließlich zum Feind.[8] Was wir heute als selbstverständlich ansehen: Die Trennung von Politik und Alltagsleben, war daher mit der nationalsozialistischen Weltanschauung unvereinbar, für die das Bewußtsein von „höherer Rasse" der Ausdruck der deutschen Natur schlechthin war.
Es war daher kein Zufall, daß in der schulischen Erziehung der Unterricht in Leibesübungen, Biologie und Geschichte im Vordergrund stand, und dies durchaus in dieser Reihenfolge, um die Wehrbereitschaft und die neue Weltanschauung zu stärken. Hitler hatte bereits in seinem Buch „Mein Kampf" erklärt, daß die gesamte Erziehungsarbeit in erster Linie „nicht auf das Einimpfen bloßen Wissens einzustellen" sei, „sondern auf das Heranzüchten kerngesunder Körper. Erst in zweiter Linie kommt dann die Ausbildung der geistigen Fähigkeiten".[9] In der Praxis bedeutete das, daß in der Erziehung der männlichen Jugend das Kämpferisch-Wehrhafte im Vordergrund stand:
„Nationalsozialist sein, heißt Mann sein, heißt Kämpfer sein, heißt tapfer und mutig und opferfähig sein." Aber auch die Frau hatte ihr „Schlachtfeld" zugewiesen: „Mit jedem Kinde, das sie der Nation zur Welt bringt, kämpft sie ihren Kampf für die Nation." So waren Ehe und Mutterschaft einziges Ziel aller Mädchenbildung, ein Anspruch, der soweit ging, daß die Frau, die Kinder haben konnte und keine hatte, als minderwertig abqualifiziert wurde.[10]
Um Pflicht und Gehorsam einzupflanzen, mußte jeder Individualismus der Schüler unter Kontrolle gehalten werden – „Glauben, Gehorchen, Kämpfen" wurden als neue Ideale der Jugend propagiert, dazu sollte sie „flink wie Windhunde, zäh wie Leder und hart wie Kruppstahl" sein.[11] So gesehen war schulische Bildung nur eine notwendige Vorstufe für ein physisch-militaristisches Erziehungs- und Ausbildungsideal und im Wehrdienst sollte sie ihre Vollendung erhalten.[12]
Die totale Einbindung und Indoktrination der Jugendlichen in das System fand aber nicht nur in der Schule statt. Die Durchorganisation aller Bereiche schloß selbstverständlich eine sorgfältige Organisation der Freizeit mit ein. Zu diesem Zweck wurde ab 1936 die gesamte deutsche Jugend in der Hitler-Jugend (HJ) zusammengefaßt, „um sie köperlich, geistig und sittlich im Geiste des Nationalsozialismus zum Dienst am Volk und zur Volksgemeinschaft zu

erziehen".[13] Da zugleich alle anderen Jugendorganisationen verboten wurden, setzte zunächst ein beträchtlicher Zustrom von Jugendlichen zur HJ ein, die in vielen Fällen noch manche romantische Vorstellungen, wie Zeltfahrten, Lagerfeuer, Geländespiele und einen gewissen Betätigungsdrang erfüllen konnte. Als mit der bewußt durchgeführten Disziplinierung und Militarisierung der freiwillige Zustrom nachließ, ordnete die „Jungenddienstverordnung" vom 25. März 1939 die obligatorische Mitgliedschaft bei der Hitler-Jugend an. Die Eltern wurden verpflichtet, ihr Kind bis zum 15. März des Kalenderjahres, in dem es 10 Jahre alt wurde, zur HJ anzumelden und wer das nicht tat, wurde mit Geld- oder Haftstrafen bedroht. Somit konnte bei Kriegsbeginn die gesamte Jugend sofort und wirksam in die vormilitärische Ausbildung genommen werden, bis sie schließlich während des Zweiten Weltkrieges erbarmungslos in das Elend des totalen Einsatzes gestoßen wurde.[14] In diesem Punkt trafen die Intentionen des Nationalsozialsimus von einer soldatischen Aufgabe der Jugend mit den Wünschen der Wehrmacht zusammen, die schon frühzeitig eine Schießausbildung sowie eine Vorbereitung für den Einsatz der technischen Truppen gefordert hatte.[15] Jeder Deutsche hatte also bereits in Friedenszeiten volle 10 1/2 Jahre zu dienen: 8 Jahre in der HJ, 6 Monate im Reichsarbeitsdienst (RAD) und 2 Jahre in der Wehrmacht. Danach sollte er, wie Hitler immer wieder betonte, bis an sein Lebensende in der Partei und ihren Gliederungen im Gleichschritt gehalten werden.[16] So mußten die Zehnjährigen wie Soldaten zur Musterung antreten, wurden auf Tauglichkeit geprüft und zum Dienst einberufen. Die ersten vier Jahre kamen die Knaben zum Deutschen Jungvolk (DJ), die Mädchen zum Jungmädelbund (JM). Mit dem 14. Lebensjahr wurden die Burschen in die Hitlerjugend (HJ) und die Mädchen in den Mädelbund (MB) überstellt, wo sie weitere 4 Jahre verblieben. Mit 18 Jahren erfaßten der Reichsarbeitsdienst und dann die Wehrmacht die jungen Männer, während die jungen Frauen bis zum 21. Lebensjahr im Bund Deutscher Mädchen (BDM) weiter Dienst tun mußten. Am Vorabend des Zweiten Weltkrieges, und erst recht im Kriege selbst, entwickelte sich die HJ immer mehr zur Rekrutenvorschule der Wehrmacht. Das zeigte sich besonders in der Verstärkung der Sonderformationen, die eng mit den entsprechenden Waffengattungen zusammenarbeiteten, es gab z. B. eine Flieger-HJ (Luftwaffe), Motor-HJ (Panzertruppen) und Marine-HJ. Außerdem

wurden die Jugendlichen zeitweise im „Landdienst" eingesetzt: Die HJ bei Erntearbeiten, die Mädchen am Bauernhof.[17]
Die innere Bewegung der Jugend hatte aber keineswegs das Ausmaß gehabt, welches die Millionenmitgliederzahlen anzudeuten scheinen. Es hat erhebliche Randgruppen gegeben, die nur nominell Mitglieder der Hitler-Jugend waren, aber selten oder gar nicht zum Dienst erschienen.[18] Vor allem in der großstädtischen Jugend, die im allgemeinen oppositioneller und kritischer eingestellt ist, suchten sich viele dem Zwang der Massenorganisation zu entziehen; sie bildeten bald Banden und Cliquen, die ganz ohne kriminelle oder politisch-revolutionäre Neigungen zunächst nichts anderes wollten als ihre Ruhe und Eigenart.[19] In ihnen versuchten viele Jugendliche ihren Individualismus und ihre Opposition durch ein bestimmtes Verhalten, das Anstoß erregen mußte, zu demonstrieren. So ließen sich die Burschen in einer Zeit, in der ein militärisch kurzer Haarschnitt den „deutschen Jungen" schon rein äußerlich kennzeichnen sollte, eine lange Mähne wachsen, lungerten in rauchigen Kaffeehäusern herum, hörten die verbotene amerikanische Jazzmusik (Negermusik nach der damaligen Diktion) und gaben sich in Schule und Öffentlichkeit im Gegensatz zur geforderten „stramm-disziplinierten militärischen Haltung" betont lässig und zivil, gelegentlich auch rüpelhaft. Mit zunehmednder Kriegsdauer nahmen diese dem Regime gegenüber negativ eingestellten Jugendgruppen stark an Zahl zu und gingen gelegentlich zu offenem Widerstand über; ebenso begann sich der politisch-ideologische Widerstand, vor allem seit der Moskauer Deklaration (30. Oktober 1943) in der österreichischen Jugend zu formieren. Das totalitäre System verwendete für sie alle die abwertenden Bezeichnungen „Schlurf" oder „Halbstarke" und versuchte sie als „Volksschädlinge" zu kriminalisieren. Damit gewann das Problem der jugendlichen „Systemaussteiger" eine politische Dimension, weil der Kriminelle nicht nur als Verbrecher juristisch und moralisch zu verurteilen war, sondern als asozialer Einzelgänger zum Täter gegen die „gesunde Volksgemeinschaft" und damit zum politischen Feind wurde, den man rücksichtslos verfolgte.[20] So nahmen mit fortschreitender Kriegsdauer die Verhaftungen und Verurteilungen von Jugendlichen, trotz oder wegen der zusätzlichen Beanspruchung im Katastropheneinsatz – bei Lösch- und Bergungsarbeiten nach Luftangriffen, bei der Krankenversorgung oder beim Einsatz in der Rüstungsindustrie – unver-

hältnismäßig stark zu. Schließlich war gegen Kriegsende das Erscheinungsbbild der organisierten Jugend zunehmend durch deutliche „Auflockerungs-" und „Abfallsymptome" gekennzeichnet.: Der Nationalsozialismus hatte die Jugend verloren.

Bedingungen des Kampfeinsatzes der Luftwaffenhelfer 1943 – 1945

Wie schon erwähnt, führte die militärische Katastrophe bei Stalingrad im Winter 1942/43 zur totalen Erfassung aller Wehrfähigen im Deutschen Reich. Das war zugleich auch das Signal für die Einziehung des Jahrganges 1927, d. h. von 15 – 16jährigen Jugendlichen zum Einsatz bei der Flakartillerie. In den Entwürfen für den Dienst der Luftwaffenhelfer (in Norddeutschland gab es auch Marinehelfer) kamen deutlich die verschiedenen und ambivalenten Ansprüche zur Geltung, die das nationalsozialistische Regime an die Jugend stellte. So heißt es z. B. darin, daß die Luftwaffenhelfer bei der Wehrmacht als Schulklassen beisammen bleiben und zugleich als Hitler-Jugendeinheiten organisiert werden sollen. Es sollten sowohl der Schulunterricht als auch der HJ-Dienst neben dem militärischen Einsatz weitergeführt werden, d. h. es war vorgesehen, daß die Jugendlichen drei Herren dienen sollten: Der Wehrmacht, der Hitlerjugend und der Schule. Die HJ wollte die Aufsicht und Kontrolle über die jungen Soldaten weiter behalten, das Erziehungsministerium wollte die schulische Ausbildung weiterführen, während die Wehrmacht Kämpfer brauchte.[21] In der Realität des Flakeinsatzes scheiterten diese Ansprüche allerdings völlig: Die Beeinflussung durch die HJ fiel nahezu vollständig aus, der Schulunterricht konnte mit zunehmender Kriegsdauer nur sporadisch durchgeführt werden – letztlich waren die Luftwaffenhelfer fast ausschließlich Soldaten.
Die erste Einziehungswelle von Mittelschülern erfolgte Anfang 1943, als der Jahrgang 1927 nach einer oberflächlichen Tauglichkeitsprüfung zum Kriegseinsatz ausrückte; ein Jahr später folgte der Jahrgang 1928. In dem Erlaß des Oberbefehlshabers der Luftwaffe, Hermann Göring vom 26. Jänner 1943 hieß es u. a.:[22]

- Die jungen Menschen sind stolz darauf, daß sie bereits in noch nicht wehrfähigem Alter für den Sieg Deutschlands im Rahmen der Wehrmacht aktiv eingesetzt werden.
- Für 100 eingesetzte Lw.-Helfer sind etwa 70 Soldaten freizumachen . . . Bei der dienstlichen Beanspruchung ist auf die leichtere Ermüdung der Jugendlichen im Entwicklungsalter Rücksicht zu nehmen. Der Jugendliche braucht durchschnittlich 10 Stunden Schlaf.
- Die Lw-.Helfer unterliegen als Wehrmachtsgefolge den Militärstrafgesetzen.
- Die Zuteilung von Büchern, Lesemappen und Rundfunkapparaten sowie die Ausstattung der Unterkünfte mit Wandschmuck ist durch die Luftgaukommandos zu sichern.
- Die Lw.-Helfer tragen die Uniform der Flieger-HJ.
- Die Lw.-Helfer erhalten freie Verpflegung nach den Truppenverpflegungssätzen ihrer Einsatzeinheiten. Die Alkohol- und Tabakportionen dürfen für die Lw.-Helfer nicht empfangen werden, statt dessen sind Vitamindrops oder Süßigkeiten auszugeben . . . Der Genuß von Alkohol in Gaststätten sowie das Rauchen in der Öffentlichkeit und in den Unterkünften ist für Lw.-Helfer verboten.
- Die Lw.-Helfer erhalten jährlich zweimal 14 Tage Erholungsurlaub . . . Ausgeherlaubnis darf in der Regel nur bis 21 Uhr erteilt werden.
- Disziplinarstrafen sind: 1. Verweis, 2. Strenger Verweis, 3. Dienstverrichtungen außer der Reihe für einen oder mehrere Tage, 4. Entzug der freien Verfügung über die Barvergütung bis zu 1 Monat, 5. Ausggangsverbot bis zu 4 Wochen, 6. Arrest bis zu 10 Tagen . . . Arrest wird vom Wecken bis Zapfenstreich oder für die verhängte Stundendauer in einem Raum vollzogen, der zu verschließen ist . . . Der Bestrafte kann zum Dienst herangezogen oder mit dienstlich oder für ihn nützlichen Arbeiten beschäftigt werden.

In der Wirklichkeit des Kampfeinsatzes blieben allerdings von den angekündigten Punkten fast nur die negativen übrig: Die meisten Luftwaffenhelfer, in der Umgangssprache bald „Flakhelfer" genannt, fühlten sich als zum Wehrdienst gezwungene Soldaten, die lieber zu Hause geblieben wären. Die vorgesehenen 10 Stunden Schlaf waren tatsächlich ein Hohn, wenn es Nachtübungen oder Nachtgefechte

gab, ebenso blieben die Ausschmückung der trostlosen Barackenunterkünfte und die Bücherzuteilung bloße Ankündigungen. Die Verpflegungssätze waren im allgemeinen für noch in Entwicklung befindliche Jugendliche völlig inadäquat und unzureichend, ständig waren die Lw.-Helfer auf der Suche nach Zusatzverpflegung. Beim verbotenen Tabak- und Alkoholkonsum drückten die Vorgesetzten in den Batterien meist ein Auge zu. Sie standen auf dem Standpunkt: Wer kämpfen muß wie ein Erwachsener, soll auch rauchen und ein Glas Bier trinken können. Bei bestimmten Anlässen (Weihnachten, Silvester, Ostern) wurden in vielen Batterien sogar offiziell kleine Quantitäten an Zigaretten oder Alkoholika an die Lw.-Helfer ausgegeben. Die Urlaubs- und Ausgangsgewährung dagegen richtete sich nicht nach dem Papier sondern nach den militärischen oder disziplinären Erfordernissen, so daß viele Lw.-Helfer nur in den Genuß eines Bruchteils ihrer Rechte kamen. Sehr häufig wurden Urlaubs- und Ausgangssperren als Strafmaßnahmen verhängt, wenn sich auch kein Mensch an die 21-Uhr-Sperre hielt. Und bei den Gefechtsübungen bzw. bei den regelmäßig angesetzten Exerzierübungen – stilvoll „Fußdienst“ genannt – nahm man praktisch überhaupt keine Rücksicht auf die „leichte Ermüdung“ im jugendlichen Alter. Im Gegenteil, Exerzieren war häufig Strafexerzieren und Schikane, um den Oppositionsgeist zu unterdrücken und wurde am liebsten in der Freizeit, oft auch in der Nacht, unangemessen lange und hart durchgeführt. In diesem Zusammenhang ist es notwendig auf die ständige Verwechslung von „Heimatflak“ und „Flakhelfer“ aufmerksam zu machen. Als Heimatflak wurden ab 1942 Behelfseinheiten aus den Arbeitern großer Industriebetriebe und relativ kleinem militärischen Stammpersonal aufgestellt, die bei Fliegeralarm im Werkgelände oder in dessen unmittelbarer Nähe Feuerstellung meist an leichten Flakgeschützen bezogen. Im Gegensatz zu den Luftwaffenhelfern handeltete es sich also um Erwachsene, die zum Schutz ihrer Betriebe herangezogen wurden. Die Flakhelfer waren, wie schon aufgezeigt, 15 – 16jährige Mittelschüler, später auch gleichaltrige Lehrlinge, die nach 4 – 6wöchiger kriegsmäßiger Kurzausbildung meist zu den schweren Flakbatterien kamen, die im Umkreis besonders kriegswichtiger Rüstungswerke oder Verkehrsknotenpunkte gruppiert waren. Daß sie aus rechtlichen Überlegungen nicht reguläre Soldaten des Wehrgesetzes waren und mit aus diesem Grunde eine etwas andere Ausgehuniform trugen, beeinträchtigte ihren von den

Kriegsführenden nach dem Kriegsvölkerrecht anerkannten Kombattantenstatus in keiner Weise.[23] Im Dienst trugen die Luftwaffenhelfer auch Uniformen wie die Soldaten, nur ohne Dienstgradabzeichen. Für Urlaub und Ausgang mußten sie die blaugraue Uniform der Flieger-HJ tragen, mit den Emblemen der Luftwaffe und einer Schirmmütze. Am linken Oberärmel war ein dreieckiges Abzeichen aufgenäht, in dem das Wort „Luftwaffenhelfer" eingetragen war, außerdem sollte eine Hakenkreuz-Armbinde getragen werden. Vor allem diese Armbinde war bei den Flakhelfern äußerst unbeliebt, meist verschwand sie nach Ausstellung des Ausgangsscheines in der Hosentasche und später verzichteten viele Vorgesetzte darauf, ihr Tragen durchzusetzen.[24] Im Gefecht jedenfalls konnte man die Flakhelfer nur an ihrem jugendlichen Aussehen erkennen, in den Batterien waren sie den erwachsenen Soldaten praktisch gleichgestellt. Auch die Bomben und Maschinengewehrgarben fragten schließlich nicht, ob ihre Opfer 15 oder 40 Jahre alt waren.

Die Luftwaffenhelfer erhielten einen täglichen Wehrsold von 50 Pfennig, d. h. die Hälfte des dem niedrigsten Soldatendienstgrad zustehenden Satzes. Nach 9 Monaten Dienst konnte ein Lw.-Helfer zum Luftwaffenoberhelfer befördert werden, auch einen Lw.-Helfer-Mannschaftsführer, einen Betreuungsoffizier und -unteroffizier gab es, ohne daß dies große praktische Bedeutung hatte. Während der Gefechte wurden die Flakhelfer an allen Waffen und Geräten in den Batterien eingesetzt: Am Geschütz als K1 (Höhenrichtkanonier), K2 (Seitenrichtkanonier), als K6 (Zünderstellkanonier), als Munitionsträger, seltener als K3 (Ladekanonier). Besonders gerne verwendete man die Lw.-Helfer in Funktionen, für die Intelligenz und Flexibilität notwendig war, z. B. am Kommandogerät, am Funkmeßgerät und am Malsi-Gerät. Es ist nicht zuviel gesagt, wenn man feststellt, daß 1944/45 die Luftwaffenhelfer in vielen Flakbatterien den Kern der Kampfkraft dieser Einheiten bildeten und oft leistungsfähiger waren als die älteren Flaksoldaten, die damals nur mehr zur Verfügung standen. Im Februar 1945 verfügte die deutsche Flakartillerie über rund 510.000 Soldaten und 311.000 Behelfspersonal (Luftwaffenhelfer, Flakwaffen-Helferinnen, Kriegsgefangene, RAD-Männer usw.).[25]

Anmerkungen

1 **Mosse**, George: Der nationalsozialistische Alltag. So lebte man unter Hitler, Königstein/Ts. 1979

2 Reichsgesetzblatt (RGBl.) 1943, I, S. 67

3 **Rauchensteiner**, Manfried: Der Luftangriff auf Wiener Neustadt am 13. August 1943. Militärhistorische Schriftenreihe, Heft 49 (hg. vom Heeresgeschichtlichen Museum), Wien[2] 1983

4 **Ulrich**, Johann: Der Luftkrieg über Österreich 1939 – 1945. Militärhistorische Schriftenreihe, Heft 5/6 (hg. vom Heeresgeschichtlichen Museum), Wien 1967 sowie
Rauchensteiner, Manfried: Der Krieg in Österreich 1945, Wien[2] 1984, S. 29ff

5 **Schausberger**, Norbert: Rüstung in Österreich 1938 – 1945. Eine Studie über die Wechselwirkung von Wirtschaft, Politik und Kriegsführung. Wien 1970

6 Ebenda, S. 110

7 **Holzmann**, Gustav: Der Einsatz der Flak-Batterien im Wiener Raum 1940 – 1945. Militärhistorische Schriftenreihe, Heft 14 (hg. vom Heeresgeschichtlichen Museum), Wien 1970

8 **Klose**, Werner: Generation im Gleichschritt, Hamburg 1964, . 91 siehe auch
Boberach, Heinz: Jugend unter Hitler, Düsseldorf 1982
Jovy, Michael: Jugendbewegung und Nationalsozialismus. Zusammenhänge und Gegensätze, Münster 1984
Kanz, Heinrich (Hg.): Der Nationalsozialismus als pädagogisches Problem. Deutsche Erziehungsgeschichte 1933 – 1945, Frankfurt 1984

9 **Hitler**, Adolf: Mein Kampf, München 1940, S. 452

10 Klose, a. a. O., S. 178f

11 **Griesmayr**, Gottfried und **Würschinger**, Otto: Idee und Gestalt er Hitlerjugend, Leoni 1979, S. 116

12 **Schausberger**, Norbert: Intentionen des Geschichtsunterrichts im Rahmen der nationalsozialistischen Erziehung. In: **Heinemann**, Manfred (Hg.): Erziehung und Schulung im Dritten Reich, Teil 1, Stuttgart 1980, S. 252

13 Das Gesetz über die Hitler-Jugend vom 1. Dezember 1936. Siehe **Blohm**, Erich: Hitler-Jugend. Soziale Tatgemeinschaft, Witten 1977, S. 297
Rüdiger, Jutta: Die Hitler-Jugend und ihr Selbstverständnis im Spiegel ihrer Aufgabengebiete, Lindhorst 1984

14 **Klose**, a. a. O., S. 75

15 Darüber ausführlich **Wortmann**, Michael: Baldur von Schirach. Hitlers Jugendführer, Köln 1982

16 **Klose**, a. a. O., S. 75

17 Ebenda, S. 94ff

18 **Taege**, Herbert: . . . Über die Zeiten fort, Lindhorst 1978 S. 75

[19] **Klose**, a. a. O., S. 219

[20] Darüber ausführlich **Laqueur**, Walter: Die deutsche Jugendbewegung, Köln 1962

[21] **Nicolaisen**, Hans-Dietrich: Die Flakhelfer. Luftwaffen- und Marinehelfer im Zweiten Weltkrieg, Franfurt–Wien 1981, S. 161ff
Schörken, Rolf: Luftwaffenhelfer im Dritten Reich. Die Entstehung eines politischen Bewußtseins, Stuttgart 1984

[22] Ebenda, S. 234f.

[23] **Koch**, a. a. O., S. 310/311

[24] Ebenda, S. 315 – 317

[25] Ebenda, S. 303f

Abkürzungen und Erklärungen

Abitur, Matura, Reifeprüfung

8,8 cm Flak, berühmtestes schweres deutsches Flakgeschütz während des 2. Weltkrieges; Auch als Jagdbomber eingesetzt

Bannführer, hoher Rang in der Hitler-Jugend, der etwa die Hitler-Jungen in einem Raum von der Größe einer Bezirkshauptmannschaft kommandierte

Batterie, Einheit von vier oder sechs Flakgeschützen

Bau, = Arrest

BDM, Bund Deutscher Mädel

Blockwart, niedrigster Rang in der NSDAP, meist ein Hausvertrauensmann

B-17, Boeing „Flying Fortress", berühmtester amerikanischer schwerer Langstrecken-Tagbomber des 2. Weltkrieges.

Finnenzelt, rundes, fensterloses Häuschen aus Preßspanplatten, diente vorwiegend als Geräteraum, auch als Arrest.

Flak, Fliegerabwehrkanone

Flakbunker, riesige Betontürme in Wien, die auch als Luftschutzräume dienten. Geschütztürme mit 12,8 cm Zwillingsflak (Stiftskaserne, Augarten, Arenbergpark), Meßtürme mit den Feuerleitgeräten (Esterhazypark, Augarten, Arenbergpark).

FuMG, Funkmeßgerät, deutsches Radargerät

Gauleiter, Spitzenrang in der NSDAP, er stand einem Reichsgau = Bundesland vor.

Gestapo, geheime Staatspolizei

Goebbels, Reichsminister für Volksaufklärung und Propaganda

Göring, Oberbefehlshaber der deutschen Luftwaffe

HJ, Hitler Jugend

Kommandogerät, deutsches optisches Feuerleitgerät, das die Schußwerte an die Kanonen übertrug.

Liberator, B-24, meistgebauter amerikanischer schwerer Langstrecken-Tagbomber des 2. Weltkrieges

Lightning, doppelrümpfiger amerikanischer Jagdbomber

Mosquito, britisches Aufklärungs- und leichtes Bombenflugzeug von überlegener Geschwindigkeit.

Malsi, deutsches Flakumwertegerät, mit dem die Angriffsflüge und Beschußzeiten zum Nachweis der Kampftätigkeit aufgezeichnet wurden

Mustang, bestes amerikanisches Jagdflugzeug während der 2. Weltkrieges, auch als Jagdbomber eingesetzt.

Mythos des 20. Jahrhunderts, Machwerk des NSDAP-„Philosophen" Alfred Rosenberg

NSDAP, Nationalsozialistische Deutsche Arbeiterpartei

Oberschule für Jungen, Gymnasium oder Realgymnasium

PG, Parteigenosse

RAD, Reichsarbeitsdienst, Pflichtdienst von 6 Monaten ab dem 18. Lebensjahr

SD, Sicherheitsdienst der SS

Spieß, höchster Unteroffizier in einer Kompanie, der für die Administration verantwortlich war

UvD, Unteroffizier vom Dienst, täglich wechselnder Gehilfe vom Spieß

Würzburger Riese, deutsches Fernortungsradargerät, das bis zu 120 km Entfernung auffassen konnte

10,5 cm Flak, elektrisch angetriebenes, schweres deutsches Flakgeschütz, Granatengewicht 25 kg